百部红色经典

西沙儿女

浩然 著

北京联合出版公司
Beijing United Publishing Co.,Ltd.

图书在版编目（CIP）数据

西沙儿女 / 浩然著. -- 北京：北京联合出版公司，
2021.7

（百部红色经典）

ISBN 978-7-5596-5124-2

Ⅰ.①西…　Ⅱ.①浩…　Ⅲ.①长篇小说－中国－当代
Ⅳ.①I247.5

中国版本图书馆CIP数据核字(2021)第044129号

西沙儿女

作　　者：浩　然
出 品 人：赵红仕
责任编辑：徐　鹏
封面设计：赵银翠

北京联合出版公司出版
（北京市西城区德外大街83号楼9层 100088）
北京新华先锋出版科技有限公司发行
涿州汇美亿浓印刷有限公司印刷　新华书店经销
字数326千字　787毫米×1092毫米　1/16　20印张
2021年7月第1版　2021年7月第1次印刷
ISBN 978-7-5596-5124-2
定价：59.00元

出版前言

为庆祝中国共产党成立100周年，全面展现中国共产党成立以来中华民族辉煌的发展历程、取得的伟大成就和宝贵经验，集中体现中华民族的文化创造力和生命力，北京联合出版公司策划了"百部红色经典"系列丛书，希望以文学的形式唱响礼赞新中国、奋斗新时代的昂扬旋律。

本套丛书收录了近一百年来，描绘我国人民在中国共产党的领导下艰苦奋斗、开拓创新、改革开放的壮美画卷，充分展现我国社会全方位变革、反映社会现实和人民主体地位、弘扬社会主义核心价值观、讴歌中华民族伟大复兴中国梦的100部文学经典力作。

本套丛书汇集了知侠、梁晓声、老舍、李心田、李广田、王愿坚、马烽、赵树理、孙犁、冯志、杨朔、刘白羽、浩然、李劼人、高云览、邱勋、靳以、韩少功、周梅森、石钟山等近百位具有代表性的中国现当代著名作家。入选作品中，有国民革命时期探索革命道路的《革命的信仰》《中国向何处去》，有描写抗日战争的《铁道游击队》《敌后武工队》《风云初记》《苦菜花》，有描绘解放战争历史画卷的《红嫂》《走向胜利》《新儿女英雄续传》，有展现新中国建设历程的《天山牧歌》《三里湾》《沸腾的群山》《激情燃烧的岁月》，有寻找和重建民族文化自信的《奠基者》，也有改革开放后反映中国社会现状、探索中国道路的《中国制造》，同时还收录了展现革命英雄人物光辉事迹的《刘胡兰传》《焦裕禄》《雷锋日记》等。

本套丛书讲述了丰富多样的中国故事，塑造了一大批深入人心的中国形象，奏响了昂扬奋进的中国旋律。这些经历了时间检验的文学作品，在艺术表现形式、文学叙述方式和创作技巧等方面都具有开拓性和创造性，作品的质量、品位、风格、内涵等方面都具有很高的水准，都是有筋骨、有道德、有温度的优秀作品，很多作家的作品都曾荣获"五个一工程奖""茅盾文学奖""鲁迅文学奖""国家图书奖"等奖项。

为将该套丛书打造成为集思想性、艺术性、时代性为一体，展现新时代文学艺术发展新风貌的精品图书，北京联合出版公司成立了由出版界、文学艺术界的资深专家和学者组成的编辑委员会。他们从文学作品的历史价值、文学价值、学术价值、现实意义等维度对作品进行了深入细致的研读和筛选，吸收并借鉴了广大读者的意见与建议，对入选作品进行深入细致的分析与综合评定，努力将"百部红色经典"系列丛书打造成为政治性、思想性和艺术性和谐统一的优秀读物，向伟大的中国共产党成立100周年这一光荣的日子献礼！

目 录

正气篇

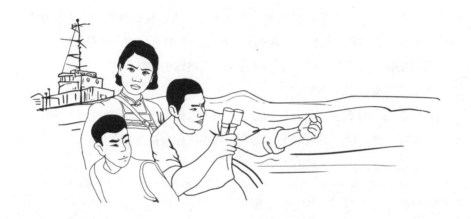

1[1]

大海茫茫，黑夜沉沉。

这个大海呀，是海南岛南边的南海。

海上滚着狂风。

狂风掀着巨浪。

巨浪携卷着暴雨。

暴雨摇撼着"天涯海角"的小港湾。

港湾里飘泊着几条破破烂烂的小渔船。

小渔船的舱口，挤着一群焦急不安的渔家妇女。从她们的头顶和肩膀的空隙中，射出一线淡黄色的灯光。

灯光穿过雨丝、浪花和几条并排着的船舷，又投到岸边的一条弯弯曲曲的小路上。

小路上，一个人急行猛走而来。他那两只赤着的大脚，跨上一条船舷，又跳到另一条船上。在他距离光亮越来越近的时候，立刻显示出一副高大魁梧的身躯。他的眼神忧虑而又急切，远远地喊了声："符阿婆，生了吗？"

一个瘦弱的老渔妇闻声从舱里挤出来，一边用衣袖擦擦脑门上的汗水，用手撩撩花白的头发，一边回答说："程亮啊，别焦急，这会儿还没落生。……唉，两天两夜啦！"

这个名叫程亮的大汉，停在舱外的船头上。那木板在他的脚下"吱吱"地响个不停；头顶戴着的竹笠被风揭掉，肩上披着的葵蓑往下滴着水珠。

符阿婆朝他身后看一眼，问道："你不是去请郎中吗？"

程亮摇摇头："他不肯来。"

符阿婆说："你到夏府借几个钱给他，就乖乖地来了。"

程亮哼一声，说："这些鬼靠不得。符阿婆，你多替我拿办法吧。"

---

[1]《西沙儿女》是浩然的代表作。其作品在字词使用和语言表达等方面均具有鲜明的时代特色。此次出版，根据作者早期版本进行编校，文字尽量保留原貌，编者基本不做更动。

符阿婆望望对面大汉那张愁苦的脸，叹口气，无可奈何地转回船舱里。

程亮朝前走了两步，又犹豫地停下。他不忍心进到舱里看看那个痛苦挣扎的女人。

狂风还在滚动。

巨浪还在掀跳。

暴雨还在紧一阵慢一阵地泼洒。

那飘摇的船头，一会儿被抬高，一会儿又被压低，好象要把程亮投进那黑暗无边的大海里。他却任凭风吹浪打，两脚稳站，两眼紧紧地盯着舱口的灯光，两耳用力地捕捉着那边的声音；任何一点动静，都牵动着他的心。

符阿婆又从舱里钻出来，那神情显得越发慌乱。

程亮忙迎上前叮问："怎么样呀？"

符阿婆摊开两只手："没指望……"

程亮恳求："你要多费心哪！"

符阿婆压低声音说："如今只有一筹，你来断定吧：要母，还是要仔？……"

程亮不加思索地连忙回答说："不，我两头都要，我两头都要！"

符阿婆说："不行啊！"

程亮拉住她的衣袖，沉痛地说："我们的根根底底你是最清楚的呀！她阿爸和我阿爸从小就在一起抓鱼；下南沙，闯西沙，两条性命拴绑着不分开。她阿妈病倒没钱医，冤死了，我阿妈就奶着她长大。她阿爸欠下船租交不上，被渔霸打得口吐鲜血，临咽气，拉着我阿爸的手，千嘱咐，万叮咛，把她许给我。她十八岁嫁给我，整整十五年了，在这南海西沙的风波浪里出生入死，没跟我享过一天福，我能这样扔下她吗？我们连着生了两个女仔，大的没食吃饿死了，二的掉在海里淹死了，十年的光景又盼来这一胎，我能不要吗？符阿婆，你是个好心肠的人，你替我想想啊！"

符阿婆的心被这汉子的话说酸了，又无计可施，两只手忍不住地直发抖。

程亮越说越激动，扯下葵蓑摔掉，不顾一切地冲到舱口，挤开站在那儿的渔妇们。他象对天、对海，大声地呼喊起来："娃呀，娃呀，你为什么不肯出生呢？你嫌我们穷吗？穷是穷的，头上没有一片天，脚下没有一块板，浑身碎布不遮体。可是，娃呀，阿爸我力壮，阿妈她勤劳，大海对我们最有情，西沙给我们藏着宝，我们拼了命也要把你养大，我们定要疼爱你的！你怕这个世道黑暗吗？黑暗是黑暗的，海里鲨鱼翻恶浪，陆上豺狼逞凶狂，穷人都在水深火热里。可是，今时跟你阿公在世那时不一样了，涨潮会落潮，黑夜过去就是天明，穷人就要抬头、就要直腰，世道就要大变啦！娃呀，娃呀，你是咱穷渔家的后代根苗，阔人们越欺压咱，咱越要挺着胸膛生、挺着胸膛活，一代一代接下去呀！……"

这声音象雷鸣，似电闪，震动着渔船，响彻在汪洋大海。

狂风，胆怯了！

巨浪，低头了！

暴雨，躲避了！

一船人擦掉泪水，昂起头！

……

是听了父辈的呼唤，还是受到亲人们的感动？当太阳冲破云雾，驱净了阴雨，在风暴海浪短暂喘息的当儿，程家的婴儿"哇啦"一声喊叫，——落生了！

2

在那历史颠倒的旧社会，渔家人的生与死，不如海里一条鲜鱼，不如岸上一株花草。

可是呀，这一回程家的孩子出世，却牵动了琼涯镇夏府的渔霸。

这渔霸姓夏，名云雅。他霸着海面，占着岸边，出租船只，包收渔产，外加放高利贷，真是风丝水点都不漏。他念过孔孟之书，逛过香港、广州，刚交四十，却老奸巨猾。如今他又跟日本侵略军勾搭上了，狐假虎威，更加有恃无恐，真是杀人不眨眼，吃人不吐骨头。沿海湾的岸边，东西三十里，人人提起人人恨；按照"夏云雅"这三个字的谐音，给他起个绰号叫"鲨鱼牙"。

早晨起来，鲨鱼牙陪着一个日本侵略军的翻译官，卧在大厅的红藤躺椅上，面对着面，"咝儿、咝儿"地抽鸦片烟。

二管家独眼蟹满脸堆笑地从外边进来了。他在迎门的地方站了片刻，慢慢地走近藤椅边上，先向翻译官弯腰九十度鞠了一躬，又凑到鲨鱼牙耳根，小声地说："报告老爷，程亮的女人生了。"

鲨鱼牙眯着眼睛，拖着长腔问："生个活的，还是生个死的呢？"

"活的……"

"妈的，没告诉你们不让他活着嘛！"

"当时渔船上人多势众，收生婆又是他们自己的人，不好下手……"

"他活着，这不是给我为难嘛！"

"不会的，老爷。他生了个女仔。"

"啊，女仔呀？溺死了吗？"

"我想他穷到这步天地，养不活一个女仔。"

鲨鱼牙笑笑，又抽两口烟，说："程亮这个穷抓鱼的，与众不同，要留神一些。"

独眼蟹赶忙答应："老爷放心。他程亮吃着老爷的，穿着老爷的，用着老爷的，他不敢不听吩咐。"

白脸的翻译官抬了抬头说："喂，管家，那个女人的人品如何、奶水好不好呢？要查看清楚。否则我不好交差，你家主人也不好结账呀！"

独眼蟹赶紧回答："不用问也错不了。常言说：种田看土，养仔看母。程家女人长得端庄、身强力壮正年轻，象一头大水牛。这简直是老天有灵，专给皇军大人的贵公子预备下的。"

翻译官说："好吧，好吧，三天后让她来府上侍候。"

鲨鱼牙使劲儿抽几口烟，又对独眼蟹说："你到那儿别直来直往的，要绕个弯子。如今的世道，跟以往的样子，多少有那么一点点不相同了。我们对穷人，除了打，还得骗，最好用上一些怀柔的手段。"

独眼蟹会意，连连点头。

3

炊烟在船头上随着晨光飘绕。

婴儿在船舱里和着浪涛啼叫。

邻船的渔妇们，昨夜晚为程家担过惊慌，这会儿，又一边穿梭补网，一边小声议论这惊慌过后是喜还是忧。

这个说："程亮夫妻，连着两胎没留住，盼来盼去盼这胎，谁想又是个女仔！"

那个说："拖个娃，束着手，天这样冷，水这样凉，鱼不上网，西沙又不能去，怎么过生计？"

……

一个名叫何望来的人登上船头，把大家的好心议论给打断了。

这个人中等个头，骨架还结实，就是面皮老，还不到三十岁的年纪，看上去足有四十开外的样子了。他原来也是个使船抓鱼的，倒也满能干，只因为米价高，船税重，日月很难过；加上他好喝几口老酒，越愁越喝，越穷越喝，交不上船租，还不上利息，船硬被鲨鱼牙给收走了。他的女人去给夏府洗衣服，他也被迫离开海上生活，在琼涯镇和码头上打短工、干杂活，硬着头皮度时光。他跟程亮是在西沙结交的好朋友，在那边金银岛的岛上和海上，一块儿滚过十几个春冬，所以今日特意来看望。他一手抓着破了顶的竹笠，一手抓着小酒瓶，笑眉笑眼地走上船来。

他对众人说："我刚听到一点信息，来给阿亮哥贺喜。"

符阿婆从舱里迎出来，小声说："莫吵吵，阿亮生了个女仔。"

何望来一怔："女仔呀？"

符阿婆说："对的，你赌输了。"

何望来兴致立刻减半，说："当初我对阿亮哥打包票，事不过三，定要生个男仔呢！"

符阿婆又用手势压他的高声，朝那边船上正在烧饭的程亮努努嘴："当心，别撩逗他，他的气色很难看。"

众人一齐朝那边看看，都觉察到符阿婆瞧得准。

那个蹲在灶边、用葵扇扇火的高大汉子，宽宽的额头，浓浓的眉毛，微微凹陷的眼睛，还有紧紧闭着的嘴巴，组成一副难以断定的神态：不是喜悦，也不是懊丧，而是象潮水冲击过的礁石那样严峻，象浪涌起伏的大海那样深沉；一个人，只有在他摆脱了犹豫的痛苦，下定了决心的时候，才会有这样的表情。

众人正你看看我，我看看你，想交换一下心思，再过船去或安慰或开导程亮的时候，忽听岸边有人声。

何望来抬头一看，急忙用竹笠遮了酒瓶，一头钻到符阿婆的舱里躲藏起来。

渔妇也都显出愤怒的神色，一个个绷起面孔，忙起营生，不再说话了。

岸边走来三个人不人、鬼不鬼、打扮怪样子的货，都是夏府的奴才。

前边走的二管家独眼蟹。顾名思义，本来螃蟹走路就不正，加上独眼，更加横行霸道。

他后边跟着两个小奴才，抬一个小竹篓。

三个人直奔程亮的船上。

小船不高兴地乱摇晃，差些把他们撩到水里去。

独眼蟹冲着程亮呲牙咧嘴地招呼一声："阿亮，恭喜！"

程亮直起腰，搓着两只大手上的炭灰，冷冷地回答："是呀，我心里满欢喜！"

独眼蟹把两只手一伸一举，说："你应当欢喜嘛，夏老爷高抬你啦！"

程亮上下打量他两眼，反问："你这话从何说起？"

独眼蟹指指身后的竹篓说："你看，你看，夏老爷派我们送来一袋白米，还有两只鸡婆，给你家女人补身子。"

程亮使劲摇摇头："别费心，我们身不亏，气不缺，用不着这个。"

独眼蟹嘻皮笑脸地说："女人家刚生仔，理应吃个饱饱的，好养个壮壮的。"

程亮皱起双眉，说："她呀，托大海的福，那边什么都有；用得上，就动手自己捞！"

"往后，她美啦，再用不着辛辛苦苦地下海干那种营生；三天后，请到夏府，专门在风不吹、日不晒的高楼绣房里奶少爷……"

"我家有了仔，不去侍候人！"

独眼蟹蔑视地一撇薄嘴唇："不就是个女仔吗？"

程亮自豪地一挺胸膛："女仔也是我们穷苦人的后代根苗！"

"臭烂女仔还不快些扔到海里去？"

"你那小主子为何不扔到海里去？"

"珊瑚沙怎么能跟珠宝比呢？"

"你胡说！穷人的骨头最重，穷人的骨头最宝贵！"

独眼蟹绷起面孔："闲话少叙，三天后送人上府！"

程亮圆瞪起二目："你给我拿走！当心我连鸡婆带人一齐扔到海里去！"

"你，你发疯了？"

"这就是穷人的骨气，回去告诉你的主子！"

"你这话……"

"快给我滚！"

独眼蟹一见程亮举起铁锤一般的大拳头，骨头酥了，腿脚软了；虽然嘴巴上还不干不净地骂着骚话，身子却不由得紧往后退。

两个小奴才比他逃得还快，在岸边扶他一把，才使他没有因为惊慌而掉下船去。

渔妇们见那个恶人撞了礁石，灰溜溜地走了，全都长了精神，忍不住嘻嘻地笑起来。

程亮双手扠腰，怒目冲着远逃的独眼蟹，呼呼地直出粗气。

符阿婆忙过来相劝："阿亮，消消火。咱惹不起他们，休惹了。那女仔，不忍心她死，就给我养。我儿子孙子都淹在海里，我想要个仔……"

程亮说："阿婆别伤心，仇恨永莫忘，把它变成志气，总有清算的那一天！这个女仔，要靠咱们大家来养，养大了是咱们大家的。"

何望来从舱里钻出，也凑过来说："阿亮哥，你就由着符阿婆吧。要是生了个男仔，我也赞成你今天这样硬气；一个女仔，顶不了你的天，不值花这样大的本钱……"

程亮连着摆动大手说："不对，不对！就因为生的是个女仔，才应该花这么大的本钱，要不就保不住！"

何望来说："我怕你吃亏呀！"

程亮说："舍弃了后代，是最大的损失，我能算清这笔账！阿来呀，古往今来，为什么这么多的人都嫌弃女仔？财主恶霸这般看，我们穷人也昧着心跟着这样看吗？这对理吗？再不能这样接续下去了！从我这一代人起个头，要扭转这乾坤，要打碎这传统！穷渔家的男仔是宝，穷渔家的女仔也是宝——靠她接根，靠她争气，靠她埋葬这个吃人的世道！所以，我下了决心，要用自己的性命保护我家女仔。今日当着众人的面，给我家女仔起个名字，就叫阿宝！"

4

阿宝生在大海，大海养育了阿宝。

大海有情，大海富有，大海把自己最心爱、最宝贵的东西，慷慨地捧献给她的儿女——勤劳勇敢的穷苦渔民。

晨光里，程亮摇着小舢舨从渔场回来了。舢舨里载着他亲手抓捕的鲜鱼。又肥又大的鲜鱼，张嘴、扇腮，不住地摇尾巴。

暮霭中，程亮提着小竹篓从礁石旁回来了。竹篓里装着他亲手钩钓的大虾。又长又粗的大虾，摇须、舞爪，不停地跳跃。

阿宝妈吃了男人亲手做的海鲜，海鲜变成了甘甜的乳汁。

阿宝叼着乳头，吮哪，吮哪，肚子吃得鼓鼓圆，小胳膊小腿小脸蛋，一天一天地胖起来。

穷人家没有钱难量布。阿妈手头巧，碎布片缝成花袄袄。

穷人家不稀罕珍珠翠。阿妈情意重，小海贝做成串铃铃。

阿宝被阿妈打扮得如同一朵花。渔民们这个过来抱抱，那个过来亲亲，人人喜欢，人人夸奖。

有一天，符阿婆到琼涯镇称盐回船，又过来抱抱阿宝，亲亲阿宝，非常得意地说："刚刚我从夏府门前过，鲨鱼牙的小婆强拉我观看观看她家的男仔。嗨，前护着，后拥着，裹着绫，缠着缎，我瞄一眼哪，倒直想呕吐。怎么比呢？我们阿宝活象一条龙，鲨鱼仔就是一条虫；又瘦又小又干瘪，如同大棉絮上扔着一根火柴棒……"

她的话，把程亮惹笑了，把阿宝妈惹笑了，连阿宝都象高兴得直抓挠小胖手。

可是，符阿婆的脸哪，忽然间，就好似晴天下的海面起风暴，面皮苍白，两眼发红。她叹口气，低声自语："今日是我家海龙的生日。我家海龙要是活到今日，五岁整了。……刚才我在鲨鱼牙门前又见到日本鬼，恨不能扑上去，扒他们的皮，抽他们的筋！这伙强盗、野兽，实在把人害苦了！"

程亮也皱起额头，攥着大拳头说："符阿婆你放心，血债要用血偿，我们终有报仇那一天！"他说着，就忙离开，找出乱绳，修理船上的桅杆——女人已经能够帮他摇橹、拉网，他们得下海捕鱼，凑口粮，交租税，待到冬天来临，时事还不变化的话，好按时返回生他养他的西沙。

他的两手忙着，心绪很乱，一直缠绕着符阿婆刚才说话时候的语气和神态，还有这位老人的遭遇，怎么也摆脱不开。

符阿婆原来有两个儿子。二儿子跟程亮同年，成了亲，生了仔，养着一条破烂的小船。程亮跟他常往西沙抓鱼，同出同归，很要好。去年捕马蛟鱼的季节，程亮一心在海南等候迎接共产党的队伍——红军的来临，就没有出远海，符阿婆二儿就独自一条船去了。在中途突然遇上了一条日本鬼的巡逻小兵舰。符阿婆二儿想躲避，兵舰却猛开快车，直向小渔船冲来。符阿婆二儿急了，抄起桨，要拼命。可惜，还没容他完全直起腰，小渔船就被撞得粉碎。他、女人和男仔海龙，全都惨死在大海里……

程亮每逢想起这件事情，总是端起饭碗难下咽，躺在舱里难入眠。悲愤过后，他的心里又是不安地焦急：盼望五指山里共产党的队伍赶快开到这个偏僻的天涯海角，把侵略者和他们的帮凶，全部埋葬！

阿宝妈晓得男人的心事，赶忙过来，帮着收拾东西，催促他说："天不早了，快快起船吧！"

程亮看看女人怀里的阿宝，抖抖精神，说声"走"，就发狠地扯起帆篷。

阿宝出生以后，第一次跟阿爸、阿妈出海了。

阿宝还不知道高兴，阿爸、阿妈为她高兴呀！

阿宝被放在船舱里，迎着舱口。她铺垫着破鱼网，头枕着阿爸的破布衫。她睡得可美气啦！

海风，掺和着鱼腥气味和海洋的清凉，习习地往舱里边吹拂。

太阳，照着千层碧波，耀起万片银光，闪闪地往舱里边反射。

沉着的白帆，喧闹的浪涛，有节奏的摇橹声，还有扯网人忙乱的脚步响，伴着阿宝做了个甜蜜的梦。

阿妈到舱口看阿宝，忍不住地轻轻拍手，招呼男人："阿亮，快来看，阿宝笑了！"

程亮却头也不顾回，忙喊女人："快来，快来，帮我往船上拖网！"

夫妻俩一齐用力，才把沉重的丝网从海里拖上船。一网青光闪亮的大鱼，拥挤着，跳跃着，堆进鱼舱。一条红花的小鱼跳进住舱里，尾巴一摆，把一滴水珠溅在阿宝的鲜红的小胖腮上。

阿宝机灵一下，睁开两只黑亮亮的眼；先惊慌地四下看看，看见了阿爸，看见了阿妈，又笑了；张开两只滚圆的小手，朝着阿爸、阿妈叫起来："啊，啊……"

阿爸笑了，抹抹脑门上的汗珠儿。

阿妈也笑了，把乳头塞进阿宝的嘴里。

这一天，好兴旺，网网不空，网网都是夫妻两个合着劲才能拖上来的大个头的鲜鱼。刚过午，他们就已经船满载，鱼满舱，只好转舵、顺帆返航了。

程亮说："今天大海犒赏咱阿宝啦。"

女人说："看来是个好兆头。"

程亮吸着有些潮湿的旱烟，又盘算起他常常独自盘算的心事——忧心忡忡，使他无法摆脱：渔霸们象吸血虫一样，搜刮着穷渔民的血汗，迫使渔民痛苦熬煎；日本鬼如豺狼一般，蹂躏着中国的大好河山，搞得山河破碎；大海的子孙，过这样的日月，连出气都是难受的，怎么能忍下去呢？他盼望云飞天变，暴风雨来临，彻底冲刷他所仇恨的一切污泥浊水！

女人奶着阿宝，仍为他们小小的丰收庆幸。她想，只要照这样操劳下去，三个月，或许半年之后，他们积累起来的旧债还清了，就不再为年年交不上船租发愁，也不为月月纳不起渔税担忧了；真的时来运转的话，自己能掏钱造一条小船，脱离开渔霸的魔爪，再不受气了。……她想到这里，忍不住地亲亲阿宝，把她那美好的愿望告诉了男人，又说："我几次梦见咱们摇着自己家的新船，一舱白米，穿着新衣服，美极啦。这能成真的吗？"

程亮好久没回答。他望望茫茫大海，看看灰暗的天空，语重心长地说："多收一些，日子松快些罢了，要想过上你盼的那种日月，没指望。共产党的军队不过来，不从根子上改变改变这个天地，本国鬼和外国鬼，都不肯让咱们真正美满的呀！"

女人明白男人的胸怀，就不再说什么了。

他们仍然是高兴的：今天收获兴旺，今天最早回到了小小的港湾里。

5

有一天，程亮担着装满鲜鱼的箩筐登码头。

码头上空荡荡。

一只日本鬼的兵舰泡在水里，象涨大潮的时候，从河口飘来的臭烂的水牛。

有一个日本鬼背着枪，游魂似地在那儿游荡；皮靴踩地"嚓嚓"响。

一条瘦狗在东颠西跑，到处寻找腥气味，张着嘴巴"汪汪"叫。

一滩鱼血和肠肚，招来一群绿头的大苍蝇，围着"嗡嗡"飞。

……

程亮担着鱼奔鱼货栈。

鱼货栈乱哄哄。

一队人是交鱼的，一个个满脸忧愁。

一队人是往火轮船装鱼的，一个个浑身汗水淋。

一队人搬着砖石木料，爬上跳板，攀上脚手架，被一个戴黑眼镜的监工逼迫着去垒砌日本鬼的兵营。

一队人挑着破烂行李，穿着破烂衣服，被一个凶恶的"团猪"押着走过去。

程亮交了鱼，得到一张白纸条，得到一把铜板。

他走进一个小粮店，称了二斤粗米，拿回去全家人好烧饭。

他走到一个小商铺里，挑拣好久，买了一条海蓝色的土布头巾；女人很早就想要这样一条头巾，带回去让她高兴高兴。

他又走到一个小贩跟前，选了好久，买了两颗糖果；阿宝过百日，应当让她尝尝甜。

最后，他一咬牙，把剩下的铜板全投给卖食物的掌柜，打了半瓶子烧酒——渔民是喜欢喝酒的，因为穷，他已经半年没有沾过酒碗了。

往轮船上装鱼的何望来空着手走过。

程亮招呼他："阿来老弟，晚上到我舱里坐。"他说着，举起酒瓶摇了几下。

何望来笑着点点头，掏出一根纸烟给程亮。

程亮点着烟，问道："刚才过去那一队担行李的人从什么地方来的呀？"

"从陵水、万宁那边抓来的农夫。"

"抓人当兵吗？"

"不，要在三亚修飞机场。"

"修飞机场？这日本鬼想赖着不走啦？"

"天上、陆上、海上全要霸占。"

"他不走也得走，霸占不了！"

何望来叹口气："难办到啊。"

程亮小声说："阿来你莫眼光短。北方的红军抗日可热闹啦！咱海南五指山也有了队伍。"

"可惜，在这大海上没有人打他们呀！"

"你莫急。长城线上有人打日本鬼，大平原上有人打日本鬼，五指山上有人打日本鬼，咱中国的南海上，也会有人打日本鬼的！"

何望来摆摆手，左右看看，说："晚上喝酒吧。"

程亮把蓝布头巾、糖果和酒瓶，一齐装到空下来的箩筐里，挂在扁担的一端，扛在肩上往回走。他的眼前总是晃动着那一队担着行李、衣衫破烂、被迫给鬼子造飞机场的人，忍不住把牙齿咬得"吱吱"响。

胭脂红的夕阳往那蓝澄澄的海面上坠落。

黑白色的水鸟在抹着流云的空中盘旋。

点点归帆在很亮的波浪中移动。

他来到了停泊小船的岸边。

他远远地看到了自己家的小船。

船上滚着浓烟。

舱里传出孩子哭嚎。

他扔下箩筐，跳上船舷。

柴草在灶边燃烧。

碗盏在舱外滚跳。

一滩鲜血在船头闪动……

他冲进舱里，见阿宝拼命地哭叫，两只小手乱抓，头上浮着一层汗珠。

他抱起阿宝，跳出船舱，四下扫视，高声呼喊："阿宝妈！阿宝妈！"

他朝岸上呼，岸边不应声。

他朝海上喊，海水不回答。

只有涌浪撞击着船帮，"哗、哗、哗！"

晚归的船只，有人发现了程亮的慌张，互相招呼着，一条跟一条地朝这边聚拢过来了。

"阿亮，出了什么事？"

"阿亮，你快说话呀！"

程亮极力镇静，告诉众人："阿宝妈忽然不见了。"

"上岸去买东西吧？"

程亮摇头："她不会丢下阿宝独自走。"

"下海去冲凉吧？"

程亮又摇摇头："船上没有留下她的衣裳。"

符阿婆好心田，恐惧万状地帮着前舱后舱寻找。她忽然发现了那一滩血："天哪，海狼把她吃掉了？"

程亮看看众人，再一次摇摇头："怕只怕，她是让两条腿的海狼吃掉了！"

众人面面相看，谁也难断定到底是一场怎样的祸事。

何望来应约奔来喝喜酒，听了坏消息，不由得大吃一惊："唉，唉，阿亮哥，你为什么这样多灾多难呀！"

程亮沉默片刻，一字一句地说："如今这个世道，就是制造灾难的世道呀！"他说着，紧紧地抱着他的阿宝，低声哄着，"阿宝莫哭，我们去找阿妈回来……"

6

阿宝妈让鲨鱼牙的一群狗奴才们，偷偷地给抢到夏家那座深宅大院里边。

她的手脚被绳索绑缚着。

她的口被手巾堵塞着。

她的眼睛被黑布蒙盖着。

独眼蟹一边缠裹着被阿宝妈咬得直冒黑血的手指头，一边横着一只瞎眼，凶狠狠地说："哼，今天不看在日本皇军的面上，一定要你的命！"

鲨鱼牙从前厅走到这个黑洞洞的密室里，看看躺在地下的阿宝妈，一边打着饱嗝，一边想着对付的办法。

一个住在海口市的日本鬼头目，生了个仔，想找个奶妈，又怕象他的同伙那样引进个游击队员，最后送了命，就想个主意，命令驻在琼涯镇的日本鬼小队长，给他在这边远偏僻的地方找一个。日本鬼小队长又让鲨鱼牙完成这个差事。鲨鱼牙为了讨好主子，千方百计地物色了三个；没料到，一个听到信逃跑了，一个硬给绑了去，那个日本鬼头目看着不中意，不肯要，还大有怪罪的意思；另一个是程家女人，刚开口，就给硬顶回来，估计很难办。这一来，鲨鱼牙可慌了手脚。这家伙心里诡计多，闻到了海南岛各地穷人已经燃烧起抗日烈火的气味，也知道程亮这个穷人与众不同，很难对付，本打算先不招惹，把这件事情应付过去再设法收拾。

有一回，鲨鱼牙让独眼蟹到外边转转，再寻个既合适又顺手的奶妈，好快些交账。

独眼蟹转了几天，空着回来，担心让鲨鱼牙给训一顿，进门的时候，两条腿直哆嗦。

鲨鱼牙一点都没怪罪，因为他又改变了主意。

他说："就要程亮的女人，一定要她！"

独眼蟹说："您不是怕程亮造反吗？"

他说："光怕不行啦。这些日子，我发觉程亮这个人到处扇动穷渔民等红军、盼共产党，把不少人的脑袋搞乱了，将来一定是个祸害。如果想办法让他的女人当了日本皇军的奶妈，我们再把他通了日本人的名声传出去，他再说什么，穷渔民也就不会听了。这个计策如何？"

独眼蟹连连点头："高明，高明！"

经过一番策划，今日傍晚，他们就来了个暗中抢人。

他这会儿走到阿宝妈跟前，假惺惺地对独眼蟹说："你们这些混帐东西，真不会办事！好说好论好商量嘛，何苦这样对待她？快松绑，快松绑！"

阿宝妈被松开手脚，一把扯下塞在口中的手巾，转身就往外闯。

几个奴才一齐堵住了屋门。

阿宝妈愤怒地撕打着他们，大声地吼叫："放我走！放我走！"

鲨鱼牙在她身后甜言蜜语地哀求："你莫急，你莫急，听我慢慢对你说。我看你人好，奶水好，不嫌弃鄙人的话，求你给我奶几日孩子……"

阿宝妈猛一转身，又冲他吼叫："狗强盗，狗强盗，我家有阿宝，凭什么给你奶仔？"

鲨鱼牙还是装作不急不恼地说："我不会让你白奶的，你要什么，我答应给什么，还不行吗？"

阿宝妈说："金水银水，换不去我的奶水。我什么也不要，快快放我走！"

鲨鱼牙朝外面一挤眼。

大婆从外面端进一瓷盘子光洋。

阿宝妈看也不看一眼，依旧喊："放我走！"

鲨鱼牙又朝外边挤挤眼。

小婆捧进一大摞锦缎。

阿宝妈看也不看一眼，依旧喊："放我走！"

鲨鱼牙一见这种形势，有点慌神了。他万没料到，一个穷渔妇也这样有骨气、又这样难对付，连金钱都买不动，如意的算盘全落空，就说："放你走，也不难，你得答应我一个条件。行不行？"

阿宝妈眼睛瞪着他没吭声。

鲨鱼牙又说："求你跟我走一趟海口，来回顶多四天，第四天就回来了。"

阿宝妈心里有些奇怪，立刻质问他："你让我跟你到海口去干什么？"

鲨鱼牙说："实话对你讲，一位日本将军要请一位好的奶妈……"

阿宝妈一听气炸了肺："无耻！无耻！我这奶水，是喂穷苦人的后代儿孙，一滴一点不能喂汉奸走狗，更不能喂外国来的豺狼。你想逼我，那是做梦！"

鲨鱼牙一听脸焦黄，立刻又露出了凶相："穷骨头，太放肆了。你要知道，依着我，有活着的路，也有发财的路；不依着我的话，你逃不出我这个院，你那丈夫、女仔都活不成！"

阿宝妈急红眼睛，大吼一声："我拼了！"一拳打翻大婆手里的光洋，哗啦啦，满地滚；一脚踢翻小婆怀里的锦缎，呼啦啦，满地乱。她随后抄起身边的方凳，朝鲨鱼牙的头顶上狠狠地打去。

鲨鱼牙吓得三魂出窍，一边往后退，一边朝奴才们喊："快，快，把她给我绑起来，绑起来！"

7

阿宝来到世上一百天，就失去了阿妈。

程亮一个变成俩：又当阿爸，又当阿妈。

出海的时候，程亮带着阿宝，摇一阵橹，捞一阵鱼，再给阿宝喂饭又喂水。

上岸的时候，程亮带着阿宝，一头担鱼，一头担她，一步一眼看阿宝。

他们这样咬紧牙关度日月，等候阿宝的阿妈回到船上来。

程亮是个久闯大海、熟悉世态的聪明人。前因后果细追究，他断定女人失踪，定是鲨鱼牙使的坏。他不能忍，不能让，为了阿宝，他也不能莽撞。

他托下何望来暗查访，好按着鱼虾下钩网。

何望来的女人常到夏府洗衣裳，最能摸到真情。

何望来对程亮最交心，定能跟他讲真话。

有一天，程亮装好箩筐要上岸。

何望来到船上，进舱就摇头："阿亮哥，这回你可错算了，这场祸事不是鲨鱼牙给你造的。"

程亮问："怎么见得呢？"

何望来说："他家里的男仔早已找到了奶妈，在阿宝妈丢失以前就奶了许久，鲨鱼牙很可心。"

程亮追问："你看准了吗？"

何望来说："我不放心，又亲自访一回奶妈的男人，真真切切没差错。"

程亮担起箩筐，看看头边的阿宝，看看后边的鲜鱼，登上了海岸，缓缓地往前走。

何望来追随着他，不住地劝说："阿亮哥，你是个有心计、有见识的人，千万要想开，不要乱猜疑。"

程亮沉默了许久，快到鱼货栈了，才开口说："鲨鱼牙是个又狠毒又狡猾的家伙，咱们不能上他的当。你要不松劲，再帮我用心地查访下去。"

何望来对程亮这样固执不变，说不好再说，劝也不便再劝，就有几分勉强地点点头，停住了。

程亮默默地交了鱼货，刚要转身，一只大手轻轻地拍在他的肩头上。

"阿亮，阿亮！"

程亮扭头一看，是一个被众人称为"大张"的壮年渔民，忍不住吃惊地打量他一阵，说："你的身体比过去壮实了，脸色也好看多了……真没想到，你能这样；好久不见，许多人传说你病了……"

大张笑嘻嘻地说："还传说我死了，对吧？"

程亮点点头。

大张感慨地说："我是从死路上转回来的。当时病得只剩一口气，就等着下葬了，绝路之中遇上了好人。那天，从西沙开来三条船，靠在我们船旁边，一位阿明老大听到我女人、仔们哭嚎，过船来一看，立刻伸出双手搭救我：拿粮给我吃，请医给我治，慢慢地病去了，身体好了。"

程亮说："这个人真不错。也是一个穷人吧？只有穷人才会这样怜惜穷人。"

"你说得对。去认识认识他吧。"

"他还在这里吗？"

"刚从西沙返回来，今日夜间还要走；他就愿意跟你、我这样的抓鱼的交朋友……"

"他呆在什么地方？"

"在我们常常去的那个庙堂里。"

"好，我要看他一眼。"

他们说着话，离开凄凉的小镇，离开忙乱的人群，一边走，一边谈。

他们穿过几株椰子树，绕过一片岩石丛。

海滩上的卵石礁渣在浅水中隐现，残螺碎贝在夕阳里闪着光。

几条渔船在岸边停泊。桅杆上挂着网，顶尖有一只鸟在飞旋。

涨潮的大海，显得辽阔而深沉，呈现着一种墨绿的彩色。

翻吐的浪花，象涂抹着白漆。

前边是一座残破的庙堂：顶上的瓦碎了，长着青草；墙上的砖烂了，涂着"仁丹"商标。从那散破的门窗里面，飘出一股带辣味的浓烟，传出一阵粗犷的笑声。

穷渔民登岸修船，或是上镇卖鱼，都要在这儿落落脚。这地方可以避风躲雨，还能够听到从各地聚来的人聊天谈心，开眼界，长精神。

程亮最爱听新闻，这个地方常来往。

这会儿大概有二十多个渔民，坐着的，站着的，围拢在一起，说着机密话；多数人面熟，少数人面生，一个个都显得很亲切。

有人要烧汤，柴湿不好烧，腾腾直冒烟。

人群里站起一个人，说声："我来吧！"就扯过一把柴草，又用树枝从灰烬里挟出一点火星，卷进柴草里；不慌不忙地运足了气，"噗"地一吹，柴草呼一下就着了。

火，在他手里燃烧。

光，在他脸上闪耀。

庙堂里的烟气被驱散。

角角落落都明亮了。

人们都高兴地赞美起来：

"阿明真能干！"

"他做什么都独有一手！"

程亮留神观看那个被称做"阿明"的点火人。

这个人三十岁左右，又粗又黑的眉毛，又大又亮的眼睛，脸色紫红，牙齿洁白；头戴破毡帽，身穿破布衫，胸臂宽厚，显着特别有力气。

程亮心里也不由得赞美起来：多英俊的汉子呀！

一个人走过来说："我烧火，阿明你接着说。"

另一个人指着程亮说："他也是穷渔民，自己人。"

大张也说："是我专门请来的。"他又往里边推程亮："放下箩筐，坐一坐吧。"

阿明朝程亮点点头，看看众人，接着刚才被打断的话头说："总的一句话，真正的英雄好汉不是那些有钱财、有权势的官老爷，而是共产党领导下的人民群众！在长城线上、太行山里，打得日本鬼子落花流水的，是这样的人民群众；大平原上、江河两岸，拖住日本鬼寸步难行的，也是这样的人民群众！人民大众一个跟一个起来斗争，如同这火一样，越烧越旺，谁也扑不灭！"

围着的人们，不约而同地都把眼光移到燃烧的柴草上，脸色也被照亮。

阿明挥动着拳头说："不能忍，不能等，必须起来拼！不拼不斗，日本鬼不会滚蛋，中国不会得救；不拼不斗，咱穷人永远抬不起头、直不起腰！"

围着他的人，都挺起胸膛，好象浑身长了劲头。

阿明又对大家讲了许多抗日根据地广大军民英勇杀敌的斗争故事，越发激动地说："不靠天，不靠地，全靠我们团结起来，自己救自己。我们自己一定能够救自己。你们听过一支歌吗？我唱给你们听听。"

他站起身，低声而又有力地唱开了：

> 起来，饥寒交迫的奴隶，
> 起来，全世界受苦的人！
> 满腔的热血已经沸腾，
> 要为真理而斗争！
> ……

程亮第一次听到这支歌，却象非常熟悉，第一个音符就把他的情绪抓住了，字字句句沁到心里；他的心里，也如同有一把大火燃烧起来了。

一队日本鬼突然出现在海滩上，朝这边探头探脑地走过来。

庙堂里的渔民立刻机警地散开，有的回到墙角落，装做休息或吃干粮，有的大大方方地往外走。

程亮也随着担起箩筐。

箩筐里婴儿的"咿呀"声，惊动了阿明。

"这位兄弟还带着仔？"

"唉，他是个遭了灾难的人哪！"

程亮听见背后的穷哥们同情的议论，见到扑过来的日本鬼的狰狞面孔，就加快了脚步。

8

一个静静的夜晚。

没刮风，没起浪。

听不着声音，见不到灯光。

黑幽幽的大海象凝固了一样。

何望来又登上程家的小破船。

他的脸色苍白，脚步慌张。

他已经查访到阿宝妈的下落，还有阿宝妈遭难时候前前后后的详细情形。是他的酒友、鲨鱼牙的车夫在喝醉了酒之后告诉他的。

阿宝妈已经不在人世了。在她被抢劫的第二天，鲨鱼牙就把她送到日本小队长手里，当夜就被装上东绕北行的兵舰。阿宝妈宁肯一死，也不去伺候日本侵略者。兵舰开到铁炉港口外边的时候，她就跳海了。她本想游到岸边，奔到琼涯，回到渔船上，跟男人和她的阿宝团聚。在她拼命游水的时候，中了敌人的罪恶枪弹。

这个坚贞的南海渔家妇女，不肯上日本鬼的洋楼，甘心沉入祖国的海底，与礁石共存！

……

程亮迎出船舱。

何望来收住脚步。

他们面对面地呆站了许久。

刮风了。

起浪了。

缄默无声的大海，又不安地鼓动起来了。

程亮开口问："有事找我吗？"

何望来激动得眼里汪着泪，使劲地捉住程亮的手，哀求说："阿亮哥，你要强硬些，你要强硬些，……"

程亮连忙说："你快讲真情，我什么都经得住。"

何望来终于把噩耗转告给面前这个不幸的人。

程亮听了以后，没有哭泣，没有暴怒，只是呆呆地站在船头，任凭海风在身上吹拂，浪花在脚下飞溅，丝毫不动一下。是悲，是愤？是意料之外，还是意料之中？这样的阶级仇、民族恨的烈火，又将怎样锤打铸造这个刚强铁汉的心灵呢？

何望来更加慌张了。他揉揉眼睛，苦苦地解劝："阿亮哥，想开吧，人死是不能转活的。阿嫂死得冤枉，也死得有骨气。她的大仇立刻就有人给报了。"他压低声音继续说，"那条日本兵舰，开到大洲岛那边，水不足了，下来三条小舢板，坐上十几个日本鬼，要到岛上去补水。没料到，半途遇上红军的小船，噔、噔、噔，一阵枪，全给收拾了，一个也没活着回兵舰。……你那次在鱼货栈上说的话不错，海上也有打日本鬼的英雄好汉了……"

程亮看他一下，象没有听见似地依旧呆站着。

何望来搜肠刮肚，寻找开心的话往外掏。可是，直到过了半夜，不得不告辞的时候，他都没有从程亮口里听到一个字。这使他多么难受呀！

程亮送走了何望来，回舱点上灯盏，坐在阿宝的身旁。

这时候，大海滚动着混混沌沌的波浪，残月洒下冷冷的白光。

阿宝象懂事似的，醒来也不哭，圆睁着两只乌黑闪亮的大眼睛，盯着阿爸那张象久经浪潮的、如同礁石那样严峻的脸孔，嘴唇一动一动的，好象要跟阿爸说几句知心的话。

这时候程亮望着孩子的神情，真是百感交集，坚强的心头不由自主地一酸，一颗豆大的泪珠，滴在阿宝的小胖手上。

怎么办呢？

告状去吗？

笑话！谁能主持这个公道！

忍下来吗？

大海的后代象大海一样，从来不会忍气吞声！

他的耳边回响起《国际歌》的歌声，还有那个青年渔民的呼唤："不能等，不能忍，必须起来拼！"

他的耳边又回响起刚才何望来说的那句话："海上也有打日本鬼的英雄好汉了。"

他的心头一热，眼前一亮，浑身升起一股从来没有过的巨大力量。

当阿宝在他的抚摸下甜甜地睡着的时候，他脱下布衫，给孩子盖在身上；从舱壁上抽下一把长了锈的柴刀；轻手轻脚地出了船舱，舀了一碗清水，把一个缸瓷的盆子扣过来，就用力而又有节奏地磨起柴刀。

风大了。

潮涨了。

船下的大海——哗、哗、哗！

船上的大汉——嚓、嚓、嚓！

9

太阳没出海，程亮就出海了。象平时一样，他不惜力地摇橹、捕捞。

黄昏前，程亮返回小港湾。他把鲜鱼挑上岸，他把鲜鱼送到鱼货栈上。

好多天都这样，象钟表一般准。

他庄严地闭拢着嘴巴，和善地向熟悉的人点头。他的神情是那样安详与平静，仿佛他已经从不幸的罗网里挣脱出来，或者渐渐地被生计的操劳冲淡了对亲人的怀念。

他每天抓鱼，每天送鱼，每天要在离着夏府远远的地方走一趟。

开头几天，那两扇大木板门紧紧地关闭着。

过了几天，那两扇木板门打开一道缝。

再过几天，那两扇木板门大敞大开了。

他在回船的路上，把迎面走来的何望来拦下，说道："我抓了蟹子，正好下酒，晚上一起来。"

何望来借着太阳的余光看看他的气色。

程亮把装在衣袋的酒瓶掏出来，放进箩筐里，一齐交给何望来："你把这些都带回去，把我的船摇到铁花石，静静地等我。"

“你，你有何事？”

“莫要多问。”

“阿亮哥……”

“好吧，不见不散！”

何望来还要追问，程亮却已走远，只好收住步，深深地叹了口气。

程亮也没回头看他一眼。阿望老弟可靠，会照着嘱咐的那样办，程亮信得住他。

何望来非常担心地往小港湾走，不住地回转头，朝那消失在苍茫椰林中的小路看一眼。

他想，程亮是个有胆有识、敢作敢为的人，从不会逆来顺受，今日的行动是拦不住的；那么，是成功呢，还是失败呢？以后又怎么办？这实在太可怕了。

一片渔火在海水上颤抖。

他在最边缘的地方找到程亮的小船。

一个人站在船头，四下张望，发现他之后，喊了声：“阿亮吗？”

何望来走到跟前才认出来：“你呀，大张。”

大张说：“我来找程亮。他到哪去了？”

何望来听到舱里有哄仔的声音。

“啊，乖乖，莫要哭，莫要哭……”

大张发觉何望来有些惊疑，就赶忙解释说：“我有一个朋友刚从西沙来，想跟程亮合伙抓鱼；这个朋友，就是去年救了我性命的阿明老大。”

何望来眼睛发亮地说：“是那位好人呀！常听说，没见过。可惜，他晚来一步！”

阿明老大抱着阿宝从舱里出来，急忙追问：“怎么晚来一步？程亮去做什么？”

何望来摇摇头：“他到镇上去了，不知做什么。”

阿明又问：“他女人被害的事情他知底了吗？”

何望来说：“知底了。”

阿明立即把阿宝举给何望来：“快来抱仔。”他又对大张说：“咱们赶快去琼涯镇！”

大张问："他真象你估计的那样，行动了？"

阿明点点头："对，他一定要那样行动。"

"真勇敢！"

"是一对英雄的夫妻，革命的好材料！"

"怎么办？"

"去接应他！"

两个人急忙地跳下船头，消失在夜幕里。

……

气候闷热，好多人到海里冲凉，路上和丛林之间，不断地有身影隐现。

夏府的大门有人出入。里边还传出留声机的怪叫声。

程亮手持磨光了的柴刀，躲在一棵大榕树的背后，留神行人，计算着时间，思考着要开始行动的每一步。等到天色完全黑下来之后，他的精神一抖，几步跨到墙下，进了大门，绕到后屋。

这个宅院虽深虽大，程亮也是熟悉的。从小，他就常常来这里送鲜鱼。在这儿受过侮辱和鞭笞，他是不会忘记的。

纱窗透出的灯光，照着爆竹花繁密的枝蔓，照着几片香蕉树叶子，照着一只小藤桌，上边摆着一盘椰子肉。桌旁有一把藤椅。留声机的响声，就从那掌灯的屋里传出来。

程亮正想夺门而入，忽见里边黑影一闪，就停在花架的后面。

鲨鱼牙摇着葵扇走出屋。

程亮一步蹿上去，咬紧牙，运足了劲，劈头就是一刀——可惜，花架上垂挂下来的枝蔓挡了他的刀，"哗啦"一声，才落下来。

鲨鱼牙"妈呀"怪叫，抱着头往回跑。

程亮举刀要追，背后"噔、噔"响起两枪。

独眼蟹大喊："快来人，抓活的呀！"

程亮心血沸腾，恨不能抢起柴刀，把这伙仇敌一个一个都砍死。

他掂了掂柴刀，他想起船上的阿宝：柴刀再快，也敌不过火枪，一个人再勇，也斗不过众多的豺狼；小阿宝还小，得把小阿宝养大成人……

他是个既会热也会冷的汉子。

一伙人呐喊着，谁也不敢奔到跟前来。

程亮早留下后路。他钻过几株蕉树，穿过一座配房，就绕到了大门口。趁这伙人乱哄哄的当儿，他跃出门口，直奔归途。

独眼蟹带领一伙人叫嚷着追上来。

程亮撒开腿跑。

突然，前边迎上两个快速的人影。

程亮想拐弯奔山坡。

迎上来的人，头边那个是阿明老大。他收住步，闪到路边，朝程亮喊一声："快，照直走！"

程亮楞一下，照直地飞奔。

大张见程亮跑过去了，就问："阿明，咱俩怎么办？也得跑开吗？"

阿明说："不，要迎上去！"

他们迎上独眼蟹一伙。

"喂，看到跑过一个人吗？"

"见到了。"

"往哪边跑去？"

"山坡！"

"快，快，上山坡，追！"

……

程亮一气跑到铁花石。

铁花石不是停船的码头，也不是抛锚的浅滩，怪石林立，行船艰难。唯有老船家，才能到这里走一趟。

何望来正在焦灼不安地等候程亮。

还有一个陪伴他的，是符阿婆。

符阿婆过船看望阿宝，遇见何望来；听到程亮今晚的异样变化，很不放心，就跟到这里，想问个根底。

两个人正在低声猜测和议论，见程亮那脸上的汗、刀上的血，就全明白了。

何望来问："阿亮哥，你报了仇？"

程亮摇摇头："我们的仇与恨，光靠我一个人是报不了的，只是给他一点颜色看，还该他活几天。"

符阿婆说："当心一些，他们不会放过你！"

程亮点点头说："我也不会放过他。我们和他是你死我活拼到底啦！"

何望来说："此地不能久站，赶快逃走！"

程亮看看熟睡的阿宝。

符阿婆说："搭洋轮，到外国去吧！"

程亮抱起了阿宝。

何望来说："不愿出国，就上山！"

程亮盯着阿宝的脸。

符阿婆焦急地追问："阿亮，你到底打的什么主意呢？"

何望来要发火了："是深是浅，你应当给我们说个清！"

程亮看看符阿婆，看看何望来，又亲着阿宝的小脸，一字一句地说："祖国的山河大得很，自有我家阿宝站脚的地方；大海是我们的，我们是大海的，我们只能把仇敌们赶出大海，我们不能离开大海！"他说着，又忙着拿出蒸蟹，找出酒碗，"来，来，亲人们，祝贺呀，大口喝吧！"

何望来手端酒碗咽不下去，又说："刚才大张带着他的救命恩人阿明老大来，要跟你合伙抓鱼。"

程亮想起阿明老大唱的歌、说的话，精神抖擞地说："你转告他们，我不抓鱼啦！找红军，打日本鬼子，拼命、斗争去啦！"

10

大海莽莽苍苍，黑夜深深沉沉……

程亮扯起帆篷、摇起橹把，把小船开出了埋着仇恨的小港湾，乘着愤怒的风，直奔正东方的大洲岛。

顺风又顺浪，小船往前飞。

飞呀飞呀，飞到星星落，飞到太阳升。

小阿宝伏在阿爸的背上，看着蓝澄澄的大海，看着白云朵朵的天空，又蹬腿，又抓手；好象要不是背带束缚着她，就要跳下海去游游水哪！

程亮用力摇橹，心里高兴，一会说一句："阿宝乖乖，咱们去找红军啦！"

过一会又说一句:"阿宝乖乖,咱们去找红军啦!……"

阿宝在他背上"咿呀"、"咿呀"的,好象答应他。

如果阿宝会说话,问阿爸,"红军"什么样呀?程亮可怎么回答呢?

程亮在海上活了几十年,遇见的军队太多了。这种牌号的军,那种牌号的军,还有姓这个的军,姓那个的军,又有中国的军,加上外国的军,都是富人指挥的枪杆打穷人。他从来没有见过穷人自己的军队。

程亮听说过,穷人早就有了自己的军队。那是在岸边的小酒馆里,听那些上过广州、闯过陆地的人悄声叙说的。他今天听一句,明天听一句,过好久又听一句,都是只言片语、没头没尾的。他非常爱听,而且记得很牢,反复琢磨,再用他自己的意愿,象线头那样编织起来,象蜡滴那样凝聚起来。于是,他的眼前便出现一面五彩缤纷的云锦,他的心里便掌起一盏光明耀眼的灯笼。从此以后,他才敢于对这个世道怀疑,预感到这个世道要改变,逆着世道生活和走路,期待着翻天覆地的暴风雨快快来临。

他要去找红军,找穷人的红军,找在海上打日本侵略者的红军。

两天一夜,他带着阿宝赶到大洲岛附近。

岛上立着日本鬼的碉堡。

岸边排着日本鬼的电网。

码头站着日本鬼的哨兵。

海上停泊着日本鬼的兵舰,另外有几群正在捞捕的渔船。

程亮奇怪地看着这一切,朝渔船靠拢。

他绕过一条船,又绕过一条船,专门找了一条最破旧的船停下来。

他估计,这样的船一定是穷人的,只有穷人才靠得住。

一个站在船头撒网的红脸壮汉,见他过来,停住手。

程亮很机密地说:"请问,这地方的红军在哪儿?"

壮汉听了一楞,看他一眼,又看看身边的伙伴,这才冲着他摇摇头:"不晓得!"

程亮稍微提高一点声音说:"就是前几个月在这里打死两舢舨日本鬼的红军……"

壮汉绷着脸,连说:"不晓得,不晓得!"他又接着撒网,还不住扭转头,偷眼看程亮。

程亮追上一条船寻问，又追上一条船寻问，得到的回答越来越使他失望。

晚上，在锚地上架起小锅烧饭的时候，他在焦急之中，又尽力冷静地想：这里的人只说不晓得红军在什么地方，并没说根本没有红军；红军或许开到别的地方打日本鬼去了；找去，一定得找到他们！

这以后，他就沿着海南岛东南的边沿，一边捕鱼，一边寻找。

有一天，程亮正在黎安附近的海面上捕鱼，忽见一艘日本鬼的兵舰没命地开过来，直奔远海的方向去了。舰上的日本鬼全都戴着盔、端着枪，杀气凶凶的样子。

程亮怒目地盯着他们，觉着很奇怪。

傍晚，几条小渔船从远海返航回岸。

程亮凑到跟前，打听那边出了什么事情。

船上一个汉子掩不住脸上的笑容对他说："昨天清晨，日本鬼的一条货船，在海上挨打了！……"

程亮的眼前忽地象金光一闪。他心里无比兴奋地想："喜信，喜信！日本鬼子的轮船在远海挨了打，准是红军打的，可找到他们了，可找到他们了！"

那个汉子又说："喂，你往这边靠靠，有个老相识，跟你讲几句知心话。"

程亮迟疑地端详一阵，才认出，他正是第一天来到大洲岛的时候遇上的那个红脸壮汉。

船舱里跳出一个人，喊一声："程亮！"

这个人三十岁上下，又粗又黑的眉毛，又大又亮的眼睛，脸色紫红，牙齿洁白……

程亮不由得一愣：这位不正是那个阿明老大吗！

他连声答应，胸口嘭嘭地跳起来。

阿明来到船头，左右看看，探着身子说："听别人讲，你要找红军？"

程亮诚恳地回答："不错。打从红军的消息传到我们那偏僻的小港湾，我就起了意；听了你唱的歌、讲的道理，我更加硬了心——生要跟自己的队伍一起生，死也要死在拼杀的战场上！"

阿明说："找到红军干革命，这是一条我们穷苦渔民真正的路，是一条新生的、永生的道路。你去吧，到西沙，到金银岛！我亲眼见到那里有共产党领导下的红军队伍。"他说着，抬头看看天空，"如果不起风，明早动身；我们有急事，不能送你了。"

程亮感动地说："谢谢你给我指路，我一定去那里找到他们，跟他们走到底！"

这时候，天高海阔，霞光耀眼，浪涛涌涌，海燕翱翔。

啊，多让人痛快的时刻！

当夜，程亮补足船上的淡水，就一气不歇地向远海开去。

他奋力地摇着橹，小船飞一样前进；没想到，在第二天遇到一场少见的风暴。

11

中国的南海，象一个烈性的大汉。当他暴怒起来的时候，任何力量都不能把他降服。

无风三尺浪，有风浪三丈。在这少见的狂风暴雨的搅动下，海底象要翻过来，海水象要飞上天空。

渔船上的帆篷被扯烂了！

渔船上的桅杆被折断了！

小渔船一会儿被托到浪峰的顶尖。

小渔船一会儿又被投到浪谷的深底。

程亮凭着他的好水性，凭着他几十年弄潮的经验，凭着他追浪赶涌的勇敢，不慌不恐，把背着阿宝的背带勒紧，一会儿，用瓦盆把泼进舱里的海水一盆一盆地掏出去，不让浪涛吞掉；一会儿，又操着橹，使小船随着风势，照他认准的正确方向飘流。

小渔船飘呀，飘呀，飘到第三天的黎明时刻，雨住了，风弱了，涌浪也小起来了。

程亮感到头晕眼花浑身疼痛。他摸摸阿宝的小腿，还是热的，就放下心。他咬着牙，硬挺着，摇动那被打坏了的橹柄，四下张望，想冷静下来，在浓云密雾中再一次集中心力地辨认一下方向，以便最后决定路线。

他望呀望呀，忽然瞧见远远的地方，有一道若隐若现的黑线条。

他用力往那个方位摇船。

摇呀，摇呀，他看到那条线上有一道白边沿。

摇呀，摇呀，他看到那道白边沿上抹着一层绿色的云。

摇呀，摇呀，他看清了，黑线是礁石，白边沿是珊瑚沙，绿云是树的顶盖……

啊，这里是一个小岛！

啊，这里是他最熟悉、最亲切、最难忘的地方！

这个地方给了他信心，给了他希望，又给他鼓起更大的力气往前摇船。

南海之水，从茫茫的那一边压过来，触到了岛下的礁盘，被推回来；又压过去，再推回来，一去一来，就成了大涌。

小船顺着涌上去了，又顺着涌被推下来，连续三次，程亮臂软腿颤，疲惫极了。

涌浪，哗哗地往船上泼水。

涌浪，哐哐地要把小船打翻。

程亮望着对面只几丈远的岛滩，望着那朝他呼喊的礁石，向他招手的绿树，急得心头冒烈火。

就在这时候，黄沙丘上的羊角树丛轻轻地颤动了一下，又颤动了一下。

程亮抬头往那边细看。

那翠绿丛中露出一团灰白的头发，又露出一张黑红的脸膛，还有两只闪闪发亮的眼睛。

程亮一阵惊喜，连声大喊："老爹，老爹，过来搭个手吧！"

那老汉闻声走出树丛。只见他肩头很宽，骨架很粗，光着的臂膀象涂了漆一般。他穿一件破旧的短裤，腿腕和赤脚上沾着沙粒和草叶。

程亮又喊："老爹，老爹，求求你！"

那老汉不慌不忙地抬动着脚步，两只发亮的眼睛十分谨慎地审察着面前这个突然来到的生人，停在礁石上。

程亮再喊一声："老爹，老爹，快搭个手，求求你啦！"

老汉这才开口："你是抓鱼的吗？"

程亮使劲地回答："生在渔家，长在渔家，活了三十五年岁月，就闯了三十五年大海……"

老汉听到这儿，走下礁石来到水边："你为什么到这儿来了？"

程亮又回答："遇上了大风，死里逃生，随着潮涌，飘到这里来的。"

老汉"通"的一声跳下水，直往船边游。

程亮一看那姿态，心里连赞老汉的好水性。

老汉游到船前，象拉弓似地两手伸开，扳住船舷，向程亮喊道："用力，来——哟！"

那船随着他的手臂之力，象一只风筝似地穿过涌浪，飞到浅滩。

程亮抓住缆绳跳下船头，往礁石上盘绕。

老汉这时候才发现程亮背上的阿宝。他的眼睛一亮，双手抓住阿宝的小胳膊，摇摇，又把阿宝从程亮身上接过来，掂着："仔？仔？哎哟哟，渔家的仔呀！"他这样说着，老眼里掉下了激动的泪水。

程亮脚一登岸，悬着的心也平稳下来，看这看那，越看越高兴。

老汉也自豪地说："这是我们国家的西沙群岛中的一个最好、最美、最富的地方……"

程亮顾不上多说话，噌噌地往岛上迈了几步，转着身朝四处的海面上了望。可是他看不到船只，更看不到载着军队——红军的船只，许是因为这突然来到的风暴，临时躲进附近的避风港里去了。他想，来到这里站住脚，再设法找红军，一定能找到。

他想到这里，无限感慨地说："西沙，西沙，在人生的风风浪浪里，我奔波了两年，什么味道都尝过了，今日又转回到你这里来了！"

"你以前就来过这里吗？"

"对的，对的，我就生在西沙！"

"生在哪个岛？"

"就是这里：岛中间有一棵椰子树，树前边不远的地方有一眼又清、又甜的水井，起名就叫金银岛！"

"对，对！"

程亮狂跳着，抢过阿宝，连说："阿宝，阿宝，快笑，快笑个吧。你回到家了！我们回到家了！"

12

程亮带着阿宝回到他生身养身的故乡，回到了美丽富饶的西沙。

辽阔的祖国南海中，千里万里都是波涛滚滚又挨着波涛滚滚，唯有南沙、东沙、中沙和西沙这些部位，如同四盘棋子似的，摆下了四个岛屿、礁滩、沙洲的连接群。它们每一群中间的这一个同那一个，保持着一定的距离，一个个都独具英姿。

金银岛是西沙群岛中一个很有代表性的岛子。从海底深处矗立起一块巨大的礁盘，它把自己隐藏在明净清澈的浅水中，却在中央的地方托起一个蚕茧似的"丘陵"。这丘陵是千万年前潮水的杰作。潮水，每天一次往返，把海里的珊瑚的碎粒和贝壳的残骸推到礁盘的中央，堆积、风化，渐渐加高。随后，海鸟飞来了，栖息在沙丘上，丢下粪便，把沙变成土，上边就长起了各种植物。植物的败叶残枝，就地腐烂，越发肥沃了土壤，树长得更茂盛了，招来的鸟群更多了，面积也跟着加高和扩大。这样经历千万年，岛子就形成了。

金银岛庄严而又秀丽。沿水一周是礁石，有卧的，有立的，镶嵌在一起，浪打风吹中岿然不动，很象护岛的铁壁铜墙。

礁石上面，是珊瑚粉粒形成的海滩，洁白洁白的，象北国的瑞雪。

海滩上端是沙丘，金黄金黄的，象江、浙一带无际的丰收稻野。

翻过黄沙丘，是岛上面积最大的盆地。盆地里长满了茂盛的热带植物。丛生的羊角树，粗犷的麻枫桐，挺拔的马尾松，强硬的西沙藤，尤其多的是年高寿长的野海棠树，……

羊角树一年四季嫩绿清新，如翡翠雕刻，似彩丝巧绣，雷电烈火也点不燃、烧不死。

麻枫桐有松柏一样的韧性，又具杨柳一样的灵活。它能抗拒最大的台风；如果被刮倒了，再就地生根、钻枝、长叶，又成了大树一株。

马尾松别有风格。它习惯酷热，又喜欢海水，只要有咸味，放在哪儿就在哪儿生长壮大，生命力特别强旺。

西沙藤象葡萄，又似葛条。它的筋骨四处蔓延，象钢丝的网一样，细细密密地罩在沙地上，保护着沃土金沙。

野海棠一棵挨一棵，两个人都搂不过来。树上枝叶繁密，这棵拉着那棵，那棵牵着这棵，紧紧相连，不透阳光。树下根须外露，膨胀地伸曲，你搭着我，我连着你，盘根错节，覆盖地面。

仿佛是故意点缀，在原始森林的间隙中，留下一块块空地，形成了草坪。宝石般的草坪上，分布着碧绿的万年青、锋利的野剑麻、顽强的仙人掌。更有开不败的野花朵朵，红的、白的、黄的、蓝的、紫的，各种颜色，异样形状；大多数都叫不上名来，却给人留下极美好的印象，看一眼都会终生不忘。

程亮见景生情，想起了许多难以忘怀的往事。

他又看到了那棵椰子树。

椰子树象一根大旗杆，傲然挺立在小岛的中央。它披挂着巨大翎羽似的叶子，怀抱着金漆石琢一样的果实。

阿妈怀着程亮的时候，捕鱼到西沙。

阿爸把一颗从海南岛带来的椰子，埋在地下。

在热情的期待中，程亮在小岛上出生，椰子在小岛上冒芽。

从此以后，南来北往的渔民，靠岸的时候，能在岛上尝到新鲜的果实，美名到处传。

……

程亮又看到了那眼甜水井。

甜水井象一面明亮的宝镜，牢固地镶嵌在小岛的地上。它托着蓝天白云，映着绿枝红花，也留下中华儿女一代人接着一代人的亲切面影。

阿祖捕鱼到西沙，一年两趟，一趟掘两口井，直到临死前最后一次出海，才找到最好的水脉，掘出这一眼甘泉。

阿公捕一辈子鱼，用甘泉洗衣、烧饭。

阿爸捕一辈子鱼，用甘泉烧饭、洗衣。

程亮来到人世间，吃到祖国的第一口水，就是从这口甘泉井里汲取的。

这样久的岁月里，南归北上的渔民，断水的时候，就靠到岛上来补充，深情永不忘。

程亮在西沙奔波了三十多年，常吃树上果，常饮地下泉。这使他浑身有劲地下海捞海参、捉海龟、捕海鱼；上岸补网、修帆、堵船漏；帮他度过一个又一个生死的关口，使他活到了今天。

他能不感激西沙吗？他能不感激甘泉吗？如今，在与风险搏斗中，西沙又成了他避风躲险的安全港，甘泉又成了他消乏长劲的好饮料。他想，看这兆头，自己寻找红军的愿望一定会实现！

在椰子树下，刚刚奇遇的灰白头发、红脸膛的老汉，细心地盘问程亮的根根底底。

程亮把他的家世、遭遇，一一地向老汉作了叙述。

老汉听了，不住地点头，不断地叹息。他说："我们国家大，穷苦人数不清，世世吃苦，辈辈遭难，大仇大恨，比这南海的水还要深，你不要光看着自己家那一点一滴。"

程亮联想到自己的经历和相识，点头说："你讲得非常对，也是我这几年常常盘算的。每个穷苦人都有一本冤仇血泪账，算也算不清啊！"

老汉大手一摆："后生，能算清的，能算清的。这得有英明的领头人，得靠全国受苦人合成一条心，拧成一股劲；人多力量大，才能翻江倒海改天地！"

程亮觉着老人的话有眼光，很有分量。他说："你的话讲到我心里了。就是为了跟受苦人团结起来，一块合成劲拼命打日本鬼、打渔霸，我才决心投奔红军哪！"

在甘泉井边，沉着、干练的岛上老汉，又小心地查访程亮的去从安排。

程亮把他怎样听到红军的信息，怎样冒险寻找红军，从头到尾告诉了老汉。

老汉听罢，又把他打量一遍，笑着说："红军不是你想的那个样，照你这般横冲直闯到处找，就是见了红军的面，也不能认识；你那样打问，就是知道的人也不会告诉你呀！"

程亮问老汉："你几时来这里的？"

老汉说："很久了。"

"你没见到红军吗？"

"见到过。"

"他们到底在什么地方？"

"开走了。"

"红军总不会上天入地，你给指个路，就是攀刀山下火海，我也去找！"

老汉说："莫急，莫急，咱们一块儿找。"

程亮一乐："你也要投奔红军吗？"

老汉说："对的，将来全国人民都要投奔红军。"

"好，好，咱们就一同走吧！"

"莫急，莫急。等两个月，我们合伙的船，也许从海南岛来到南沙去，也许从南沙来到海南岛去，跟他们商量一番，咱们再计议。"

"就在这里坐等吗？"

"咱两个合伙抓鱼、捞参，加工晒干，托人带回海南岛，换来我们的吃穿。"

程亮觉着老汉的主意有道理，还有些犹豫，因为他急不可待地要找到红军，要轰轰烈烈地大干一场。

老汉又说："莫急，莫急。你应当在这个岛上养息养息身体，壮一点，胖一点，再投红军去。还有，你的仔，她还小，让她在这岛上长起来，能放下手自己走了，再一块去找红军，好不好呢？"

程亮低头不语。

老汉豪迈地说："后生，你不要心焦，只要你听我的劝，保你能找到红军！"

程亮抽身站起，连说："好，好，好，只要能找到红军，让我怎么做，我就怎么做！"

老汉高兴地说："对，对，对，你们父女两个就在这儿住下吧，这儿是你们的家啦！"

椰子树，向他们热烈地拍手。

甜水井，朝他们深情地微笑。

金银岛啊，欢迎吧，你的子孙后代，一同回到了你的怀抱！

13

岛上的老汉，是个非常怪的老汉。

他对程亮的到来既欢迎，又热情。可是，他有一个现成的草棚，那草棚很宽大，能睡下十个人，却不肯留程家父女同住。

他说："我睡觉打鼾的。"

程亮说："你打雷我也不怕。"

他说："我怕女仔哭闹。我帮你另搭一个吧。"

程亮这还有什么说的呢？只好另搭草棚。

他是个性格爽朗、爱说爱笑，又有满腹知识的人。可是，他从来不谈他自己，一沾边就转弯，任凭怎么追问，他也不肯讲下去。

他说："我的年纪大，走的路子长，见的世面杂，三言两语说不清，话语短了，你也难明白。"

程亮说："我最爱听，好长见识；如今很有时间，你可以不用着急地从头讲。"

他沉脸："我不愿轻易地对别人讲这些！"

程亮还有什么说的呢？只好不问，憋在心里。

……

他们伙使一条船，一起下海捕捞。

他们伙用一口锅，一同烧饭煮汤。

他们的日子安定下来，也渐渐地习惯了。程亮的心情却越来越焦躁。

他常常望着蓝闪闪的大海发呆。

他常常盯着女仔那红亮亮的脸蛋叹息。

他的国恨没消，家仇未报，自己和后代的前途大业还不曾有个着落，这样的安定和习惯是他难以忍受的。

有一天，他们没有出海。

老汉在沙滩翻晒鱼货。

程亮用心地收拾好折了的桅杆、断了的帆篷。

老汉仿佛明白了他的心意，并不问一句。

程亮几次想把自己要立刻离开这里去找红军的打算告诉他，又不好开口。

晚饭后，他们坐在珊瑚滩边的礁石上，吸着烟，又象往日那样热烈地谈论起来。

天晴朗，星明亮，海风嗖嗖，浪涛阵阵。

他们谈着、谈着，老汉忽然用烟锅指了指大海的东北方："阿亮，你知道那是什么地方吗？"

程亮想了想："是广州吧？"

老汉说："我指的是广州北边的三元里。"

"就是狠打英国鬼子那个英雄的地方？"

"对，对，对。那是一百年前，英国鬼见咱们中国地大物博宝贝多，馋得流口水，明知硬来抢夺不能如愿，就冒充做生意，把几万箱几万箱的鸦片往广州运。妄想让中国人中毒，都变成病人，不能打仗，不能抵抗，他好来侵略。我们中国人民一眼就看穿了他们的阴谋诡计，全都气红了眼，有一回就把英国鬼运来的不少鸦片给烧了。英国鬼又急又气不死心，发兵要打我们。他一动手，我们就把他打败了，他敢再来，我们照样把他打个落花流水。可恨的清朝皇帝，怕得罪英国鬼，就跟英国鬼谈判，还答应割地、赔款。这一下可就家里烧香，引来外鬼。英国鬼打到广州，放大炮杀中国老百姓，烧房子，抢东西，最后竟掘坟，从死人身上搜腰包，……中国人民对这种强盗的行为决不能容忍。有一回，一群英国鬼窜到三元里去抢东西。一个名叫韦绍光的菜农挺身而起，带头造反。他把队伍组织好，等敌人来到，一声呐喊，种田的、种菜的全都举着刀、持着镰冲上来了，把这群外国兵连砍带杀，死的死，逃的逃。这下可给人们出了气、鼓了劲。不几天，左右一百〇三个乡，上至五十，下至十五的男子全出动，联合成一个浩浩荡荡的打击外国强盗的大军。五月三十日，英国鬼的一个司令率领两千多带着火枪火炮的兵，进攻三元里。人们一看敌人多了，又有枪炮，知道直来直去不行，就使计谋，且战且退，牵着敌人的鼻子往牛栏岗走。敌人光顾追，发觉陷进了稻田里，已经来不及跑了。这时候，一声锣响，早就埋伏在四周的农民端着长矛、大刀、铁锨，冲杀过来。打得敌人丢盔弃甲、尸横遍地，两个大军官也在这儿丧了命，活着的爹妈乱叫……你看，你看，这就是中国人对待外国侵略者的气魄，这就是外国侵略者一定要得到的下场！……"

程亮听着，耳边响起冲锋的锣声，眼前闪动着刀光矛影，心里燃烧起战斗的烈火。

老汉转了一下身，用手指指西北的天空，问道："阿亮，你知道那是一颗什么星吗？"

程亮看了看说："北斗星！"

老汉点点头，又问："你知道北斗星下面是什么地方吗？"

程亮想了想说："是万里长城吗？"

老汉说："我指的是万里长城西端，就是祖国的大西北，有一座名城，叫延安……"

"延安！"

"对啦。那里住着全国人民的领头人、全国穷人的大救星——毛主席！"

"毛主席！"

"对，对，对！很早以前，穷苦人正看不到光明、找不到道路的时候，他来到咱们广东。他在广州办了个农民运动讲习所，专门给咱们种田的、抓鱼的穷苦人讲道理，让咱们弄懂怎么样才能把占着咱们地盘、掠夺咱们财富的侵略者彻底赶出中国去；让咱们弄懂怎么样才能把压在咱们头上、喝咱们血、吃咱们肉的地主和渔霸彻底打倒；让咱们弄懂怎样才能把中国变得富强，怎样才能把日子过得美满。他唤醒我们快起来，他带着我们往前冲。他为了这个呀，不辞辛苦，南征北战，日夜操劳。他在江西的井冈山上，建立了第一个穷人站脚的根据地，组织了给穷人掌枪杆的军队——红军就诞生在那里。日本鬼侵占咱东三省，又进攻华北大平原。蒋介石不放一枪一炮，存心引狼入室，把大好山河双手献给侵略者。毛主席号召全国人民起来斗争，还率领人民的军队，日夜兼程，走了两万五千里，到了陕北，到了延安，领着北方人民抗战打鬼子，开辟抗日根据地，建立抗日新政权。觉醒的穷人越来越多，给穷人拿枪的队伍越来越壮大，日本鬼遭到沉重的打击、狼狈的败下来。总的一句话，那里的抗日战争的巨大成就，鼓舞着全国人民，给全中国的穷人做榜样，影响越来越深远。如今哪，抗日的烈火遍地红，咱广东省，咱海南岛，还有咱这南海西沙，到处都有了打击侵略者的革命力量。侵略者的日子长不了啦，我们就要胜利了！……"

程亮听着，耳边响起进军的号角，眼前闪动着胜利的红旗，心里激起了沸腾的涌浪。

老汉好似故意让程亮思考思考，就停了一下，抽了一锅烟，才接着说："咱们第一天见面，我就对你讲清了——不要光结记自家的仇和恨，得看到普天下的穷苦人都有没了结的仇和恨。还要追追根，为啥穷人勤劳、爱国，反而受压，富人光吃不做、卖国求荣，倒为所欲为？根子就是如今这个社会制度太腐烂了；不彻底推翻这个旧社会，我们穷人共同的大仇大恨就报不了，我们的子孙后代照样还得受压！你想想，这个理对不对？"

程亮连声回答："对，对！"

老汉又接着说："我再给你提个问题，你把道理往深处想一想。我们中国人民最勇敢的，是最有反抗精神的，也是最有智慧的。光说近一百年，一起连一起，一桩接一桩，不断有人联合成武装队伍，起来反抗剥削压迫，反抗外族侵略，要推翻旧世界，改变旧世道——结果怎么样呢？有的一露头角就失败了，有的都打出半壁江山，也失败了……鲜血呀，烈士们鲜红的血呀，象河一样流下来了。为什么他们总是半途失败，而不能最后成功呢？他们的最根本的经验教训又是什么呢？"

程亮听到这里，那股心情，宛如一个驰骋在大平原上人，突然被带到高山峻岭。他见老汉把话停顿下来，就迫切地叮问："你说根本的经验教训是什么？"

老汉一字一句地说："根本的经验教训，是他们没有一个无产阶级的政党，没有马列主义。我们有了无产阶级的先锋队——共产党，我们有了马列主义指引，有伟大领袖毛主席来领导，所以我们能够把革命进行到底——不仅赶走日本鬼、打倒地主渔霸，我们还要建设一个崭新的社会，最后解放全人类！"

程亮的心情立刻又攀临高山之颠，眼前豁然开朗。

老汉加重口气说："你要投奔红军队伍，一起打鬼子、铲渔霸，这是非常好的举动，但是很不够，还得具备更远大的共产主义理想，争取做一个无产阶级先锋队的战士！"

程亮用力搓着大手连声说："你的话好极啦，好极啦！我一定照你的话做下去，至死不回头！"

老汉又讲了许多许多在程亮听来十分新鲜的题目，十分动心的故事，十分发人深思的道理。讲到深夜，他站起身，象平时一样，轻轻松松地回草棚里歇息去了。

14

程亮也回到草棚，安排好阿宝，平身躺下，却怎么也睡不着。

他听着大海的涛声。

他望着天空的繁星。

他的心里呀，活跃着为实现共产主义、解放全人类的光辉目标而勇敢战斗的英雄们高大身影。

他不由得回想起自己的前半生：南海的波浪，渔栈的斗秤，日本鬼的枪口，鲨鱼牙的鞭绳，……这一切伴着血和泪、仇和恨。

他怀念起惨死的妻子，抚摸一下身边的婴儿。

他回忆起千千万万受苦受难的阶级弟兄，恨不能立即投身到那个浩浩荡荡的，为推翻旧世界、创造新世界而战斗的行列里！

他睡不着觉，闭不上眼，躺也躺不住了，一跃身站起，走出低矮的草棚。

清风，卷来大海的咸味，又随掠随散着野花和青果的芳香。

他迈步走向海边。

大涌，撞击着坚固的礁石，扬起银色的波，蹿起冲天的浪。

程亮啊，生在西沙，心头上一颗伟大的革命理想的种子又在西沙发了芽！

程亮啊，长在南海，无产阶级革命者的关键的第一步要从祖国的南海迈开！

他充满了信心，一定找到无产阶级的党，找到伟大领袖毛主席指挥的抗日队伍！

他浑身鼓足了力量，一定能象老汉指引的那样为共产主义拼杀苦斗，争取当一名共产党员！

……

忽然，他发现远远的避风港口，有三条并排的船只在悠悠地浮动。

他朝前走了几步。

身旁，又出现一队人影，每个人担着箩筐、背着袋子，朝这边走过来。

他赶忙蹲伏在一块礁石下边。

一个提着风灯的人从后边紧紧地跟上，正是岛上的老汉。

在灯光下，程亮看到那些往船上搬运东西的人，一个个年轻力壮、精神抖擞。他们都穿着渔家的衣衫，都戴着渔家的竹笠，都象渔家那样打着赤脚——却有一样不相同，他们每个人都在肩上背着一支长枪：就是程亮曾经见过的枪，掌在鲨鱼牙手里的那种枪，端在日本侵略者手里的那种枪，杀害了无数穷人的那种枪。

程亮用力睁大眼睛观看着他们，胸口突突跳，心里犯疑猜。

他们是干什么的人呢？又在做什么事情呢？

船装上了，他们在滩头上告别。

一个青年人说："辛苦了，韦老爹！"

老汉忙回答："那里，那里，同志们辛苦。"

啊，闹半天他姓韦，叫他韦老爹？

另一个青年说："韦老爹，还有什么话要捎吗？"

韦老爹回答："你们回去把我们这里的情况，还有咱们讨论过的事情报告给'火种'，请他指示；有机会的话，请他早点到我这里来一趟，我很想念他。"

"火种"是谁呢？还有叫这个名字的人？

又一个青年说："韦老爹，不捎点好酒吗？"

韦老爹说："酒有人捎了，你们转回的时候，再捎点糖果来。"

"阿海不是在南沙太平岛上住着吗？"

"有顺便的船，我要让他们把阿海带回这里来。"

阿海又是谁呢，要人带来，是个仔吗？

人们更热烈地招呼起来：

"再见喽！"

"再见，要多长眼，小心日本鬼的巡海舰！"

"放心吧，较量了多少次啦，侵略者斗不过咱们革命的渔民！"

"为了抗日战争的胜利，祝你们一路顺风！"

年青人忽忽啦啦地上船了。

他们是那样内行、那样熟练、那样有气力：把渔船拨弄得随手转，稳稳当当地飘游出礁盘。

韦老爹见船平安出港，又渐渐消失，长长地透了口气，大声咳嗽几下，震得礁石"嗡嗡"响。他又伸伸两肢，骨节"咯嘣嘣"。

他转身往回迈步。

一个人影挡住他的去路。

他先是一惊，随后又沉默起来。

海涛"哐哐"地响着。

浪花"呼呼"地飞着。

羊角树枝在摇摆。

野花朵在点头。

程亮啊，这个已经觉醒、正在政治思想阶梯上不断攀登的穷苦渔民，从刚才人们最后两句对话中明白了他们的来历和身份。意外的喜悦强有力地震动了他，使他的胸口突突地跳，两只手攥得"咯吱、咯吱"的响。他面对着革命的老汉，竟不由自主地喊了声："你是什么人，你到底是什么人？"

韦老爹看他一眼，替他拉了拉披着的衣襟："回棚去吧，你要受凉的……"

程亮一摇身子："你要对我讲实情，你要对我讲实情！"

韦老爹又看他一眼，推着他说："阿宝要醒来，阿宝要找你的……"

程亮不肯动，委屈地说："你的事为何瞒着我？"

韦老爹解释："这是我们的规矩——纪律，革命人的纪律！"

程亮不吭声了，仍不动。

韦老爹再一次推他的时候，感到两颗热呼呼的水珠滴在手背上。他的心头也跟着一热，就说："阿亮，莫难过，我刚刚接到上级领导的介绍信，因为遇上风暴，信来迟了。信上说，你是个很出色的渔民，一定会成为一个出色的革命战士，领导和同志们都对你抱着极大的希望；我们又开了会，集体讨论了你的事。走吧，回棚去，我现在就把根根底底全都告诉你。"

……

他们回到那低矮的草棚里，守在他们的后代阿宝身边，往外掏心里的话。

他们没有灯。

心里点起长明灯，比什么灯都明亮。

他们不会讲文词。

阶级弟兄的心声，比什么词句都动听。

韦老爹说："傍晚我给你讲过三元里人民的斗争，我就是三元里的后代。阿公在那次斗争里英勇地牺牲了，阿爸恨死侵略者，也恨死软弱媚外的清朝皇帝，决心要报仇雪恨。十年后，他跟上洪秀全闹起太平天国。生我那年，阿爸战死了，革命失败了，阿妈带着我，跟一伙太平军的后代逃到海上避难，逃到南沙群岛谋生活、寻出路、等时机，从此我就成了渔民。……"

程亮听着，耳边又一次响起冲锋的锣声，眼前又闪动起刀光剑影。

韦老爹接着说："傍晚我给你讲过无产阶级先锋队共产党的故事，我就是这个队伍里的一个战士。一九二六年，我的大儿子到广州参加闹革命。他亲眼见过毛主席，受到教育，使他一块生铁变成钢。二七年'四·一二政变'，我的儿子和千百万战士，一起被蒋介石屠杀了。从此，我又接过他的事业，在陆地、在海上，跟敌人作斗争。如今，我们的游击队遍布在海南岛的深山老林、乡村市镇，英勇地打击敌人，配合抗日根据地的斗争。我们是一支海上运输小队，活动在海南沿海线上和西沙、南沙之间，拿捕鱼做掩护，专给我们山里的大队人马转运弹药和给养；今天来的这个人是战士，'火种'是队长的代号，你问阿海吗？是我们大家的仔。……"

程亮听着，耳边又响起进军号，眼前又闪动起红战旗。

他仔细地听，用心地记。

他第一次实实在在地认识到自己活有奔头、生有意义。

他们谈哪，谈哪，知心的话儿谈不完。

一直谈到天大亮，一直谈到太阳升，一直谈到阿宝从甜蜜的梦中醒过来，冲着两个战士拍小手、咯咯地笑。

15

程亮每天早晨起在韦老爹的前边，忙着补网。

程亮每天晚上睡在韦老爹的后面，忙着磨钩。

程亮每次吃饭都是先放下碗筷，忙着收拾鱼货。

这个高大的汉子，浑身有用不尽的精力、使不完的劲头。他那赤裸的臂膀，被太阳晒得黑红黑红的，真象一根大铁柱子。

他跟韦老爹撒网捕鱼。

他跟韦老爹下海捞参。

他望着满舱的鲜鱼心里想：这是给前线杀敌的战友们准备的口粮。

他望着篓里的海参心里想：这能换回抗日战争需要的子弹和药品。

他在南海西沙捕捞了三十多年，只有这时候才看到捕捞的意义，这意义是神圣的。他怎能够不拼着性命干呢？

打鱼的小船飘到这里来。

他们以为是"火种"来到。他们过去一看，是断了淡水的渔民。

他们赶快把甘泉清水送上小船。

又有打鱼的小船飘来了。

他们以为是阿海来到。他们过去一问，是缺了柴的渔民。

他们立刻把岛上的干柴送上小船。

渔民感激地拉住韦老爹的手："多谢你们好心的人哪！"

程亮忙回答："我们都是穷人，应当的。"

一天傍晚，又有三条渔船靠了岸，十几个彪悍的青年跳上滩头。

"韦老爹好哇？"

"好，好！从海南来吗？"

"对，对！这位是谁？"

"他是程亮……"

十几只粗大的手一齐朝程亮伸过来：

"程同志……"

"程同志……"

程亮激动得嘴里"啊、啊"着，说不上话来。他的心里却默默地发誓："请你们放心，我决不给咱们的队伍丢脸，我一定要配得上同志这个光荣称号！"

他们一起从草棚里往船上搬运棉布、药品，还有加了工的鱼货。

人多力量大，圆月刚升起，船就装完了。

他们围坐在草坪上吃饭。

这个大家庭真热闹呀！战士们放下饭碗说：好久没有吃过这么香的饭。

他们挤在草棚里睡觉。

这个革命队伍的同志真亲密呀！战士们醒来以后说：好久没有睡过这么美的觉。

黎明的时刻，三条渔船启航了。

他们互相热烈地、依依难舍地握手告别。

程亮站在涌动着浪花的海滩上，久久地望着远去的帆影。

韦老爹说："等着吧，'火种'很快就会来，阿海很快就要到。"

……

紧张、愉快的日月，很快地过去了。

"火种"没有来。

阿海也没有来。

在战斗中等待，在等待中战斗。

在等待和战斗中，小阿宝悄悄地长大了。

有一天早晨，程亮盛了半碗米粥，用筷子夹了点，用嘴吹吹凉，伸到阿宝眼前，故意逗她玩，不肯给她吃。

小阿宝两只乌黑发亮的大眼睛忽闪着，两片红红的薄嘴唇一抿、一撇、又一张，忽然发出一个清脆的声音："阿爸！"

程亮使劲搂住阿宝，亲她的脸蛋，高兴得差些掉下眼泪。

有一天中午，程亮出海回来，从路上采了一把野花，摇晃着，举到阿宝眼前，故意逗她玩，不递给她。

小阿宝两只胖胖的小手轻轻地拍打着，坐着的身子一掀、一挺、又一用劲，忽然站立起来，抬腿往前迈步子。

程亮赶紧扶住阿宝，亲她的脸蛋，激动得差些掉下眼泪。

阿宝会说话了。

阿宝会走路了。

她的第一句话，是在她的家，祖国的西沙土地上喊出来的。

她的第一个步子，是在她的家，祖国的西沙土地上迈出来的。

从这以后，小岛上一天到晚响着她那悦耳动听的清脆的童音。

从这以后哇，小岛上到处都踩下她那蹒跚不齐的小小的脚印。

又抓鱼、又搞运输的战士们是常到小岛上来的。

他们在这儿运走从南沙转来的物资和海货,由外边给这里运来米盐和火柴,特别使岛上感到贵重的是南至南沙群岛,北至黑龙江畔的各种大大小小的新闻。

他们都喜欢阿宝。他们都抢着抱她,抢着亲她,抢着逗她玩。

这个教阿宝几句海南话。

那个教阿宝几句广东腔。

又一个教阿宝几句潮州土语。

小阿宝东一句,西一句,逗得大家哈哈笑。

这个教阿宝折跟斗。

那个教阿宝拿大顶。

又一个教阿宝跳个黎家舞。

小阿宝左一下,右一下,乐得大家拍巴掌。

大家都爱阿宝,盼着她快快长大。

16

过了好久,一群战士又开着渔船,飞一般地来到西沙,登上了金银岛。

小阿宝一见他们来到可高兴啦,紧迈两只小腿在后边追赶。

可是战士阿叔,谁也没有逗阿宝,好象连看她一眼都顾不上。

阿宝嘴里喊叫着,还是不放松地追他们,一直追到韦老爹的草棚里。

程亮正跟韦老爹说话。

一个阿叔把一个很好看的纸袋交给程亮。

程亮说:"我不认字。"

阿宝伸手要抢:"给我,给我!"

程亮不肯把纸袋给阿宝,交给了韦老爹,阿宝就不敢抢了。

韦老爹接过纸袋,撕开,又从里边抽出一张纸,上下地看了一阵,一拍膝盖说:"嗨,嗨,喜事,大喜事!"

程亮忙问:"什么大喜事呀?"

韦老爹说:"明日,或是后日,有一只运军火的船,要从海南岛来,在西沙经过。"

程亮猛地一拍大腿说:"狗种们要搞什么名堂?"

韦老爹说:"那上边装着日本鬼的军火。"

程亮说:"这是运到东南亚杀人的!"

韦老爹说:"对,是运往东南亚杀那边的穷苦人的。可是西沙这道关不好过,要在羚羊礁触礁搁浅……"

程亮忍不住地插问:"真的吗?"

韦老爹说:"这是'火种'安排的。"

程亮兴奋地笑了。

韦老爹说:"大家留神听,'火种'还布置咱们,把四条渔船都准备好,隐藏在避风湾;人都吃饱饱的,睡足足的,在金银岛休息待命。还指示白天不要生火,夜晚不要掌灯;看到羚羊礁第一次升起火光的时候,开船往那边行驶,看到第二次升起火光的时候,就往轮船上边靠。那时候,会有人跟我们联络,指挥下一步的具体行动。……"

阿宝听着这些听不懂的话,看看阿叔们,一个个都乐得闭不拢嘴;看看阿爸,他的脸胀得通红,两只大手使劲地攥拳头。

"阿爸,阿爸,你怎么啦?"

"我吗,……对你说也不明白。"

阿宝这回可有点不高兴了,两只小手套住阿爸的脖子,吊起来,晃着头:"你对我说明白,你对我说明白!"

一个刚上火线的新战士,渴望战斗,而战斗已经来临时候的那种心情,他自己也说不十分清楚,又怎么把这种微妙又激动的情感用简单的语言,传达给这个幼小的嫩芽芽呢?

还是韦老爹来解围:"阿宝乖乖,不许胡闹!"

阿宝看韦阿公一眼,撅着小嘴,松开了手。

韦老爹又对程亮说:"赶快动手,烧饭,把明日、后日,两日的饭,全都烧出来!"

阿宝这回可明白了,没等阿爸回答,就跳着脚喊:"我抱柴,我抱柴!"

草棚里的战士们被孩子的神态逗得"哈哈"地大笑。

只有程亮没笑。他的面色象大潮中的礁石那样严肃。

他带着阿宝到林子里砍柴。

他带着阿宝到甘泉井汲水。

他又支起锅灶点燃了火。

他一边添柴一边想心思。在火光升腾中，他仿佛看到了琼涯镇的日本鬼兵营，看到小港湾的日本鬼兵舰，看到鲜血在枪声中喷流……

他暗暗地想：满满一轮船弹药，得有多少颗，运到东南亚的国家去，得有多少穷苦的人民遭受屠杀？

他想：我们这小小的海上运输队，只能周旋往返送物品，那个大货船上，定会有许多押送的日本鬼，跟他们硬拼，打得过吗？

他咬着牙齿下狠心：打不过也得打，不能看着外国的穷人遭害不管；韦老爹说，无产阶级革命者，不光要有爱国主义思想，还得有国际主义思想，普天下受压迫的人都是一家，都得联合起来一块求解放——我要争取上前线，要拼个死活，就是战死也光荣！

他想到这里，心里亮了，火也烧得更旺了。

他转身看看，战友们都到水边去冲凉，就把阿宝揽在怀里，对孩子进行第一次严肃的、关系着革命大事业的嘱咐和教育。

"阿宝，你要当好仔吗？"

"要当的。"

"当好仔就得听话。"

"听话。"

"明天吃冷饭，行吗？"

"行。"

"黑夜不点灯行吗？"

"行。"

程亮亲亲孩子的脸蛋："好，好。为了推翻这个万恶的旧社会，阿宝得咬牙吃苦呀！"

阿宝闪着两只乌黑的小眼睛盯着阿爸问："谁是旧社会呢？"

程亮被孩子这天真的发问激动起来，攥着拳头说："吃了你阿婆、阿公、阿妈，还有好多好多穷人的那个，在你一落生就要吞吃了你的那个，就是旧社会！"

阿宝也气起来，平伸出两只小手掌，做着用力的姿势："推、推，使劲地推倒他！"

程亮这回可忍不住地笑了。

17

战士们严格地遵守规矩，也就是"纪律"：白天没有生火烧饭，夜间没有点灯照明。

他们都不肯进草棚，一直守候在羊角树丛中，监视羚羊礁那边的动静。

小阿宝这一回出人意外的听话，阿公、阿叔们吃冷饭，她也跟着吃冷饭；阿公、阿叔们伏在树丛里，她也伏在树丛里；阿公、阿叔们不动，她也不动。

小阿宝夜里没灯也不闹，听阿爸讲故事。

第一个是"狼外婆"的故事。

第二个是"东郭先生"的故事。

第三个故事没听完，她就睡着了。

一天又一天，照样不烧饭，照样不点灯，照样伏在羊角树丛里听故事。

可是，又一次天明的时候，众人都焦急了。

他们只烧了两天的饭，如今三天了，饭已经吃完，鱼已经吃光。

怎么办哪？

这个勒勒腰带。

那个喝一口冷水。

一个战士说："咱们成人好忍，这个小鬼呢？"

另一个也说："给小鬼烧一点点东西吃吧。"

韦老爹想说什么，又把话吞住，看看程亮。

程亮一咬牙说："不，不，一点点饭也不能烧。上级的规矩——纪律，一定得遵守。"

战士说："把小鬼饿坏了怎么办？"

另一个说："就是呀，难说熬到哪一天呀！"

程亮摆着大手说:"饿坏也不能烧饭;熬到哪一天也不能烧饭!"

韦老爹点点头,问阿宝:"阿宝,为了打狼,打日本鬼,得忍点苦、挨点饿啦,你能行吗?"

小阿宝转着两只乌黑的小眼珠,看看这个,又看看那个,清清脆脆地说:"我一点点都不饿!饿了也不烧饭!"

众人听了这句天真的、动人的回答,没有一个发笑,都很严肃地朝小阿宝点头。

过了午,连大人的肚子都饿得咕咕乱叫了。

小阿宝偎在阿爸的怀里,眨着眼,一声不吭。

战士们都不肯看孩子一眼。

韦老爹也显出有些不安。

程亮把阿宝推到韦老爹的怀里,一跃身跳起,钻着树丛,进了小盆地,……

过一会儿,他回来了,带回一竹笠仙人掌的果子。

那果子,象大手指似的,长长、圆圆的,浑身长满了细小的毛刺,不细看,准上当,刺到手里针都拔不出来。阿爸用柴刀切下仙人果的顶,再削去皮,一兜紫红色的果肉就被剥出来了;咬一口,酸甜酸甜的,里边还有小籽儿哪!

阿宝吃饱了仙人果卧在沙滩上、树荫下睡着了。

战士们熬过了最难熬的关口,也要休息一下了。

忽然,一个视力最好的战士发现羚羊礁那边有个特殊的黑点点。

众人都朝那边细端详。

"是轮船!"

"早就到了吧?"

"抛锚了,还是真触礁了?"

"怎么还不着火呢?"

人们议论着,等待着。

太阳下海了。

大海涨潮了。

在幽幽的夜色中,他们看到一片闪闪的火光。

这就是命令，这就是指挥。

战士们一个个蹿出羊角树丛，奔向避风港。

程亮也要往外蹿。

韦老爹一把扯住他："你留在这里守着吧。"

程亮说："不，好不容易盼到这一天，你一定得让我去试一试身手、做一点贡献，也请党对我考验！"

韦老爹说："你有阿宝呀！"

程亮说："你留下管。"

"你放心吗？"

"你说哪去啦？阿宝是大家的，大家都在为阿宝！"

"那好，你放心去吧。"

程亮激动地跃下沙丘，飞奔避风港，跳上早已经准备好了的渔船。

启航，前进！

火光在前面，火光在召唤！

18

渔船列成雁行的队伍，追着枪声，迎着火光，乘风破浪地前进。

大海在咆哮。

大海在跳跃。

革命的战士们，在咆哮、跳跃的汪洋中冲锋。

当他们能看到那礁石旁大型轮船的轮廓的时候，火光熄灭了。

当他们能看到轮船的甲板、活动在上面的人影的时候，那边又燃起火光。

于是，他们箭一般地向轮船驶去。

程亮平生第一次参加这样神圣的行动。他激动、紧张，又有几分好奇。他的眼睛不够用，耳朵也不够用，只顾东张西望，差些忘了管船。

这时候，他看见一个水手，正站在轮船的船头，向小船上的人们大声喊话。

"同志们哪，这只轮船上，装的都是子弹，日本侵略者要运到东南亚，杀害那里的人民群众！……"

程亮听着，暗暗点头："对，对，我和韦老爹都是这样看的。"

"……同志们，我们巧妙地打进这条船的内部来，又机智勇敢地消灭了押船的一队鬼子兵，夺下这些武器，留在我们中国，好用它消灭日本侵略者！……"

程亮忍不住拍手："太好了，太好了！这就是我们中国的无产阶级解放全人类的行动呀！"

船上的电灯打开了，照得一切都清清楚楚。

程亮很有兴致地打量那个讲话的水手。

这个水手有三十多岁的样子，穿着水手裤，戴着水手帽，却赤着臂膀。他的腰间斜插着一把短枪，枪把上吊着一缕鲜红鲜红的丝穗子。灯，照耀着他那淌汗的、宽厚的背，闪光的红彤彤的脸，还有两道又粗又黑的眉毛，又大又亮的眼睛，多威武呀！

程亮越看越觉着这个水手很面熟，在什么地方见过呢？他是谁呢？

一声哨子响，水手们用绳索往下吊放子弹箱。

一箱一箱地放，在小船的舱里摆起来，垛起来，直到再不能放了，他们才转舵往回返。

小船一只一只，竞赛似地行驶。

程亮紧摇橹、猛劲追。

船头飞起朵朵刨花，船尾抛撒条条银链。

船头是胜利的欢呼，船尾是热烈的回响。

他们在金银岛卸了船，又返回羚羊礁。

一趟，又一趟，第三趟卸完，刚回到羚羊礁，东方已经发亮了。

那个赤臂、插枪的水手又站在船头喊话了："同志们，你们胜利地完成运输任务了！现在，要把船上的水手们接下去，赶快后退，我要烧船了！"

程亮一听急了，忍不住地喊："喂，水手，舱里还有没有子弹箱？再来一趟吧！忙什么呢？"

另外几条船上的人都"哗"地一声笑了。

轮船上的那个水手大声问："说话的是什么人哪？"

程亮说："我呀？是西沙的，金银的，新加入革命队伍里的……"

众人又都笑了。

水手亲切地说："你是程亮同志吧？"

"对，对，我名叫程亮，你认识我？"

"早就认识，老朋友、老同志了。"

程亮仔细打量这个水手的模样，品味着水手的声音，心里一动，连忙说："噢，噢，你果真是阿明老大呀！"

水手朝他笑笑。

多少往事涌上程亮的心头！一切甜的和苦的，都化成了力量。他激动地说："阿明同志，你给我指路，来到西沙，来到革命的队伍里，我从心里感激你！"

水手说："是伟大领袖毛主席把我们南海、西沙的穷苦渔民引到革命的、解放的斗争道路上，我们大家一起感激毛主席！"

"对，对，我要跟着毛主席革命一辈子！"

"好哇。我们信得住你！"

"那就让我再装一船吧。"

"行，装一船，赶快走，当心敌人要派飞机来侦察。我们一点影子也不让他们看到，他们就干瞪眼，没办法了。靠过来吧！"

轮船上的水手们又往程亮的船上吊放子弹箱，装了一箱又一箱。

"喂，程亮，满载了！"

"不慌，再来一箱。"

"要压翻的！"

"我保险。"

直到这小船压得承受不住了，程亮才肯罢休。

其它小船在那个赤臂水手指挥下，向轮船靠拢。

轮船上的水手们，一个一个跳上了小船。

轮船上只剩下那个赤臂水手一个人了，他四下看看，举起一只手，高声喊："向后退，都快到礁盘外边去！"

小船一个个开出礁盘，在离轮船远远的地方飘泊。

程亮跟在后边，扭头朝轮船上看一眼，一幅动人心弦的情景出现了。

那个赤臂水手阿明在轮船的舱上舱下忙了一阵，又在机舱附近泼洒什么。

他随后直起身，看看离开的船只，看看船下的海水，然后弯下腰，光星一闪，"腾"的一下，船上就燃起了触天的大火。

程亮看着那把大海照亮的大火，火里的形象，耳边又响起国际歌声，忍不住地小声哼唱起来。

那水手躲着火，看它燃开，不会熄掉了，便退到船边，一纵身，一弯腰，虽然听不到海水的响声，却见一个浪翻花，人就没影了。

程亮豪迈地鼓起手掌。

大火越烧越旺，把大海的波涛、滩上的礁石、小船上人的面孔都给照红了。

忽然，身边的船上，响起那个赤臂水手阿明的声音："快开船吧，在这儿呆久了危险哪！"

程亮把自己的船紧紧地贴靠到阿明乘的船上，说："我跟你们在一块，还有什么危险？"

水手说："我们要到南沙看看，再转道回海南岛；你得回金银，跟韦老爹留在金银。"

"什么时候再见到你呢？"

"我们为了保卫南海、西沙，时时刻刻战斗在一起，心也连在一起。你说对吗？"

程亮笑着说："对。"

水手说："程亮同志，听别人讲，你进步很快，积极要求参加组织，党组织会满足你这样好战士的要求的。我们担负的任务非常光荣，也非常艰巨。但是，正如毛主席教导的那样，'我们中华民族有同自己的敌人血战到底的气概，有在自力更生的基础上光复旧物的决心，有自立于世界民族之林的能力。'同志，努力呀，加油呀！"

程亮听着，心口发热，浑身长劲，激动地连连点头。

水手又问："你的那个阿宝怎么样呀？"

程亮回答："她极好。"

水手说："我们过些时候，让人把阿海带到金银住住，两个小鬼好有个伴儿。"他说着，又用劲投过一个小袋子，说："这是缴获的胜利品，让她尝尝吧。"

程亮拾起一摸，象是饼干，就说："多谢你啰！"

水手笑笑说："别谢我，让她谢大家，也有你——再见啦！"

……

程亮回到金银，跟韦老爹一起卸子弹箱的时候，说起在羚羊礁的新奇见闻，特别谈到那个使他敬慕的、威武豪气的水手"阿明"。

韦老爹打个沉说："十有八九，他就是咱们的'火种'！"

程亮一惊："是吗？他是个出色的船老大，又象个真正的水手呀！"

韦老爹说："咱们'火种'同志，名叫赵光明，生在南沙太平，长在西沙猫驻，从小就在这大海里抓鱼，风里浪里练就一身好水性。为了寻找打日本侵略军的办法，他到大陆上活动一年，受了战斗训练，回到海上，代表党，组织我们大伙跟他一块儿干革命。我们的这支小队伍越战越强，他呢，也越干越长本领了。……"

程亮听到这里，连忙拍手："你猜得对，一定是他，一定是他！"

这时候，他们听到羚羊礁那边，传来象炒豆子一样的子弹的爆炸声。

他们猜到，轮船上的弹药舱着了火。

这是胜利的鞭炮！

这是喜庆的欢呼！

19

装饱了火药、安上了弹头、并排躺在木箱子里的子弹，被隐藏在金银岛上密密的森林里。它们跟这里待命的战士一起，又等了将近三个月。

在这些日子里，细心的韦老爹发现程亮对阿宝的态度起了极大的变化。

过去呀，阿宝是程亮的影子，程亮走到哪儿，阿宝跟到哪儿，一时不见了阿宝，程亮就急着喊、忙着找，搂到怀里才放心。如今，阿宝追他，他就说："快去自己玩！"

有一回出海抓鱼，韦老爹一见船上缺阿宝，就要上岸去叫。

程亮拦住他："让阿宝在岛上等我们吧。"

韦老爹说："丢下她独自一个，行吗？"

程亮说："试试！"

在海上撒网捕捞的时候，韦老爹瞧见程亮过一会就扭头朝岛上了望一下。他明白，这个感情热烈的大汉，心挂在那边女仔的身上。

有一天午间，韦老爹看到程亮从包裹里翻出一个破蚊帐，缝补一番，挂在草棚的另一端，就问做什么用。

程亮回答："让阿宝单独睡。"

韦老爹说："她醒来不找你吗？"

程亮说："试试！"

深夜里，韦老爹几次瞧见程亮掌着油灯，到旁边那个蚊帐跟前照看。他明白，这个感情细腻的大汉，心挂在那边的女仔身上。

因为程亮的变化，也给小阿宝带来了许多变化。

韦老爹一时摸不清这个刚强而又有思想的大汉在打着什么主意。

几条常来常往的船只，又从南沙群岛那边开回来了。

战士们一上岛，就发现阿宝长了个子。

这个小女仔，乌黑的头发，椭圆的脸孔，细细的眉毛，薄薄的嘴唇，再配上那被西沙独有的强劲海风和炽烈的阳光吹晒得红亮亮的肤色，显得特别茁壮、可爱。

小阿宝抓着两把寄生蟹，在刚刚退潮的沙滩上奔跑。

她的身后，湿润的沙土上，留下一串深深的脚印，立刻又汪起一股水。

寄生蟹知道被捉住了，就爬出来想逃跑，几只小爪一起动，抓得阿宝的小胳膊发痒。

她把两只小胳膊高举，猛地往下一放，再一松手，寄生蟹被摔在沙地上，因为震动和疼痛，曲卷到巢里去了。她又把它们一个一个地拣起来。

后来，她被两只粗壮的胳膊抱起，这才发现有人上了岛，刚要喊"阿爸、阿公"，一看来人是"阿叔"，又改口了："放开我，蟹子要跑。"

"阿宝，你也跑不了，你被俘虏啦！"

"我没看见你们，看见了，你们就抓不住我。"

"看见我们的话，你怎么办呢？"

"我钻到树里去，扬沙子迷你们的眼睛……"

战士们"哈哈"地大笑起来。

笑声使沉静的小岛变热闹。

笑声把程亮、韦老爹引了来。

战士们带来两个通知：一是马上用刚来到的这三条船装子弹，运送到海南岛；一是大家都在盼望的阿海，很快就要来西沙。

这两个通知，一个让程亮高兴，一个让阿宝高兴。

韦老爹仿佛对两个通知都是高兴的，就说："树荫里歇息歇息，烧饭吃，傍晚装船好出发。"

大家围坐在野海棠树下。

韦老爹杀着鱼，跟战士们谈论南沙那边的情形，问候那边的亲人的健康、抓鱼的收获，特别关心的是阿海：长个了没有？会下水了不会？想不想家？

程亮一边洗米，一边沉思什么，脸色发红，眼神放光。过了片刻，他凑到韦阿爹跟前，说："老爹，你看，海南的队伍打日本鬼缺弹药，我们这里有这样多的弹药存放着；这回来三条船，能装多少呢？什么时候运完呢？"

韦老爹说："你想得是有道理的。"

程亮说："如今，多一条船，就能多运去几箱弹药，就能多消灭侵略者，离着我们推翻吃人的旧社会的日子就近一些。"

韦老爹说："对的，对的。"

程亮说："我打算把船开出来，跟大家跑一趟。"

韦老爹说："此一去往返就要几个月，遇到别的事情，还要多耽搁，阿宝呢？"

程亮说："留给你。我放心。"

韦老爹说："阿宝不想你吗？"

韦老爹在说这句话的时候，不知不觉地转头看了阿宝一眼。

阿宝正睁着两只乌黑的眼睛望着他们，听他们说话；一听他们在说她，又见阿公看她，赶忙把脸扭到一边，玩起寄生蟹。

程亮说："自从我决定投奔党那天起，我就把自己和后代都交给党了。再说，孩子不能总吊在我的身上。我们为他们打江山，也得让他们长成打江山的材料。这样，我才算尽到了当阿爸的责任，也没有白白辛苦奔波一番呀！你不是常讲，一个革命人，一定得在各方面多闯一闯、练一练吗？"

韦老爹心里一动，立刻明白了这个大汉这一段时间变化的用心，非常高兴地说："你极有眼光，做得极对！只是，我觉着她如今还嫩小些……"

在旁边玩耍的阿宝忽然喊了声："让你坏！让你坏！坏东西！鲨鱼牙！"

大家都停住谈话，同时把目光集中在阿宝身上，看她何故吵嚷。

小阿宝跪坐在那铺着野花野草的地上，一手捏着花贝壳，一手从里边往外拉寄生蟹。她咬牙、瞪眼、浑身使劲："出来，出来！不出来是不行的！"

一个很小的寄生蟹终于被她拉断了，又被她狠狠地摔到一边。

一个战士笑笑，故意惊怪地说："阿宝太狠了，阿宝太狠了！"

小阿宝不以为然地看他一眼，说："对它就得狠的，对它就得狠的！"

战士很有趣地问："为什么对它得狠呢？"

小阿宝怕被捉弄："你知道。"

战士表示很诚恳："不知，不知，你来告诉我。"

小阿宝又拾起一个小小的花贝壳，从里边拉出一个带着许多钳爪的寄生蟹，很认真地说："它坏极啦，自己不造屋，钻到人家的屋里，还不肯走，不坏吗？"

战士点点头："喔，是这样呀！"

小阿宝又补充一句："它跟日本鬼一个样！"

这句话，非常有力地拨动了每个人的心弦。草棚里的人，全都不约而同地瞪大眼睛，庄重而又赞佩地盯着小阿宝的脸蛋和小手。

风云中拼杀的战士呀，孩子的心声，给他们心中明亮的灯加了油，给他们腹中沸腾的水添了热。

他们沉思着。

在想什么？是衡一衡革命事业的神圣，还是掂一掂肩头正义担子的重量？

这时候，韦老爹慢慢地站起身，一字一句地对程亮说："好吧，我赞成你跟大家同去运弹药！"

程亮激动地说："拼了性命，我也要完成任务！"

吃过饭，大家一齐动手装船。

他们把弹药箱装在睡舱的铺下、放在鱼舱的底层。

他们还要带上网，一路走，捕些鱼压在上边，以便遮住敌人巡海兵舰的耳目。

黄昏，潮水涨起来的时候，四条船升了帆篷，要启航出发了。

韦老爹对程亮说："阿亮，你只管放心地去，我会象你那样照顾好阿宝的。"

程亮兴奋地笑笑："韦老爹，不光要照顾，你要象教育我那样教育阿宝！"

韦老爹如同接受一项重要任务似的，严肃地点点头。

韦老爹扯着阿宝的小手，到岸边欢送远行的亲人。

小阿宝不难过，也不高兴；不说，也不笑。当她看到阿爸、阿叔都已经登上船的时候，就呆呆地站了片刻，又用力地挣脱了阿公的手。

韦老爹怕她往船前扑，被潮涌打到海水里去，就紧在后边追。

小阿宝没有奔船只的方向跑，而是沿着海边，往另一个方向弯过去了。

程亮站在船头，想喊阿宝，又恐勾引起她的不快，只是睁大眼睛盯着她那小小的身影。

小小的身影，在沙滩上走，在礁石上跳。

飞溅的浪花，一会儿把她遮住，一会儿又把她遮住。

她好象在悠闲地玩耍，玩得有趣，顾不上回头看阿爸似的。

程亮心里说："再见，再见，阿爸放心了，多懂事的孩子！"忽地，他感到天高海阔，浑身生发着一股激昂的战斗力量。

20

南归的鸟群，北来的白云，都要在这绿宝石一样的西沙群岛停一下。

凡是停下来的，就不肯走——这儿太让人留恋了。

阿海来到西沙，来到他曾经来过的金银岛。

他是跟两只回海南的渔船来的；还没容船儿停稳，他就跳了下来。

这么虎势的小鬼：浓眉、俊眼、黑红脸蛋、洁白牙齿，浑身粗粗壮壮，站在沙滩上，好象一只巨轮的大铁锚。

韦老爹喜出望外地奔过来，捉住扑向他的阿海的胳膊。他想把阿海举起来，试了试，抱都抱不动了，只好笑着说："阿海，阿海，几年不见，长这么大了！"

阿海开口就问："小妹妹呢？小妹妹呢？"

韦老爹抚着他的乌黑的头顶笑着说："小妹妹在草棚里等你呀！"

阿海扯着韦老爹的手："快快见她去，我给她带来了好玩的东西。"

韦老爹说："你着急，自己先去吧。我来安排安排船上的客人们。"

阿海朝着韦老爹指的方向，甩开两条小腿，紧往前跑。

韦老爹跟船上的人接上头。

他们不相识，一见面就象最亲的人。

这两条船装着加了工的干贝和海参，要回海南去。另外，再从这里秘密地捎上弹药箱。

他们忙着这些重要的事情，顾不上管小孩子们了。

阿海跃过黄沙丘。

阿海钻过羊角丛。

阿海抱着大椰子树摇了摇。

阿海伏在甘泉井上照一照。

阿海直奔草棚，老远喊一声："阿宝，阿宝！"

棚里没有传出回声。

两只雪白雪白的鲣鸟雏，栖在树上，朝他张嘴、扇翅膀。

阿海从树下穿过，伸手拍拍它们那松软的脊背。

五颜六色的花朵，开在草坪上，冲他弯腰又点头。

阿海从草坪上走过，花瓣沾在他的裤角上。

阳光涂抹着草棚顶，好似披上故事里说的那种百鸟衣。

阿海迈进草棚，一声没喊出又吞住了。

棚里的铺上，吊着一顶蚊帐；帐子里睡着一个扎着小辫的胖娃娃。

阿海轻轻地走到跟前，把头钻进帐子里，左看右看，想跟自己脑袋里的那个"阿宝"比一比，象不象？

小阿宝睡得正香，不晓得有人来看她。

小阿宝偏着身子睡，胖胖的小腮被枕头挤着，小嘴都歪扭了，还挂着一滴口水。

小阿宝是玩耍的时候睡着的，身边放着一束野花，手里还捏着一枝红珊瑚。

阿海看着，心里想：多么好的小妹妹，为啥不起来跟我玩呢？我是来跟你玩的呀！叫醒她吗？不能够。别的阿叔睡觉的时候，"火种"阿叔来了，总是静静地坐在一边等着；阿海大声说话，"火种"阿叔就忙摆手，制止他。

阿海也学那个样子，坐在一边等着。他等一会，又等一会，阿宝还不醒来，这，太难过了。

他从背上解下小包包，打开来，从一堆心爱的玩物里边，捡出两颗大的虎皮贝，放到阿宝的眼前。他又挑出一串亮晶晶的大铜钱，摆在阿宝的身边。他又拿起他的木头小手枪，摆弄一阵，把阿宝手里的红珊瑚抽掉，换上了小手枪。最后，他想起兜里还有糖果，正要掏，听帐子里有动静，就又停住了。

小阿宝被惊醒，忽闪着两只乌黑发亮的大眼睛。

她看看枕边的贝壳，身旁的铜钱，手里的小手枪。

她又看看从帐子外伸进来的脑袋：不是阿公，不是阿叔，更不是阿爸……她猛地爬起来，跪坐在帐子里端，警惕地质问："你是谁，到我们岛上来？"

阿海立刻回答："你们岛？我比你来得还早哪！"

小阿宝说："你说谎。你有我阿爸来得早吗？"

阿海眼珠一转，说："你阿爸有郑和来得早吗？"

小阿宝说："谁是郑和？我阿公一定比郑和来得早，我们烧饭、洗衣用的那眼井，就是我阿公掘出来的……"

阿海打断她的话："你别吹了！郑和五百多年前就从北京城来到西沙了，你阿公有五百岁那么大吗？"

小阿宝一想，五百岁的数目可太多了，数也数不清。她眨巴着眼，没话说了。

阿海很得意："你不知道郑和七下西洋的故事吧？'火种'阿叔给我讲的，听我对你说。"

小阿宝用小手堵着耳朵："不要听，不要听！"

阿海一定要说下去："郑和乘的那条船可大啦，四十四丈四尺长，跟一个小海岛一样；上边能坐上一千多个人，比一个县城的人还要多；人在船上能骑马，能耍刀，还能唱戏……"

小阿宝嘴说不要听，还是听见了，而且被吸引住。可是她不能认输。等阿海把故事讲完，她抓起铜钱串，"通"地一声跳下床："走，走，走，你去看我的这样东西吧，可多啦，比你多的多！"

阿海在后边追她："阿宝，阿宝，给你糖果吃，是'火种'阿叔留给我的！"

他们绕过海棠林。

他们钻出羊角丛。

他们跑到小盆地里。

小盆地中间有一个小沙坑，沙坑上遮着青草，压着树叶，还有一条光滑滑的小硬甲虫在上边爬。

小阿宝蹲下身，小虫子飞跑了。她用手扒开里边的草和叶，冲着阿海脑壳一歪，伸手一指说："你看，你看，我的铜钱比你的多不多？"

阿海朝那坑里一看，里边放着许多长了绿锈的铜钱，跟他在南沙太平岛沙滩上刚刚拾到的铜钱一样。

小阿宝拣铜钱，往衣袋里装。

阿海说："磨磨就放光了。"

小阿宝还记着争强的事儿，就问："我比你的铜钱多不多？"

阿海也不肯示弱，故意岔开说："咱们再找找，看还有没有。"他说着就弯着腰四处寻找。

小阿宝笑他了："我是扒洞扒出来的，你这样能找到吗？"

阿海蹲下身，用手扒沙土。

他扒一个坑，没有；又扒个坑，还没有。

太阳晒着他，脑门往下滚汗珠，手指头都痛了。

小阿宝说："找韦阿公去吧。"

阿海不松劲，说："你到树下等我，我扒几个就回。"

小阿宝没走，看着他扒。

阿海扒呀扒呀，忽然手指碰到个硬东西："阿宝，快看，大花碗！"

小阿宝弯腰细看，果然是一只浅浅的大碗，碗上描画着蓝色的图案，真好看。

阿海高兴地用手掌拭抹着上边的泥土，说："这个算咱两个的。"

身背后，传来韦老爹的喊声："这两个小鬼，让我好找哇！"

小阿宝忙招呼："阿公快来看，大花碗！"

阿海也说："还有好多铜钱。"

韦老爹接过"花碗"细观看，说道："小鬼，这不是碗，是古代瓷盘，上边有字，是一千年前，我们江西省有名的景德镇出产的。"

小阿宝问："这是谁丢下的呢？"

韦老爹说："是老祖宗给你们两个留下来的，洗干净，拿它盛饭用吧。"

阿海又从小阿宝衣兜里抓出一把铜钱给韦老爹看。

韦老爹一看，就说："这是'永乐通宝'。"

阿海说："我从南沙带来的那些，'火种'阿叔说是汉朝造的，是吗？"

韦老爹点点头："对，我小时候，常常在那边的沙滩上拾到汉朝的铜钱。"

小阿宝仍然没有忘记刚才的争论，忍不住地问："阿公，你说，你说，到底谁来西沙最早呢？是郑和，还是我阿公？"

韦老爹摸摸她的头，又摸摸阿海的头，嘿嘿地笑了一阵，说："要问谁到这西沙宝岛最早吗？这盘做证，这钱留言，这古井、老树也记着，好几个岛上有石碑，刻得更清楚：一句话，是咱们的中国人的老祖宗最早最早就来到了西沙、东沙和南沙！"

两个孩子，你看我一眼，我看你一眼，也学韦阿公的样子，嘿嘿地笑了。

21

顺风顺浪的好天气，给英勇的健儿来助兴。

三条小渔船，在飞溅的浪花中"嗖嗖"地向前冲。

程亮两只发红的眼睛望着海面，双手奋力地摇橹。

藏在舱里的弹药好象在喊叫：快走，快走！

藏在舱里的弹药好象在喷射：投向日本鬼的脑壳！

一个战士过来夺橹柄。

程亮不肯给："你去歇吧，你去歇吧。"

战士说："你已经两天两夜没合眼了！"

"我一点点不困倦！"

另一个战士过来拉他的手。

程亮不肯动："你去歇吧，你去歇吧。"

战士说："你一直没有停一下啦！"

"我一点点都不累。"

两个战士都焦急起来，悄悄地嘀咕一阵，一同过来劝说程亮。

这个假装生气："你这样包办是不行的！"

那个故意发火："你违犯轮流值勤的制度！"

程亮手不停，眼望着他们，声音有些颤抖地说："同志们哪，看一看，你俩多年轻，倒为咱们的革命战斗了好几年；我呢，比你们岁数多，好长的日月都白白的荒废了；如今，我得一日变成两日干革命，把荒废的全都捞回来！你们应当帮我呀！"

这个战士被他的话说得胸口一阵发热。

那个战士被他的心意深深地打动。

每个战士都有一段曲折的道路，每个战士都有一颗为壮丽的革命事业贡献一切的决心。他们是心心相连、心心相印的呀！

……

第三天，风转向，天气变。

天空密云滚滚。

海面浓雾重重。

三个战友伙摇着大橹，艰难地向前行进。

再有半天的海程就能到达预定的着陆点了。

三舱仇恨的子弹，就要送到海南岛，就要送到前线，就要送到同志们的手里——推进枪膛，消灭敌寇！

突然间，他们的前边有"突突突"的马达响声隐隐约约地传过来。

一个战士很有经验地断定："不好，遇上了敌人的巡海艇！"

另一个战士机警地跳进舱里："我来检查检查伪装得如何。"

程亮把胸膛一挺，大声地说："管它巡海艇还是巡海舰，今天碰上了，能把敌人蒙过去就蒙蔽过去；不能成功的话，就拼！"

一个战士说："最好设法躲过去。"

另一个战士说："能不拼就不拼。"

程亮看看这个，又看看那个，立刻明白了两个战友的心思，说："你们的主意很对，我完全赞成。因为我们的任务是运送子弹，前方正在等着用子弹打仗，好消灭更多的敌人。就这么办吧。"

一个战士说："让船照直走，不要拐弯，看情形发展，我们再随机应变。"

另一个战士说："对，越躲越容易引起敌人的怀疑，反而要坏了事，直着走试试吧。"

程亮两眼紧盯着前方，用力地摇着橹柄，使他们驾着的渔船开到另外两条船的前边。

他心里暗暗地想：此时此地，严重的考验摆在面前了；我程亮是铁了心要往共产主义奔，要为解放全人类献身的，决不给中国人民丢脸，决不给革命战士抹黑！

马达的声音越来越近了，朦胧地看到敌艇的颜色，还有上边活动的人影。

程亮继续用力摇橹。

敌艇朝渔船拐过来。

程亮不理睬，让渔船直着往前冲。

敌艇立刻刹住车，醉汉一般哼哼地叫唤，喷吐着水沫子。

活象一条棺材里趴着几条死尸，长枪和机枪直逼着渔船上的人。

两个战士一见敌人刹住车，感到不妙，互相交换了一下准备拼一死活的眼色。

程亮的脸上却毫无异样的表情，一下一下，有节奏地摇着橹。

一个面色黑灰象猪一般的日本鬼大喊大叫："停住，停住！"

程亮立刻从容不迫地把小船摇到敌艇跟前。

灰脸鬼子举起枪，又喊一声："你们，都是什么的干活？"

程亮抢先回答："我们是抓鱼的。"

灰脸鬼子蹿起身，作一个扑船的姿式："检查检查的，检查检查的。"

程亮伸手往舱里一指："你们如果不怕麻烦的话，就过来吧！"

灰脸鬼子瞪起眼珠子，逼视着程亮的脸，叫嚷："真的打鱼的吗？真的打鱼的吗？"

程亮把心一横，来个针锋相对，一步跨到舱面，"咣啷"一声打开一块舱板，也逼视着鬼子那张灰砖头似的脸孔，打雷一般地吼道："过来！过来！是真是假你看看！"

那个灰脸鬼子反倒立刻变软了，好象不敢再碰到面前这条硬汉那刺人的目光似的，赶紧转过头，跟旁边依旧趴着的日本鬼们哇啦哇啦地叫唤了一阵子。

马达又加速地响起，棺材似的敌艇转了向，又"嘟嘟"地开走了。

渔船上的两个战士，在心坎里发出一阵热烈的胜利欢呼。

他们见敌艇开走，一个人拉住程亮一只手，使劲地攥着：

"程亮同志，你真勇敢！"

"程亮同志，你真沉着！"

后面的两条船凑到跟前。

一条从左边过来。

左边是一片对程亮赞美声。

一条船从右边过来。

右边是一片对程亮赞美声。

程亮反倒不好意思了，红着脸，摆着手，连声说："不要夸奖，不要夸奖，我眼下做到的，离着党要我做到的，还差十万八千里哪！"

一片"喤喤"的巨响，象从天上扑下一团云，象从海底蹿出一股浪，十几条渔船突然而来，把这三条远归的船只围在中间。

程亮一时没有弄明白，忽见靠近的那条船上，有一张非常熟的面孔，他猛然楞住了。

啊，三十多岁，宽厚的背膀，紫红的脸膛，又粗又黑的眉毛，又大又亮的眼睛，威威武武……

他惊喜异常，不由得在心里喊了一声："是你呀，'火种'队长！"

操着橹柄的"火种"，举起一条胳膊，朝这边船上打个迅速前进的手势。

三条远归的渔船，立刻消溶在群船之中，帆篷片片、桅杆根根，难分难辨了。

程亮心里一阵少有的狂喜。他心里想：啊，同志们在迎着我们，护着我们；刚才就是日本鬼真上了渔船，也会战胜他们，看，多么壮观的斗争，多么英雄的战士！

22

运输弹药的船只，冲云破雾、顶风压浪，继续向前进。

他们闯了一道难关又一道难关。

他们冲了一次风险又一次风险。

终于来到了预定的海岸边。

海港有渔民接应。

岸上有农民协助。

客店是一个大的转运站。

好多住在店里的赶着牛马车辆的车夫，或是担货的脚夫，都是往前线和深山送弹药的战士。

抗日的战士们，在日本鬼的兵舰旁边、碉堡跟前自由来往。

人民群众的汪洋大海，象南海西沙一样波涛汹涌，让侵略者束手无策。

……

几日过后，胜利完成任务的船只又胜利地返航。

天上的云碎了。

海上的雾薄了。

阳光灿烂，象水一样，从云块中流下来，溶解在雾气中。

云，成了一朵一朵的花团，雾渐渐地消失了。明亮的海水上，托着云朵的影子。

船头吞吐着如雪似云的浪花。浪花中跃起一只三角形的鸟，擦着水面，倾斜着飞去。

这不是鸟，是南海的飞鱼。

在十几公尺远的地方，那飞鱼十分得意地投进蓝蓝的海水里，连一点点痕迹都没有留下。

程亮熟悉这条航道，习惯了这里的一切，从来没有象这会儿这样有兴致地观看过风光景物；他对于风光景物，也从来没有感到过会象今朝这样美妙。

过去他是抓鱼糊口、闯海谋生的渔民，而今，他已经用一双经过与阶级敌人和民族敌人生死搏斗的战士的眼光，观赏、评价这一切了。

只有决心为保卫祖国献身的战士，才能懂得祖国一草一木、一山一水的真正美妙。

船只行至比较安全的地带，护送他们的同志要回到海岸去。

"火种"队长把船驳过来，大声招呼程亮。

"程亮同志，你这次执行任务干得很出色呀！"

"我是来练武艺的。"

"很好。往这边靠，你到我这条船上来。"

"有事吗？"

"对。"

程亮服从命令，带上自己的东西，一跃身，跳到"火种"的船上。

在船舱里，他遇见一位老相识。

"你也来了，大张！"

"程亮，你好！你好！"

"好，好。从来没有象今天的日子过得这样好过。你从哪来？"

"从琼涯镇。你呢？"

"我从西沙来，又回西沙去。"

"火种"跟进舱里，笑着说："应当说都从前线来，又到前线去。"

大张说："西沙的斗争太艰苦了。"

程亮说："你们面对敌人，最艰苦。"

"火种"说："这一回呀，在西沙的同志，十有八九也要面对敌人斗争了。坐下来，听大张同志给你介绍一个新的情况。"

程亮严肃地坐下，等大张开口。

大张气愤地说："鲨鱼牙当了铁杆汉奸！他要把日本鬼引到西沙去！"

程亮先一惊，随即用拳头捶着船舷，说："这个狗种，还没死呀！他把日本鬼引到西沙打什么算盘？"

大张说："据送情报的同志说，他们名义上是到西沙挖鸟粪，实际上因为他们从东南亚往海南岛的来往运输，常在西沙一带遭打，妄想在西沙安一个碉堡，好保证他们的行动安全。"

"火种"说："这个估计很正确。侵略者要把魔爪伸向西沙，主要出于军事需要。因此上级领导决定，我们要想尽办法干扰他们，不让他们把个碉堡安稳。西沙转运点的同志，主要任务是加倍小心，保护存放在那里的物质。"

程亮高声回答："坚决完成任务！"

"火种"说："我们派大张同志立即再去琼涯镇，摸清敌人的具体部署，我们再研究具体对策。程亮同志回到金银，把情况转告老韦同志，做好准备，等候指示，一周左右，将有人去找你们。"

程亮听到这里，心中暗想：一场新的考验又摆在面前了，我要在火中炼自己，也要在火中为党为人民立功劳。

他怀念起西沙，怀念起韦老爹和两个孩子，恨不能眨眼飞到金银岛。

"火种"把任务布置完毕，又转了话题说："还有一件重要的事情通知你们二位。"

程亮和大张同时睁大眼睛，盯着"火种"那张紫红色的脸孔，急着要听到下文。

"火种"说："根据你们本人要求，经组织讨论、批准，你们二位从今日起，被接收为中国共产党的党员！"

两个渔家的后代、大海的子孙、人民的战士，并肩地站立在乘风前进的船头，激动得好久说不出话来。

他们的面前是喧腾的滔天大浪。

他们的心里是燃烧的青春火焰。

程亮啊，在短短的时间里，往事件件，如电光一样，从他的眼前闪过：

渔霸的皮鞭抽打；

日本鬼的枪弹飞落；

庙堂里响起的国际歌的歌声；

海洋上伸出的指引道路的大手；

金银岛繁星下的深夜谈心；

羚羊礁火光中的激烈战斗。

……

他的胸口一热，两眼潮湿，上前一把抓住"火种"的手——使劲攥，用力抖，嘴唇掀动了好久，一句话才冲出口："我一生一世跟党走，为解放全中国，为解放全人类，拼命奋斗，至死不回头！"

一双矫健的海鸥，在云朵飞渡的长空中翱翔。

23

阿海来到金银岛，添了人口，增了声音。

小阿宝乐了，因为有了伴儿。

韦老爹忙了，因为多了事情。

每天每天，太阳没有升起的时候，韦老爹就把两个孩子从酣睡中唤醒，带着他们到海里抓鱼。

他摇着小舢舨，哪儿风大浪急，就往哪儿闯。

他问阿海："怕不怕？"

阿海一挺胸膛："不怕！"

他问小阿宝："你怕不怕呢？"

小阿宝也学阿海的样子："不怕，不怕！"

他乐了："好仔，好仔，西沙的儿女，都是在风浪里闯出来的，只有在大风大浪里闯闯，才会有出息。"

……

每夜每夜，星斗出齐了的时候，韦老爹就把两个孩子从兴致勃勃的玩耍中拉开，带他们坐到礁石上讲故事。

他打开自己知识的宝库，哪个故事最英勇惊险，就讲哪一个。

他问阿海："喜欢听吗？"

阿海眨巴着眼："喜欢听！"

他问小阿宝："你也喜欢听吗？"

小阿宝也学阿海的样子："喜欢听，喜欢听！"

他乐了。因为他在完成战友程亮的委托和革命交给的任务的时候，得到令人满意的成果。他笑呵呵地说："好仔，好仔，西沙的儿女，从小就要跟那些爱国家、爱人民的英雄好汉学习，长大了都当英雄。"

……

中午是西沙最炎热的时刻。

鱼潜进深水。

鸟藏到密林。

野花不动，昆虫不爬。

韦老爹却带着两个孩子走出荫凉的草棚，来到海湾。

海湾里，阳光下，珊瑚沙晃得人睁不开眼，烤得人透不过气，海水泛着碎银一样的清波。

韦老爹大声地说："小鬼们，下水。水里又凉爽，又舒服。"他说着，就精神抖擞地先下了海。

阿海跟着往下走。

小阿宝也试试探探地往水里迈步。

一天、两天过去了，两个孩子天天跟水打交道，爱上了水，爱上了海，再一见水就忍不住地要往下跳。

韦老爹教他们凫水。

韦老爹教他们潜水。

韦老爹教他们在风里闯、浪里钻。

等到程亮从海南胜利转回金银的时候，两个孩子已经学会了摇船，学会了讲故事；跳到水里呀，游哇，游哇，活象两只小水鸭子。

在草棚外的草滩上，程亮亲够了阿宝，转身发现阿海站立在面前。他立刻楞住了。

这是谁呢，这么面熟呀？你看他，站在海水边、阳光下，咬着手指头，盯着程亮的脸，好象也在回想着什么。

遥远吗？不遥远。

忘了吗？永不会忘记。

程亮朝他跟前迈了一步，看那眉眼，看那身材，看那一举一动的姿态，多面熟。一下子把他带回二十多年前的童年时代，也是在这个金银岛。他跟符阿婆的二仔，在这海的波涛上并着排摇船，在这海的深水里相跟着游泳；跑到珊瑚沙的海滩上嬉闹，钻进羊角丛中追逐。……

这个孩子多象他。可惜，他已经惨死在侵略者的魔爪之下。还有他的女人和仔。哎，面前的这个仔就是那个仔吗？

程亮又往前跨了一步，试探地喊了一声："海龙！"

阿海一惊，一楞，一喜，扑过来，抱住了程亮的腰："阿亮叔，阿亮叔！"

孩子的泪水，流到程亮的衣襟上。

小阿宝惊慌地奔过来拉他的手，扳他的肩，连声说："阿海哥莫哭，阿海哥莫哭；韦阿公说了，哭鼻子不是渔家的好仔！"

韦老爹从甘泉井汲水回来，见此光景也十分惊奇，就问："阿亮，你认识阿海吗？"

程亮说："他是我的好朋友的仔，我看着他长到四岁。本当他死去了，怎么到了这里呢？"

韦老爹说："是从大海里把他救上来的！"

"你救的他吗？"

"不，是'火种'！"

"啊，'火种'！"

"不，应当说是西沙的金银岛救了他的小性命！"

事情的始末本是这样的：

那一年，海龙跟着阿爸、阿妈出海奔西沙，半途中遇上了日本鬼的兵舰。

海龙阿爸紧摇船，忙躲避。

日本的兵舰死命地追，硬往小船上撞。

渔船被撞翻，被撞碎。

渔家的孩子，在出海的时候，为了防止万一落水的危险，都在腰间缀着一只大葫芦。

海龙腰上系着的大葫芦使他浮在浪涛之上。他看到阿爸丧了命，看到阿妈丧了命，看到日本鬼在兵舰上哈哈大笑。

浪卷着他，波涌着他，把他推上了珊瑚滩。

……

韦老爹和"火种"队长驾一艘小船，从海上打了满舱鲜鱼转回来，夕阳迎他们登海滩。

往日里呀，他们都是从左边上岸，韦老爹照例往那边打舵。

"火种"队长眼力最好，风平浪静的时候，他能看清十里以外船上的人穿什么颜色的衣服。这一回，他忽然发现右边海岸有异象，就指挥韦老爹朝那边探索前进。

右边岸上，立着一根干树枝，树枝上挑着一件红兜肚——象火苗，吸住战士的眼，引住战士的心，招来了亲人，快搭救倒在海滩上那个奄奄一息的小海龙。

……

韦老爹感叹地说："这仔多聪明！要不是他挑起红兜肚，大海再有情，把他推上滩，小岛再厚意，把他留下来，没有人发现，也要丧命了！"

程亮抚抚海龙的头，又摸摸阿宝的脸，也十分激动地说："有这样的好儿女，再苦也不苦，再险也不险，越往前闯越有奔头！"

韦老爹帮着卸船的时候，向程亮问起一路上的斗争经过。

程亮首先把他光荣地加入中国共产党的事情告诉了老同志。

韦老爹紧紧地握住他的手，向他祝贺："你如今是无产阶级先锋队的战士了，要永远前进别停步！"

程亮回答说："你就看我的行动吧！"

两个孩子见他们那副激动而又亲热的劲儿，站在一边直眨巴眼睛。

这天晚上小岛上格外热闹。

韦老爹和面做饼。

程亮杀鱼办菜。

海龙烧火。

阿宝抱柴。

同住在金银岛上，沐浴着西沙的清风，喝一口海南的老酒：这是一餐欢欢乐乐的团圆饭。

24

程亮从海南带回三条互相关联的重要消息和指示：

头一条，鲨鱼牙勾结日本鬼，当了铁杆汉奸；他们要打西沙群岛的主意，第一步就想合伙在珊瑚岛上开掘鸟粪，往日本运。

第二条，"火种"队长为了打破敌人的计划，派几个战士混进日本鬼抓的"劳工队"，钻到他们心脏里，让他们不安宁，让他们在西沙宝岛站不住脚！

第三条，情况变化突然，金银岛上那几箱没有运出的弹药，要另想办法转移到别的地方去，指示这里的同志做好准备，等候通知。

在南海西沙那清亮亮的月光下，韦老爹和程亮坐在草棚外的一段木头上，抽着烟，轻声地议论着这三件关系重大的事情。

身边，波涛喧闹，海风劲吹。

林子里的宿鸟，偶尔啼叫几声。

沙滩上的碎贝，间或闪动几下。

韦老爹思考着面临的新战斗，无限感慨地说："多少年来，外边的帝国主义总看着我们中国象一块肥肉似的，馋得流口水；里边的财主们又总想卖国求荣。其实，白费苦心，哪个外国人也征不服中国；哪个汉奸也卖不掉中国——我们这些穷人骨头硬，坚决不答应！有无产阶级战士守在这里，祖国的一个土块块也不能让日本鬼拿走！"

程亮也很激动地说："你讲的都是我的心里话。在这南海西沙住得越久，越觉着它美，越从心里爱它；如今有了明明亮亮的革命目标，对它的热爱增加了千百倍！我看着每一滴海水，每一粒沙子，每一片树叶，都是珍贵无比的！过去在海南，我常听人说，西沙的鸟粪是一种肥料，非常贵重。'火种'队长这回又给我开阔了眼界。他说，等我们把日本鬼赶走，把全中国解放，要把人压迫人、人剥削人的事情全消灭光，要搞社会主义革命和社会主义建设。西沙的鸟粪也要让它为咱们的革命事业效力，自己来开采，去肥我们的田！"

韦老爹说："那时候，我们自己的大工厂里制造大轮船，来这里运！"

海龙突然从草棚里蹿出来，站在韦老爹面前，就说："阿公，造了大轮船，我来开，我来开！"

小阿宝也跟着跑出来，扯住韦老爹的胳膊："阿公，造大轮船，要我来开，我要开得稳稳的。"

海龙说："你不懂事体，没有女仔开轮船的。"

小阿宝说："我就要开！"

"你不能开！"

"我偏开！"

"不能开！"

"偏开！"

两个孩子，说着说着，你推我一把，我推你一把地动起手来了。

韦老爹和程亮在一边观看，忍不住地大笑；后来拉开他们，又推他们到草铺里睡下，才又接着谈论。

海龙和阿宝争吵是雨季里南海的天空，一会儿阴，一会儿就晴。

可是这一回，阿宝真生海龙的气了。早晨起来，她噘着小嘴，不理海龙。

海龙是阿哥，是要讲和的，就捧来珍珠般的贝壳给阿宝玩。

阿宝不看一眼。

海龙又拿出一串金光灿烂的铜钱给阿宝玩。

阿宝仍不看一眼。

海龙想给阿宝糖果吃，可是在衣袋里掏了一阵儿，一颗也没有掏出来。他皱皱眉毛，抬头一看，悄悄地乐了；回身钻进草棚，拿出阿亮叔的柴刀，一气跑到小盆地，噌噌地爬上椰子树，"咔咔"地砍下两个大椰子。

他抱着大椰子，跑回阿宝的跟前："来，来，来，请吃，请吃。"

阿宝没抬头，用眼角看一下，又看一下，忽然说："我们把它种下吧。"

海龙没弄明白："种下？"

阿宝点点头："象我阿公那样，种下它，让它冒芽，让它放叶，让它呼呼地往高长，让它结出好多好多的椰子；等我们到这里运鸟粪的时候，来喝椰子水，来吃椰子肉。"

海龙说："好，好。那么，来时谁开轮船呢？"

阿宝又绷起脸，看他一眼："你说谁开？"

海龙连忙说："你开，你开！"

阿宝喜得"咯咯"笑。

在笑声里，他们在大椰子树的边上刨了两个土坑。

他们在土坑里浇了两筒甘泉水。

他们在甘泉水里放下两颗大椰子。

韦老爹和程亮一见，满心欢喜。

韦老爹说:"种椰子得放些盐!"

程亮说:"上边的土要埋得厚!"

韦老爹说:"还应撒一点毒老鼠的药。"

程亮说:"对,岛上的老鼠是很厉害的。"

阿宝、海龙都照他们指点的办法做了。

椰子种上了,种在金银岛肥沃的泥土里。

种上了西沙儿女们兴建、繁荣西沙的美妙理想,也种上了西沙儿女们守护、保卫西沙的钢铁决心。

25

正是西沙旱季少雨的季节,小岛子经受着夜间海风吹打,白天烈日照晒。

午间,鲣鸟、海鸥和秧鸡都不肯出去捕食,栖在树上和蹲在礁石的荫凉里,有的打盹,有的低语。

阿宝和海龙也藏在草棚里玩耍。

他们把床当成大海,把阿爸的大枕头当海南岛,把他们的小枕头当西沙群岛,把大海贝当舰艇,来往调动,运载着他们理想中的祖国西沙盛产的那种最宝贵的财富。

韦老爹从海滩上匆匆忙忙地跑回,神色紧张地对正烧饭的程亮说:"阿亮,有一条舢舨朝咱们这个岛子开来了,上边坐着三个日本鬼,两个汉奸。"

程亮一听跳了起来:"这是怎么回事呢?"

韦老爹说:"我估计他们占了附近岛子,也要往金银岛上伸腿。"

"拼掉他狗种们!"

"不能。这会他人多,咱人少;况且不知道他们的根底,也不知后续有没有敌人,先别动手。"

"那就隐藏起来。"

"不行。他们能看到咱这草棚和用的东西,一个人找不到决不肯罢休,由他乱翻,很容易把咱们藏着的弹药找出去,我们全体都被他们抓到。这样,我一个人来对付他们一下试试。"

"你带两个小鬼躲一躲，我来出面！"

"如今，我年老，比你有经验；你年轻，以后比我有作为，一定由我来。我要随机应变，摸摸他们的底细再决定下一步的行动。"

"不能，不行！"

"能，行，为了咱们的儿女后代！"

"韦老爹……"

"莫争了，听我的，这是咱们的规矩——纪律！"

程亮要严格遵守革命纪律，不再争论，也不肯立刻就行动。当他决定自己挺身而出的时候，心里毫无顾忌，如今担子移到韦老爹的身上，倒有些犹豫不安了。

韦老爹深情地看看从草棚里往外探头的阿宝和海龙，又督促程亮说："保护杀敌的弹药，保卫我们的后代安全，是你今天要执行的任务，马上行动，听我指挥！"

这时候，大海里滚滚浪涛，象擂鼓。

这时候，岛子上树梢摇动，象扯旗。

海滩那边，传来侵略者如狼似狗般地喊叫。

程亮看韦老爹一眼，见韦老爹用坚定的目光鼓励他，就发狠地一咬牙，冲进草棚里，从顶上抽下柴刀，插在腰带的背后；一手扯住阿宝，一手扯住海龙，往外走。

阿宝惊叫起来："阿爸你要干什么？"

海龙也很奇怪："到哪去呀？"

程亮压着声说："莫叫，咱们这个岛上闯来坏人，日本鬼！"

韦老爹摸摸阿宝的脸蛋，抚抚海龙的头，说："要听话，快去，快去！"

两个小鬼再不吭声了，跟着程亮往林子那边走。

阿宝回头喊一声："阿公！"

海龙也回头喊一声："快来哟！"

韦老爹朝他们追了两步，从衣袋里掏出两颗亮晶晶的贝壳。

这是一种非常特别的贝壳，白皮的底子，黄色和褐色的斑点，背上有三道鲜红鲜红的长线。

这贝壳是老人家前几日从海水里捞来的，那上边还带着大海的微咸，也带着人体的温暖。

韦老爹把两个贝壳分别塞到两个孩子的手里，轻轻地推着他们的后背，又笑一笑说："乖乖，要听阿爸、阿叔的话，大步地向前走吧！"

两个孩子跟程亮钻进树丛里，繁密的、肥大的叶子，把他们严严地遮盖起来。只有几点空隙，能使他们看到外面草棚前的一切，外面却无法看到他们。

韦老爹仰头朝四周望望，回转身，坐到程亮刚才坐过的地方，悠然地点着了熄掉的火，又往灶里续着干树枝子。

闪闪的火光，照红了他的脸孔，也照红了他的胸膛，还有他那两只带着厚茧的大手掌。

狗狼似的喊叫声，渐渐地临近了：

"搜，搜，一定有人，刚还冒烟！"

"这儿有脚印，顺着脚印找！"

接着，又是"咔、咔"的脚步响，这是天然宝岛发出的不平的声音。

小阿宝最紧张，胸口"怦怦"地跳个不停。她圆瞪着两只大眼睛，透过枝叶，看到黄沙丘那边冲过来几个人。这是从她落生来到人世间，第一次看到这样的人——阶级的敌人，民族的敌人。

小阿宝也是第一次见到用手里的枪，用枪上乌黑的枪口，凶狠狠地逼着人——逼着老阿公韦老爹的胸膛。

一个日本鬼用中国话问："你的什么的干活？"

韦老爹看他们一眼，往灶里加一根柴，不慌不忙地回答："抓鱼的呗！"

"什么，到这里抓鱼的？"

"这西沙，海是我们中国人的海，岛是我们中国人的岛，我们不到这儿来到哪儿去呢？"

"几个人的有？"

"今日只有我一个。"

"别人的没有？"

"我们的人多得很，老的后边有壮的，壮的后边还有小的，全都下海抓鱼去了，要过一个时候才回来。"

几个坏人围着草棚转一圈。

那个会讲中国话的日本鬼用皮靴踢着水桶问："这里的什么？"

韦老爹又看那个日本鬼一眼，把水桶往跟前拉一下，回答："水！"

"哪里的？"

"我们中国的！"

"岛上井水的有？"

"什么？"

"这岛上有井的没有？"

"井呀？没有！"

日本鬼掏出纸烟，嘻皮笑脸地举给韦老爹，见韦老爹不理睬，他自己抽起来，说："你的报告实话，找到井水，皇军大大的有赏。"

韦老爹慢慢地往灶里添着柴草，象是想了想，提高声音说："噢，闹半天你们今日跑到这里来，是专门找水井的呀！这可是一件大事。大海茫茫，无边无沿，如果没有淡水吃，你们想在西沙站住脚，就办不到了，什么也运不走啦！……难怪你们这么着急呀！"

"老汉，井水的有？"

"没有。这西沙，一滴一点淡水都是宝贵的；不要说你们外国人，就是本国那些财主们，也是尝不到的——西沙不肯给呀！"

"你们吃的水哪里来？"

"从大陆上运来的。"

"说谎！"

"就是这句话，没有别的回答呀！"

几个坏人一齐用枪口对着韦老爹喊叫：

"走，带我们看看井去！"

"快，听见没有！不走枪毙！"

韦老爹哼了一声，放下手里的树枝，从从容容地站起身，拍拍身上的沙粒和草屑，朝藏着阿宝他们的树丛这边看一眼，又高声说："我说没井，就是没井，白费事，找不到，你们快死了这份心吧！"

他说完这句话，使劲儿迈一步，在地下沙土上踩了一个深深的脚窝，随后用一只脚蹚着土埋上，又踏踏平。

树丛里挨着阿爸伏卧着的小阿宝，忽然感到阿爸身上震动了一下。她抬眼一看，阿爸正冲着走去的韦老爹的背影，连连点头。

韦老爹带领着敌人，慢慢地朝甘泉水井相反的礁滩上走去。

鼓一样的涛声，擂得更响了。

旗一般的树梢，摇得更欢了。

26

韦老爹那坚强有力的脚步，一步一步，伴着程亮剧烈的心跳。

程亮手攥柴刀，牙齿咬得"吱吱"响，恨不能冲过去，跟敌人拼个你死我活。

程亮想到自己担负的革命担子，看看身边的两个小仔，强力地忍下了。

脚步声渐渐地远去，而后消失。

程亮小声地对阿宝和海龙说："你们在这里等着我，不许动，也不许说话。"

阿宝和海龙一齐向他点点头。

程亮把柴刀插在腰带的背后，转身在树丛中爬去。

阿宝看看海龙，眨眨眼。

海龙看看阿宝，努努嘴。

程亮在树丛中爬着、爬着。

他绕过野海棠的根盘。

他穿过西沙藤的棚架。

他越过花朵点点的草坪。

他来到甘泉井的旁边。

他撩开井边遮掩的绿色枝叶。

他看到那清清亮亮的泉水。

泉水象一面镜子，托出他那愤慨万端而又深情依依的面孔。

泉水象一面镜子，映现着多少难忘的往事：阿祖掘井的铁锹，阿公汲水的竹筒，阿爸洗衣的瓷盆，阿妈烧饭时候沸腾的锅……

他望着望着，低声有力地自语："中国西沙的泉水，一滴一点也不能给侵略者喝！"

他从后背抽下柴刀，剟开井边的沙土，而后两只大手象锹一样推拥着。

沙土沉入井里。

井水很快被埋没了。

他又从四周捧来败叶，细心地撒在上面，又插上几根青草，还有几朵野花。

最后，他蹲着倒退，用手消掉留在沙上的脚印和草上的痕迹。

狗狼似的嗥叫声响在左侧的远方：

"快说，井在什么地方？"

"不说打死你！"

……

程亮的眼前，闪起韦老爹那坚强有力的脚步，那从容镇定的面孔。

他擦了擦柴刀上的泥土，细听那声音起落地方的动静。

很久很久以后，这种声音又响在右侧的远方：

"你是安心遛我们的腿呀！"

"你再装傻真打死你！"

……

程亮的眼前，又闪现起韦老爹那坚强有力的脚步，那从容镇定的面孔。

他手上紧握着柴刀，弯着腰，朝那有声音的地方移动。

很久很久以后，那喊叫的声音变得更加急躁而又狂暴地响在前方：

"说不说，我开枪了！"

"打死他，打死他！"

忽然，"砰砰"两声响。

韦老爹那洪亮有力的声音传来："中国人你们是杀不绝的！中国是中国人民的中国，西沙是中国人民的西沙，你们抬不走它，也霸占不了它！豺狼、走狗，你们决没有好下场！我们的后代一定要跟你们算帐的！"

又"砰"的一声枪响，一切都平静了。

程亮手提柴刀，不顾一切地直奔枪响的地方冲去。

树枝、枯藤在他面前让路。

飞鸟、爬虫在他面前躲闪。

他冲到小盆地的边缘，首先闻到一股硝烟的气味。

敌人已经走开了。

这里只留下韦老爹一个人。

云不动，鸟不飞，树也不摇，静极啦。

面色庄严的韦老爹一手按着土地，一手扶着小树棵，要挣扎着站起来。

程亮扑到他跟前："韦老爹！"

韦老爹看着他，开口便问："甘泉井怎么样？"

程亮用手比划着回答："埋上了，埋上了！"

"两个仔呢？"

"他们藏得很安全。"

韦老爹朝他满意地点点头："你做得很好，不仅勇敢，也很机智。"

程亮这时候才发现，老人家身边青草和野花上的鲜血："韦老爹，你，你……"

韦老爹微微一笑："我胜利地完成了党交给的一项任务，还有许许多多没有完成的事业，你和同志们，带领仔们接着替我干吧！"

"韦老爹……"

"程亮，要坚强。这个运输小队的转运点对海南的抗日战争十分重要，一定得设法守住它……同志，勇敢地战斗下去，跟侵略者血战到底，保卫祖国的每一寸土地！"

革命老人说完了这句话，就静静地闭上了眼睛。

起风了。

涨潮了。

乱云滚动。

海鸟飞翔。

森林摇摆。

祖国的南海，南海的西沙，洪波滚滚，鸣奏起雄伟悲壮的歌！

27

当狗狼嗥叫的声音传到密密森林里的时候，程亮回到了两个焦急等待他的幼小儿女的身旁。

他的面色铁青，眼睛通红。

他没说什么话，紧紧地咬着牙，一手扯着阿宝，一手拉着海龙，悄悄地往海边迂回。

阿宝感到这只抓着她的大手在冒汗。

海龙感到这只抓着他的大手在颤抖。

他们来到被阳光晒热的黄沙丘上，停住了，一齐卧倒在沙窝里。

程亮拍拍阿宝的头，又拍拍海龙的头，小声说："你们不要动，看到什么也不要动，在这里等我！"他说完，一跃身子，蹿过沙丘去了。

阿宝紧靠在海龙的身上，两只乌黑闪亮的小眼睛，透过羊角树的繁密枝叶，紧紧地盯着阿爸那两只非常有力的大脚。

阿爸象一条海鱼在波浪上跳跃，快速地走下金黄色的沙丘。

阿爸象一只海鸥在云天中飞翔，闪电般地穿过银白的珊瑚滩。

阿爸象高大的桅杆，站到一块礁石上。

那礁石如同一头卧踞的猛虎。

阿爸面前是无边的大海。

夕阳之下，大海舞动着巨幅蓝丝绒，抛洒着细碎的水晶片，放开大喉咙呐喊……

离礁石不远的地方，有一条小舢舨，在浪涌上飘泊、摇摆。

阿爸轻轻地跳下水，伏在礁石上：身子盖着水，头贴着礁石，跟海岛浑然一体，不细看，谁也看不见他。

太阳缓慢地往下落了。海和天相连的地方，呈现一缕橘红色的光带，好似刚刚点燃的火苗。

晚风强劲地吹起来了。各种树木的叶子一齐喧响，各种花草一同舞动。

潮水汹涌地涨起来了。沙滩上卷涌着一排一排的浪花，礁石边腾起一根一根的水柱。

小岛，越发肃穆、沉静。

那几个坏人，一无所得，空着手爪，无精打采地走过来，边走边嘟嘟囔囔：

"妈的，白来一趟！"

"明天，开个工兵队来挖的干活！"

"不好挖，太君，泉不易找！"

"我的，一眼挨一眼地挖也要找到水，否则，西沙就站不住脚……"

他们说着，爬下沙丘，踏过海滩。

一个汉奸先走下水去，把小舢舨朝前拉拉。

另外几个坏人都跳到船上去了。

那个最坏的日本鬼，把枪抱在怀里——就是这枝枪，冲着韦老爹比着，吓唬韦老爹，真坏！

小舢舨，"哗，哗，哗"地朝前移动了。

海龙朝那边唾了一口："呸！"

阿宝也跟着唾了一口："呸！呸！"

小舢舨飘哇飘呀，飘出了礁盘，进了深水的地方。

一个大涌滚过来。

小舢舨被涌托起。

又一个大涌滚来。

又一次把小舢舨托起。

忽然，一个水淋淋的人头钻出浪花。

没等船上的鬼子和汉奸清醒，那舢舨就"哗啦"一声，翻了个底朝上。

五个坏人，象鸡蛋一样，全被翻滚到深蓝色的海水里。浪头把他们打下去，又冒出来。他们昏迷转向，伸出手来瞎抓一气。

阿宝一看从水里钻出那个闹翻船的人是阿爸，不由得喊一声："好，好，阿爸！"

海龙已经蹿出树丛，扑向海边。

阿宝也追过来，惊喜地盯着阿爸。

阿爸举起手里的柴刀，游到一个坏人跟前，"咔嚓"一声；又游到一个坏人跟前，又"咔嚓"一声。……

一团团发黑的血，在浪花中翻了一下，不见了。

阿爸看看大海，这才转回游。

阿宝、海龙迎到海边上。阿爸一登岸，他们就伸手往上拉他，跳着脚乐。

一排涌浪冲过来，把他们身上的衣衫都打湿了。

阿爸默默地带着他们往岛子上边走。

天空，升起万道霞光。

大海，掀起千顷巨浪。

万树在风中起舞，如同齐声高唱。

程亮领着阿宝和海龙，这一双西沙的新一代儿女，来到刚刚倒下去的先一代烈士的身边。

他们看到慈祥、热情的韦老爹背靠祖国的土地，面朝祖国的天空，安息了。身边的一丛野花上，流滴着鲜红的血。

程亮用柴刀扒开西沙的泥土，把老人深深地埋下，又隆起高高的坟顶。

阿宝看看海龙。

海龙看看阿宝。

泪珠从他们的眼里一串一串往下落。

程亮低声地对两个孩子说："你们站好！"

两个孩子笔直地站立。

"说，阿公放心。"

两个孩子照着说了。

"说，我们一定按照你指教的那样，跟着毛主席、跟着共产党，革命一辈子！"

两个孩子照着说了。

"说，我们一定要保住西沙的运输线、金银的转运点，不让日本鬼在这里站住脚！"

两个孩子照着说了。

"说，我们一定要勇敢地战斗下去，跟侵略者血战到底，拼了性命来保卫西沙，保卫南海，保卫祖国的每一寸土地！"

两个孩子又照着说了。

程亮亲了亲两个孩子。

阿宝闪着大眼睛问："阿爸，阿公怎么啦？"

程亮说："他，他给咱们守着这个又富又美的岛子；给咱们守着这又香又甜的泉水。"

"阿公还能起来吗？"

"他永远都跟我们在一起的。你们要记住，阿公住在你俩种了椰子树的地方！"

两个孩子点点头。

霞光在燃烧。越烧越亮，越烧越红。

激动的大海，庄严的岛屿，愤怒的森林，还有水里潜的，陆上栖的，空中飞的，一切一切，都仿佛被罩在一面巨大的旗帜之下。

28

薄云遮月，夜色朦胧。

棚外昆虫嘶鸣，应和着海涛的喧哗声。

棚里灯光闪动，映照着程亮那张沉思的面孔。

两个孩子都睡着了，睡得很香甜。

每个孩子枕边都放着一颗亮晶晶的贝壳：白色的底子，黄色和褐色的斑点，背上有三道鲜红鲜红的长线。

这贝壳是韦老爹亲手从海水里捞取的，又亲自交到后代的手里。

程亮眼望着贝壳，象一个学生总复习那样，把他和韦老爹相处以来的往事，一宗一件地细细思虑一遍。这使他的胸怀里充满悲壮的昂奋，没有丝毫凄凉和感伤。

程亮看到一个具体的、高大的、活生生的无产阶级战士；他要学这样的榜样，要做这样的人。

程亮感到一副光荣的、艰巨的、沉重的担子压在肩头；他发誓要担起来，又满怀信心。

他盘算着，"火种"队长可能在三、五日内派人到金银，可是敌人明日就可能扑上来。

怎么办呢？在这样一个特殊的地点和时刻里，商量无人商量，请示无处请示，只有自己按照一个党员的党性和觉悟来判断和行动。

他想，不能躲开。

躲开就等于放弃了阵地，敌人就可能在这里挖到甘泉，就会在这里占领……

他想，不能硬拼。

硬拼就等于胡乱行动，在孤岛上，力量单薄，无法战胜敌人，反而要失败……

他想，这一次只能智斗。

他想，要用智斗保住甘泉。

他想，保住甘泉就保住了金银岛。

他想，保住了金银岛就保住了转运点。

他想，保住了转运点，就是对抗日战争取得最后胜利的贡献！

……

程亮一跃而起。

程亮从棚顶抽下柴刀。

程亮走出草棚。

程亮绕过野海棠鼓胀交错的根盘。

程亮穿过西沙藤细密编织的棚架。

程亮越过托着露水、散着花香的草坪。

程亮来到那眼被他掩埋了的甘泉井边。

天空，薄云停滞不动。

海洋，涛声喧哗不停。

西沙群岛的深夜，有它独具的神秘、独具的清凉，连空气都独具一种在任何地方都嗅不到的宜人爽神的气味。

程亮沉默片刻，蹲下身。

他先清除甘泉井上的伪装。

他再用手把沙土扒出来。

他又用柴刀挖掘甘泉井里的沙土。

"嚓嚓，嚓嚓"，他一气地挖下去。汗珠落到手上，落到柴刀上，落到金沙银沙两掺和的泥土上。

"哗啦，哗啦"，他一气扒下去。手指扒出血……

井的形状渐渐地出现了。

井里边先是潮土，后是湿沙，再后来出现了泉水。

泉水从一点变成了一片，亮亮的，缓缓地上升着。

又似一块明镜银嵌在宝岛上，托起云天，映出树影，照着掘井人的面庞。

程亮捧着泉水喝了几口。

甜呀，甜如蜜，一直甜到他的心坎上，一股豪情激起来。

程亮起身要回草棚，忽见背后站着两个小小的身影。

阿宝叫一声："阿爸！"

海龙叫一声："阿叔！"

程亮看他们一眼，说声："走，跟我运水！"他就跨着大步朝前走了。

两个孩子互相看一眼，赶紧在后边追。

程亮从棚里提出木桶。

阿宝端起瓷盆。

海龙抱起瓦罐。

他们从甘泉井里运水，一趟又一趟。

程亮在前边跑。

两个孩子在后边赶。

放在草棚里的一口水缸装满了清亮亮的水。

藏在树丛里的一口水缸也装满清亮亮的水。

最后，他们把木桶、瓷盆、瓦罐都贮上水，严严密密地隐藏在森林那边一块小草坪的西沙藤下面。

程亮又动手烧饭了。

阿宝洗米。

海龙剖鱼。

做了好多好多的饭，

炖了好多好多的鱼。

他们把饭和鱼一齐藏到离草棚远远的密密的羊角树丛里。

东方呈现出鱼肚白色。

天空从暗转明。

大海从灰变蓝。

程亮又一次走到甘泉井边。

他围着水井转三圈，低声地说："甘泉，甘泉，你是有功的，你哺育了你的子孙，援助了你的战士；今天，你要帮我们战胜日本鬼，消灭侵略者！"

一阵晨风吹皱了平静的井水。

井水荡漾着，好象热烈地回答他的要求。

站在一旁的孩子，默默地走到井边。

井水又映出他们的稚嫩面影。

程亮抚抚阿宝的头。

程亮又拍拍海龙的肩。

程亮终于开口了："你们听着，从今天起，这眼甘泉井的水，暂时不能吃了。听清了吗？"

两个孩子点点头。

程亮说："你们藏到树林里，不论发生了什么意外，都不要动。听清了吗？"

两个孩子又点点头。

程亮看看他们的脸，瞧瞧头上的青天和面前的沧海，说："日本鬼今日可能再来，我今日也许会象你们的韦阿公那样……"

阿宝抓住程亮的手："阿爸！"

海龙也抓住程亮的手："阿叔！"

程亮一字一句地说："就这样吧，决定了。因为我不光是你的阿爸，你的阿叔，主要的，我是战士；我不是一个普通的战士，我是共产党员！"

两个孩子把眼睛睁得大大的，看着他们阿爸和阿叔那张深沉的象大海、坚强的象礁石一样的脸孔。

孩子那大大的眼睛里放光了，越来越明亮动人。

程亮再一次亲切地摸摸他们的头，拍拍他们的肩，激昂地说："孩子们，要勇敢，要象个西沙的儿女的样子！坚持三、五天，咱们的队伍就要来了。那时候，你们告诉阿叔们，把井水掏净了，再掏净了，才能烧饭解渴！明白了吗？"

两个孩子同时点点头。

程亮大手一摆："好，你们隐蔽起来吧，胜利是我们的！"

他说着，跨着矫健的步子，向前走去，头也没回。

早霞又燃烧了。

红极啦，红极啦！

象昨天傍晚的霞光一样，比之更加红艳，更加明亮！

29

形势的发展，完全象程亮预料的样子，出现在金银岛上了。

天一亮，日本鬼就从刚占领的珊瑚岛上开出一条抓来搞运输用的渔船，直奔金银，既找急需的水，又要找丢失的人。

渔船停在礁盘上。因为海岛边沿水浅，怎么用劲也靠不了岸。

几个日本鬼和汉奸急了眼，只好跳下船，涉水往岛子上走来。

程亮早就发现他们来到，立刻进入了新的战斗。

他先检查一下埋着的弹药、藏着的孩子，还有孩子们用的水和饭，保险不保险。

他又从棚里找出一包军用的烈性毒药，撒到甘泉井里，用一根树枝搅拌均匀。

随后，他自己稳稳激动的心情，又鼓鼓劲，抖起精神，几乎象奔跑一样迎上敌人。

日本鬼和汉奸一见岛上突然出现一条大汉，而且不躲不避，迎着跑过来，全都吓傻了眼。

一个胖头鬼子慌得脸色焦黄，哇哇地喊叫几声，别的鬼子和汉奸就停在水里，端起枪只，"哗哗"、"啦啦"一阵拉栓推弹的响声。

程亮冲着一排逼视着他的枪口，一股仇恨的怒火胸中烧，一股拼杀的勇气鼓动得他两只大手只发颤，忍不住想冲上去，立刻把敌人们一个一个消灭在西沙的大海里。

党的教导、老同志的榜样、肩上的担子、战斗的目标，在这一瞬之间，在这个坚强的战士身上发挥了巨大作用，使他冷静了，使他沉着了。

他迎着仇敌。

他迎着枪口。

他翻下黄沙丘。

他越过珊瑚滩。

海风鼓吹起他的衣襟，象两只要振羽起飞的翅膀。

沙石在他的脚下发出清脆的响声，如同催战的鼓、冲锋的号。

他一直冲到水边才收住步，扫视一下杀气腾腾的敌人，就面对那个胖头鬼子大声吼叫："喂，喂，你这个日本人，说话不算话，借走我的桶，为何不送还？"

日本鬼和汉奸们全被程亮这副虎彪彪的气势，还有几句没头没脑的语言给弄得晕头转向，这个看那个一眼，那个瞧这个一眼，一时竟不知如何答对。

胖头鬼子问身边的一个麻脸汉奸："他的，什么的干活？"

麻脸汉奸毕恭毕敬地回答："这个臭抓鱼的，跟太君要水桶……"

胖头鬼子眼一瞪："八格，什么的水桶！"

程亮赶忙用一种十分发急的声调接过来说："昨日你带着几个人，摇着一只小舢舨，来到这个岛上找水井，从我们这儿装了一桶水，没带走我一只木桶吗？你怎么赖账呀！"

胖头鬼子又瞪眼。

麻脸汉奸也学着样子瞪眼睛。

程亮说："瞪眼干什么，水桶就是你带走的！"

胖头鬼子见程亮这样认真，就又对麻脸汉奸说："我的没来过这里，他的胡说！"

程亮大声喊叫："你昨日明明来了，不说实话！"

胖头鬼子急了："真的没来！"

麻脸汉奸小声对鬼子说："许是昨天那几位太君拿走了他的水桶，这个穷小子认错人了。"

胖头鬼子楞了一下，自语道："这么说，昨天的弟兄，登上了这个岛，是肯定的了……"

程亮故意嘟囔一句："反正是你们日本人拿走的桶，我也许认错了人。"

胖头鬼子瞟了程亮一眼，又盯着麻脸汉奸说："兄弟们是返回的时候失踪的吗？真奇怪，真奇怪！"

麻脸汉奸叹口气："唉，这西沙浪大风险，说要了小命就要了小命呀！"

胖头鬼冲着程亮骂了一句什么话，就把端着的枪收起来，命令日本鬼和汉奸们继续上岸。

程亮看到第一步已经取胜，更加有了信心，也越发显得从容自在。他瞄了敌人一眼，心里好笑，骂一声"这群笨猪"，就故意漫不经心地装烟、点火、抽起来。

渔船上忽然有人喊："抓鱼的老乡亲，有烟叶换一点，我这里有火，有火！"

程亮抬头一看，只见船头上站着一个渔民打扮的人，正朝他打手势、递眼色，心里猛然一动：这个人是游击队员，是"火种"队长派到敌人内部作战的；嘴上喊着"火"，不正是"火种"队长的意思吗？

程亮的心头一阵热，象燃烧的火中加了油。

程亮的眼前一阵亮，象黑夜满天起霞光。

他的信心更足了，劲头更大了，心里想：眼前有同志，身旁有战友，随时都有党的领导和支持，还有什么困难不能克服，还有什么敌人不能战胜呢？

他赶紧向船头那个渔民样子的战士搭腔："我们这里有火，火旺得很；就是断了水，井水有毒不能吃，淡水一点一滴都难找啦！"

船上一个持枪的日本鬼，比划着，不让那个战士再讲话。

战士笑笑，用更高的声音喊："要那样，我就不换烟叶了，反正没水用，谁在这里也呆不长久！"

这时候，胖头鬼子已经把手下人带上岸，跟汉奸互相嘀咕几句，又拉开一副要决斗架势，对程亮喊叫："这个岛上，井水的有？"

程亮反问："井水？你们也找井水？"

胖头鬼子抖了抖手里的枪："你的要讲实话，井水的有？"

程亮立刻点点头："井有，水有！"

鬼子们对看一眼，表示很高兴。

麻脸汉奸冲胖头鬼子谄媚地笑笑："我对太君说这里有井水，肯定有，我对太君最忠诚……"

胖头鬼子对程亮说："你的带路，看井水！"

程亮转回身，大步朝前走。

胖头鬼子和汉奸们在后边紧紧地跟着。

走海滩，越沙丘，穿过树林，踏上草坪，来到了甘泉井的跟前。

胖头鬼子一看井里边那清亮亮的水，拱起长着黑毛的手直念佛："啊，好水，好水！"

麻脸汉奸更是眼睛笑成两道缝，说："这里离咱们驻扎的珊瑚岛不算远，往来运水很方便；这一回，咱们在西沙就能呆住了。"

好几个鬼子和汉奸渴的不得了，奔过来要捧水喝。

程亮张开胳膊拦住他们，大声说："告诉你们，这井水，只能洗衣服、冲凉，不能吃用！"

胖头鬼子又瞪眼："为什么不能吃？"

程亮说："有毒，吃了就死！"

胖头鬼子不相信地眨巴着眼："胡说！"

程亮说："你们昨天来的那几个人也不信，带回一桶试验去了，没试出来吗？"

胖头鬼子听了，眨巴眨巴小眼睛，突然又暴跳地喊叫："你的骗人，良心的坏了！"

程亮说："谁告诉你这岛上有水能吃，那才是骗人，正是坏了心肝肺！"

胖头鬼子对麻脸汉奸说："你的说话！"

麻脸汉奸弯腰点头地回答："太君不要听他的。井水只分淡水和咸水，没有毒水这一说！"

程亮一步蹿到麻脸汉奸跟前，怒视着他说："你是中国人不是？"

麻脸汉奸吓一跳："你什么意思？"

程亮说："只要是中国人，没有不知道西沙这些岛上除了咸水就是毒水，……"

麻脸汉奸解嘲地一摆手："你给我算了吧，这一套我明白！"

程亮逼着他不放："你这么说，他们吃水毒死了，你可承担！"

麻脸汉奸说："我承担，你不用管了。"

程亮接着逼他："你承担，都死在我这干干净净的岛上也不行。"

麻脸汉奸说："没那事！"

程亮再进一步逼他："你口口声声喊没毒、没事，你就先喝两碗试试吧！"

"我？"

"你敢喝吗？"

麻脸汉奸突然哑了口。

在程亮跟麻脸汉奸争论的时候，那个胖头鬼子站在一旁转着贼眼，细心观察；这会儿，他从皮带上解下瓷缸子，弯腰从甘泉井里舀了满满一缸子水，举到麻脸汉奸的面前："你的英雄，你的先喝下去！"

麻脸汉奸被吓得倒退一步："我，我……"

胖头鬼子绷起面孔、眯起眼："你的大大的忠诚，喝下去！"

麻脸汉奸两手哆哆嗦嗦地推着瓷缸子，声音发颤地说："太君，太君，咱们要小心小心的，也带一些水回去，让狗喝，试一试吧……"

胖头鬼子暴跳如雷："八格！你的服从命令，你的快快地喝！"

程亮站在一边抱着肩，观看这场大狗咬小狗的把戏，心里十分得意。

"快喝！"

"快喝！"

在胖头鬼子连声喊叫的逼迫之下，麻脸汉奸不得不接过瓷缸，放到嘴边试探地喝了一口，又喝了一口。

胖头鬼子伸出手，猛一托瓷缸底，把里边的水全倒进麻脸汉奸的肚子里去了。

这时候岛上非常宁静，连森林里雏鸟的啼叫，还有败叶的飘落，都能听得很真切。

鬼子和汉奸全都非常紧张地围着麻脸汉奸，几乎都以一种畸形的心理，察看着他的变化，等候着他发作。

程亮站在一旁冷眼相看。

他想，既然自己的同志已经来到，这里的情况全然了解，出现怎样的变化，得到怎样的结果，上级领导都会有妥善安排；当然，现在要尽量争取让敌人对这里甘泉井水的欲望破灭，死了心，这就是保卫西沙的胜利。

胖头鬼子见麻脸汉奸没有出现异样变化，瞥了程亮一眼，哼了一声，好象说："你说谎了，根本不是毒水。"他又弯腰从井里舀了一瓷缸水，放在鼻子下边闻闻，伸出舌头舔舔。

可惜，还没等这个侵略者把水喝进去，那个麻脸汉奸已经毒性发作了。

"妈呀，妈呀！"

他一屁股坐在草地上。

"妈呀，妈呀！"

他搂着肚子，在地上滚叫。

程亮极力掩饰着兴奋的情绪，挺胸、昂首，一手扠腰，一手指着日本鬼和汉奸的鼻子，大声斥责："你们，哼，不听我的话，能有好结果吗？这金银岛上全是这种毒水，根本养不了你们，偏要妄想！"

胖头鬼子顾不上看汉奸挣扎，也顾不上听程亮说话。他把舌头伸得长长的，用手指指，又打个快走的手势："昨天来的弟兄，毒死毒死了，快，快，回去医疗！"

日本鬼们惊慌地往岸上奔。

几个汉奸狼狈地抬上要死的麻脸汉奸，在后边追。

程亮从另一条路奔海边，高高地站立在黄沙丘上，观看败下阵去的敌人。

渔船开动了。

船头上的战士举起手里的帽子，朝岛上摆了一下，表示胜利的祝贺。

程亮也举起了他那粗壮的胳膊，用力地摇动，回答他的战友。

渔船刚开出礁盘，就从上边抛下一团东西，落到海水里，激起一片水花。

这是汉奸走狗的必然下场！

……

从此以后的三天里，金银岛上非常安宁。

风，特别温和。

海，格外明净。

树木，少见的葱茏。

野花，出奇的鲜艳。

祖国的西沙呀，显示出她最美丽、最纯洁的容貌！

程亮一手牵着阿宝，一手拉着海龙，跑到岸上迎亲人。

一队渔民打扮的战士赶到了，带来"火种"队长的指示。

他们要跟程亮一起，守卫在金银岛上，战斗在金银岛上！

30

侵略者在黑龙江的大森林里不得安宁，那里有人民群众反抗的刀枪！

侵略者在万里长城的深山峡谷里不得安宁，那里有人民群众反抗的刀枪！

侵略者在冀中的大平原上不得安宁，那里有人民群众反抗的刀枪！

侵略者在草地上、丛林中，在江河两岸、城市乡村，都不得安宁；铁蹄所到之处，都有人民群众反抗的刀枪！

……

在中国的蔚蓝色的南海，宝石般的西沙和南沙，侵略者照样不得安宁：愤怒的狂涛巨浪，竖起复仇的刀枪！

主子不安宁，奴才爪牙也跟着火烧屁股。

独眼蟹从海口市逃回琼涯镇，丢魂落魄，只剩下一口臭气了。

夏府的人慌乱成一团。男男女女装箱子、打包裹，又喊又叫。

鲨鱼牙故作镇静地来到前厅，见独眼蟹趴在椅子上，就让旁边的人用凉毛巾给他敷一下头，灌了他几口水，这才问："你怎么去这样久？"

独眼蟹说："途中不好走，大小路口都被端着枪，或是持着大刀、长矛的穷人把持着；亏了我是中国人，要是日本人，准回不来啦！"

鲨鱼牙又问："那边的情形如何？"

独眼蟹象死了他爹妈一样咧咧嘴："唉，唉，日本人不光打输，还宣布无条件投降了！"

鲨鱼牙叹了口气："真没想到呀！"

独眼蟹使劲点头："我托一个朋友的亲戚，亲自问过那位日本将军的翻译，他说日本人立刻就要从中国各处退走……"

鲨鱼牙无力地坐在椅子上了。

这几年他的光景很不好过。先是让程亮给砍掉一个耳朵，肩上一根筋也砍断了，加上惊吓成疾，趴在床上一年多没有起来。接着，他当了汉奸副县长，跟日本人合伙盗卖西沙鸟粪，结果抓去的人搞破坏、闹罢工，又没水吃，小铁轨和水泥运去一堆，全白扔了；劳神伤财，加上气，又让他在床上趴了好几个月。从那以后的日子里，他更象退潮的水一样走了下坡路。最近，他想活动活动，把失掉的东西，想办法从老百姓身上刮一点补上，偏偏赶上日本惨败要投降！

鲨鱼牙在两天以前就听到了这个消息，千思百虑，已经有了自己的打算，只不过这样快速地惨败到这一步，他是没意料到的。

独眼蟹小心地问他："你打算怎么办呢？"

鲨鱼牙说："三十六计，走为上策——走！"

"走？去海口吗？"

"不。"

"进广州吗？"

"也不。"

"那……"

"你想想，日本投降以后，海南这块地方归谁占领？广州这个大城市归谁接管？是共产党，还是国民党？这些，眼下都难说。按说，村村寨寨、角角落落都有共产党的人，一直跟日本人拼了好多年，他们理应占管；但，据我的经验，蒋介石不会答应。蒋介石虽然一直躲在峨嵋，他独霸天下的心没灭，而今又找到了一个好主子：美国，很可以施展一下身手。所以我决定，先避到一个安全的地方看一看，看主子是谁，再往上靠。"

"你说得有理。避什么地方安全呢？"

"西沙！"

"西沙？那荒凉的大海岛上，可不是咱们这种有钱人能生活的地方呀！"

"咱们多带上吃用的东西，再抓一些渔民。东部的猫驻岛地盘大，有水井，让渔民们给咱们种菜种瓜、抓鱼吃，日子不会难过。"

"不能换个去处吗？"

"西沙是个可进可退的地方——国民党接管了海南，我就回来，共产党接管了海南，我就先到外国去——你知道，我跟穷人是死对头，他们坐了天下，可没我的好！"

独眼蟹有点犹豫。因为他跟面前这个侵略者的奴才一样，是按照主子的势力迈脚步的。鲨鱼牙大势已去，他不愿跟他去逃难；他以为他本人罪恶不大，地位不高，留下来能站住脚，说不定来个取而代之，也混个渔霸当当。

鲨鱼牙没有改变主意的意思，就说："你吃点东西，歇息歇息，替我张罗几条好船，然后，再派人多抓几个壮实的渔民和农夫来。我先走一步，你在这里看几天风潮起落，跟在后边追我吧。"

独眼蟹只好答应一声，赶快照章办理。

31

黑漆漆的夜色，笼罩着天涯海角的小港湾。

涌浪一层接一层地扑上滩头，啃咬着礁石。

点点渔火，象眼睛似地一眨一眨。

条条渔船，象枯叶那样一飘一飘。

一个老渔妇，坐在船头低声哭泣。

一伙渔妇、小仔们围着她，解劝着：

"莫要哭了，哭死也不顶用的！"

"保养身子大紧，好熬日月呀！"

老渔妇反而越哭越悲切了。

星光照着她头上的灰发，照着她身上那破旧的衣衫。

人们渐渐地散去，只剩下老渔妇独自一人，无力地抽噎着。

夜深了，人静了，只有波浪激溅的响声。

这时候，一条高大的汉子，跳上船来；尽管他走得很轻、很轻，那破烂的小船仍在他的脚下不停地颤动。

"老人家，为什么这般伤心哪？"

"我一家人被他们害死好几口，只剩下一个儿子，又让鲨鱼牙抓走了！"

"你的儿子会回来，鲨鱼牙的日子不会长了！"

"他何时能死呢？"

"穷渔民团结起来进行斗争那一天，就是这些豺狼们的死期的开始……"

"你，你是谁呀？"

"我吗？你是一定认识的。"

"声音熟得很。"

"人也熟得很哪。"

大汉蹲在老渔妇身边，脸孔朝前凑着让她辨认。

老渔妇用力地挤着眼睛。可惜天地昏黑，怎么也看不清。

大汉又把嘴巴贴在她的耳边，小声地说："符阿婆，我是程亮……"

符阿婆不由得一惊，猛地站起身："你，你，阿亮，还活着？"

"对的。我活着，活得很好，要更好地活下去！"

"阿宝呢？"

"她长大了，还要长得更大！"

"天哪，这不是做梦吧？"

"你要快些从梦中醒来，跟上共产党、毛主席，动手砸烂这个旧世界！"

多少离别后的心里话要讲？多少苦难的辛酸要吐？船儿再大也盛不下，时间再长也讲不完。

当符阿婆听到她的小孙孙海龙还生长在南海波涛岛屿之上的时候，她惊喜若狂，又呜呜地哭了起来。

程亮没有立刻劝阻。他听任地让老人家哭个痛快。他想：希望这个多灾难的渔家女人，在天亮前最后一次流泪，从此让她欢笑到终生……

过一会儿，几个穷苦的渔民、程亮旧时的伙伴也同样悄悄地登上这条破烂的渔船。

程亮这才对符阿婆说："还有许多的话，等闲下来我再详细跟你来摆；如今，我有一件最要紧的大事情做，借你船舱用用，烦你在舱面给我观一观人。"

符阿婆对程亮的行径是奇怪的，但是完全相信这个好人，听他的话，把他和另外的几个人，让进了船舱。

没有点灯。

伙伴们在黑暗中谈论起争夺光明的大事情。

这一次，程亮从西沙回海南执行运输任务，同时兼顾了解当地在日本鬼被打得惨败以后，各种势力的动向，给上级反映，以便安排他们下一步的战斗计划。

符阿婆不明白这一些，但她在舱外听到了只言片语之后，断定了程亮这次回来，是要收拾鲨鱼牙的。于是，她更加仔细地听，捕捉每一个词句。

"大张临走的时候，派我们多留神日本鬼和汉奸的动静；有了情报，正要往上送，你就来了。"

"看鲨鱼牙一家人那样慌乱地安排后事，打整东西，一定要逃跑！"

"那个独眼蟹问我猫驻岛有淡水没有，我看，他们要奔西沙。"

"他们抓了符阿婆的儿子，定是给他们开船用。"

"一定，一定，就是这样的。阿亮，你说说吧……"

以后，一直静听众人议论的程亮开腔了，声音极小极小，符阿婆再也听不清楚，急得她胸口不住地跳。

符阿婆暗想，莫非说，阿亮真的找到了红军？莫非说，阿亮真成了共产党？当了红军和共产党的阿亮，这次回来给他那惨死的女人和乡亲们报仇雪恨？但愿如此，苦日子就算熬到头了。

秘密的会议开了很久才散。

舱里的人一个一个带着热腾腾的汗气走了出来，跳下船去，消失在岸边。

程亮最后出来，心满意足地舒了一口气。

他这次深入穷苦渔民中间，摸到了鲨鱼牙要逃跑的消息，又摸到这个汉奸要从海上逃跑的内幕，这是非常重要的。他决定再进一步查清问准，赶快转回西沙向"火种"队长报告，让上级领导安排对策。

他看到符阿婆站立对面，正在急切地查看着他，心里又想：作为一个战士，仅仅把情况报告上去，这是不够的，能不能利用自己的有利条件，立刻组织这里的渔民跟鲨鱼牙展开斗争呢？起码可以在被抓走的渔民里边做好发动工作，等到战斗的时候，来个里应外合，使胜利更有把握！

符阿婆声音发颤地说："阿亮，你回港湾干什么，应把实情对我讲清楚呀！"

程亮一字一句地说："我回港湾，给你们转达党中央、毛主席的号召；我回港湾，跟你们大家一起，亲自动手，捣毁这个旧世界！……"

"阿亮，我一定跟你们一块走，死去也心甘！"

"好阿婆，走，走，舱里说吧。"

他们一同走进船舱。

刚刚程亮在这里摸情况，此时，他单独地部署战斗任务的第一步，也在这里开始了。

黑漆漆的夜色被黎明的光泽消灭着。

涌浪一层更比一层高地奔腾喧闹。

32

程亮回到小港湾，也象"火种"一样，在他熟悉的渔家中，到处点燃斗争的烈火。

年轻的渔民先被点燃了。他们逃避抓捕，有的进山了，有的下海了，都去投奔共产党领导的游击队。

壮年的渔民被点燃了。他们抱成团体，有的不交租，有的不交税，不再给鲨鱼牙卖命了。

老年渔民也被点燃。

符阿婆是燃烧最旺盛的一个。

程亮留在她的船上，过去的事，未来的事，前前后后说到大天明。

她多高兴啊！共产党来了，穷人要解放了。报仇、雪恨，夺回她的儿子，往后要过上自由幸福的日月。

她越想心里越有劲，决心起来干一场。

太阳在蓝晶晶的大海中升起。

太阳给木棉花涂了红油漆。

太阳给芭蕉树涂了绿油漆。

太阳给符阿婆涂了一脸金色的光芒。

她挎着竹篮，竹篮上罩着一条毛巾，满怀豪情地朝鲨鱼牙停船的海港走。

小港湾是一片凄凉的景象。

海上没有帆影。

海边没有行人。

海岸没有叫卖的小贩。

两个夏府的奴才端着步枪守着路。

"符阿婆，不能走！"

符阿婆只管往前迈步，说："我的腿脚很强，能走，能走！"

"符阿婆，这地方不能去！"

符阿婆依旧朝前迈步，说："此时没起风也没涨潮，能去，能去！"

两个奴才急了眼，一齐横在路上。

符阿婆笑模笑样地问："为什么拦我？"

"这地方不让闲人来。"

"我看儿子。"

"有话对我说。"

"你们听不明白我的话。"

"那就不说。"

符阿婆看看他们，又左右瞧瞧，撩开竹篮上的毛巾，从里边拿出几个糖饼，又拿出两包香烟，塞给两个爪牙，小声说："我一个老婆子，走一趟，别人不会留神；就是看到了，也不会多心，更不会怪罪你们。兴个方便，让我见见儿子。"

两个奴才手里接过东西，互相看一眼，谁也不肯开口了。

符阿婆不等他们开口，直往停在海上的船边走。

一个人坐在船头上，苦涩的烟雾在他的头顶上缭绕着。

符阿婆低声喊他："阿来，阿来，你也被抓来了？"

何望来转过头，说："他们拉我们上一趟大洲岛，三、五日就回来。"

"不对，你受骗了。"

"怎么受骗？"

"日本鬼投降了，鲨鱼牙要往西沙逃，拉你们去给他当殉葬的！"

"谁说的？"

"阿亮！"

"阿亮？他回来了？"

"对。他是共产党，比过去更英雄，回到琼涯，唤起我们跟鲨鱼牙作斗争！"

"唉，他来迟一步。"

"不迟。他到西沙等你们。到时里应外合，报冤仇，求解放！"

……

鲨鱼牙突然来到这里检查船只，一眼就发现了符阿婆，暴跳地喊叫：
"谁让你来这里？"

"我自己想来呀！"

"你好大的胆子！来了就不能再走。留下，帮着厨师给我烧饭吃！"

站在旁边的何望来一楞。

符阿婆心里反倒很高兴。她想：留下更好，跟阿亮他们一块拼一场！

她毕竟没有经过战斗，想着那一天的到来，心里真着了一团火。

33

西沙群岛飘扬着战斗的红旗，蓝天白云来陪衬。

西沙群岛滚动着胜利的歌声，浪涛海燕来应和。

几十条渔船聚拢在一起，船头上挤满了男女老少。一个个，抑制不住的喜悦洋溢在风吹日晒的脸孔上。

在中间一只船的船头，两个弹药箱叠在一起，一个壮年的渔民登上去。

这渔民三十多岁，红脸膛、浓眉毛、大耳轮，胳膊象桅杆一样粗壮有力。

小阿宝挤在人群里，见别人都看着那个人，她也冲着那个人端详。

海龙小声告诉她："喂，认识吗，那个人，就是'火种'阿叔，可英雄啦！"

小阿宝一惊一喜，差点喊出声来。

"火种"阿叔高举起有力的手臂，用宏亮的声音喊道："同志们，父老姐妹们！毛主席，共产党，带领我们全中国人民进行了八年艰苦、英勇的抗日战争。从黑龙江，到南海西沙，处处都是抗日根据地，处处都是消灭敌人、保存自己的战场。……日本侵略者在强大的中国人民的铁拳打击下，遭到可耻的失败，在八月十五日这一天，他宣布无条件投降了！……"

掌声和呼喊声，随着人们的欢蹦乱跳，轰响在船头，震荡着大海。

"毛主席万岁！"

"共产党万岁！"

"伟大的抗日战争胜利万岁！"

就在渔民们欢呼胜利的时候，一只渔船，箭也似地朝这里冲来。靠了帮，一个人从那条船上，跳到这边的船上；又不管不顾地从人群中挤、在船舷上跨，一直来到"火种"阿叔跟前。

阿宝立刻认出，那个高大的汉子是她的阿爸程亮。

程亮跟"火种"阿叔伏耳说几句话。

"火种"阿叔一听，惊喜地连声说："好，好！你越干越精了！这回立了大功！"

阿爸又跟他说了几句话。

"火种"阿叔听着，又微笑着点点头，跟阿爸使劲地握握手。随后，他又跟身旁几个人小声说些什么，就转身挤出来，穿人群，跨舷板，来到阿宝住的这只渔船上。

小阿宝不管不顾地扑过去，扯住了"火种"阿叔的衣襟，不肯放手。

"小女仔，你是谁？"

"我认得你！"

"我是什么人？"

"你呀，'火种'阿叔！"

"哈哈，你叫阿宝，一个在海南落生、在西沙长大的穷渔民的女仔；是一个很调皮的女仔，有好几次，连我们的小英雄男仔阿海都让你给欺哭了，对不对？"

船上爆发起震耳的大笑。

小阿宝不羞，也不笑，说："韦阿公讲过的，男仔女仔要平等；他要不讲平等，我还是要欺他的！"

渔民们笑得更响了。

程亮赶忙把小阿宝拉过，"火种"阿叔和跟在后边的几个人这才进到船舱里。

小阿宝挣着阿爸的手："为什么拉我？我跟'火种'阿叔的话还没讲完。"

程亮说："别喧哗，'火种'阿叔在开会，商量革命斗争的大事情。"

小阿宝这才闭住嘴。

她盼着那个会快开完，她好把积攒了几年的话，统统说给"火种"阿叔；

还要提一大堆问题，其中有一个非常重要的问题，就是哪一天，造一只最大的轮船，从西沙往海南运鸟粪，还有女仔能不能开船的问题。

战士大张从舱里探出头来，对程亮大声喊："大家都等你商议事，你快些来呀！留女仔在外边跟阿海耍，说完重要事，你们父女再亲热。"

程亮怕阿宝纠缠，想找点什么吃的东西安顿安顿她。

可是，阿宝自动地从阿爸怀里挣出来，还推阿爸说："你快去，你快去；你说完了，我再进里边说。"

又引起人们一阵笑。

过一会儿，舱里的人都出来了，一个个匆匆忙忙，根本顾不上理阿宝，连"火种"阿叔都没有听见阿宝的喊叫，跳到船头忙着看帆篷、查绳索去了。

人们各回各船，每条船都跟着他们紧张起来。众人低声议论，兴奋地点头，举着拳头咬紧牙。

一条渔船升帆开走了。

又一条渔船升帆开走了。

一条又一条，摆开一个海鸥的大翅膀。

程亮这个船上除了大张，又来两个战士阿叔，跟"火种"阿叔和阿爸站在一起，还握握手，也启航了。

阿宝问阿爸："干什么去呀？"

程亮面色严肃、神态紧张地回答："捉鲨去！"

"鲨在哪？"

"迎上去追！"

34

这一天早晨，咆哮的海面上飘腾着云雾，一切都是迷迷离离的。

三条大木帆船，懒洋洋地朝西沙的方向开来。

头一条和末尾那条船上，载着各种食物、用具和抓来的渔民。另外就是几个持枪的夏府奴才。

中间那条船上，住着鲨鱼牙和他的小老婆，还有几个保护他的爪牙。另外有两个人，一个是抓来当船老大的何望来，一个是符阿婆。

船只在慢慢地行进，天昏海又暗。

符阿婆见奴才们都抱着枪靠在角落里打瞌睡，就趁泼水的工夫，凑到何望来跟前，伏耳小声说："阿来，你们拿定主意没有？"

何望来点点头："拿定了！"

符阿婆一喜："你们合伙干掉这群畜生！"

何望来左右看看，压着声说："我们打算，如果真能够遇上程亮他们的队伍，就拼；遇不上的话，就把鲨鱼牙他们送到西沙岛上，咱们开船就逃……"

符阿婆一怒："我都不信鬼神了，你还发慈悲？"

何望来说："咱们手里没有枪呀！"

符阿婆坚定地说："依我的主意，遇不上程亮的话，也要拼个他死我活！"

何望来说："我们把他们丢到孤岛上，抓不来船，饿也把他们饿死，岂不更保准些？"

符阿婆听他这样讲，看看打盹的奴才，低声说："另外那两条船上被抓来的人，都让我们串通好了，你可不要三心二意。"

何望来说："你放心，我不会软弱的！"

他们正说着，忽见左边和右边不太远的地方，各有一伙捞鱼的小船，撒网、下钩，忙个不停。过一阵儿，三只小船从船群里开出，直奔这边的大船摇过来。

狗奴才鼻子倒灵，很快发现了，跳起身，端着枪，大声喊："喂，喂，干什么的？不许靠近！"

那边船头上站着一个红脸膛、黑眉毛的壮年渔民，也用手遮拢着嘴，大声回答："从南沙转来抓鱼的。船上断水了，匀些好吗？"

奴才连喊："没有，没有，走开，走开！"

小船停在几丈远的地方，不再前进，也不走开。那个壮年渔民说："我们舱里满是老大的龙虾、玳瑁、梅花参，跟你们换点水喝可以吗？"

奴才摆手："不换，不换！"

小船上的壮年渔民又说："我们还从外国洋轮上换了几箱好烟土，跟你兑点水救救饥渴，不行吗？"

奴才还摆手："不行！不行！"

符阿婆认出站在舱口的人是大张。

何望来认出跟这边搭话的壮年渔民是当年曾见过一面的"阿明老大"。

他们的心里呀，立刻乐开了花，浑身有了劲。

符阿婆在旁边故意喊起来了："哟，送上门的好烟土为何不要！"

何望来也配合着喊道："好烟土，到了西沙的荒岛上可就没法找到呀！"

奴才刚要摆手制止，忽听舱里有人叫他，就叮嘱另一个奴才监视渔船，他自己钻到舱里去了。

也就在这个时候，何望来和符阿婆，几乎同时发现，对面小船上一直没动没吭声的船老大，就是程亮，都高兴得差些叫起来。

其实呀，这是程亮故意给他们看到的。他如果一直压着竹笠，一直不抬头，他们根本就看不出来。他用眼色向他们传递心声。

何望来这才明白程亮和大张、阿明老大是一起的，自己的队伍果真来到跟前了！他兴奋地朝舱里努努嘴，又向后边船上的伙伴打了个手势。

那个进舱的奴才又返回来了，带来诡计。

因为鲨鱼牙这次离海南匆忙，鸦片烟带的少些，正担心在西沙呆得过久，不好续补，刚才听到符阿婆和何望来喊叫有人把急需要的好东西送上门来，哪能放过去。他想假意换水，接过烟土来，把渔民干掉完事。

那个奴才先到掌舵的何望来跟前，小声说："等一会把东西送过来，听我命令，你就把船拨开，不让他们靠近，听见吗？"

何望来连忙点头："听见了，听见了。"

小船上的"火种"队长先急着问："怎么样？这样便宜你们不找，我们可要找别的船去了。"

奴才忙喊："慢走，慢走。你们先把烟土送过来，我们再给水。"

"火种"队长装作很警惕地说："你可不能要了我们的烟土就跑掉！"

奴才呲着牙说："不会，不会。"

"火种"队长朝后一摆手，命令老大："靠船！"

程亮把船靠上去了。

"火种"队长又一摆手，命令战士："抬土！"

大张和一个战士抬一个木箱子上了大船。

奴才向何望来下命令："开船，开船！"

何望来点头答应，却把自己的船往渔船上靠拢。

程亮早把大橹交给一个战士，趁两条船相靠一起的当口，一纵身，如一只海燕，飞跳到敌人的大船上。

奴才连喊："不要上这样多人！不要……"

程亮没容他把话说完，手疾眼快地从腰里抽出短枪朝他头上猛敲猛击，他就昏倒了。程亮又用脚一踢，那家伙就掉到海里去了。

这时候，大张和战士也一齐掏出短枪，逼住两个爪牙。

何望来红了眼，抽出一把桨来，朝一个扑过来的奴才的身上打去。

符阿婆一时慌得找不到武器，就把手里的瓦盆狠狠地摔到一个奴才的头上。

枪声响了。

子弹在海空呼啸。

程亮跳进船舱里。

船舱里乱成一锅粥了。

小婆嗷嗷叫。

鲨鱼牙团团转。

他们想往舱外闯，又想往棉絮里钻。

程亮满腔怒火地举出枪，用枪口逼着鲨鱼牙的胸口，大吼一声："狗种，不许动，你的末日来到了！"

鲨鱼牙抬眼一看，魂飞了，瘫在舱里。

程亮在鲨鱼牙倒下的丑恶神态里，看到反动的力量已经瘫痪，革命的力量正在成长、壮大……

他的耳边又响起《国际歌》的歌声。

他的眼前又闪起海涛中的触天大火。

他的心里呀，又怀念起牺牲在西沙金银岛上的韦老爹……

"火种"队长，站立在渔船上正朝另外两只敌船上的人喊话："父老们，我们是共产党的队伍，来为大家报仇，快动起手来，抓你们身边的那些坏蛋吧！"

另外两只船上被抓的渔民早被符阿婆和她的大儿子，以及何望来给动员好了，他们见到中间那只船上的人忽然扭打起来，响起枪声，又听到"火种"队长的呼喊，便抄起各种工具，呐喊着，朝本船的奴才坏蛋们打过来。

奴才们一见主子的船被别人占领了，又见许多小船团团地围住，只好跪下求饶。

程亮捕获了阶级敌人、民族的败类鲨鱼牙，象提着一只小鸡子似地把他抓到船舱外边，用枪逼着他的头，又大声地朝紧靠着的渔船喊："阿宝、阿海，快过来看看，这就是万恶的鲨鱼牙！"

原来躲在舱里的阿宝和海龙，等到这边交手之后，就忍不住地钻了出来；一听见喊，噌噌地跳上大船。

在这样沸腾的时刻里，两个孩子，看到了落网的敌人，也看到了巧逢的亲人。

程亮先把阿宝推到前边，说："看看吧，这是我们的女仔！"

何望来扯住了阿宝的手，掉下了激动的眼泪。

程亮又把海龙推到前边，说："再看看，这是我们的男仔！"

符阿婆把孙子海龙紧紧地抱在怀里，泣不成声了。

"火种"队长过来说："父老们，应当欢呼，我们胜利啦！应当欢呼，我们还必须争取新的胜利！"

欢呼吧，胜利啦！

欢呼吧，争取新的胜利！

35

渔船汇合一起，联成了浩浩荡荡的队伍，帆篷林立，看不到边际。

渔船再一次启航，继续快速地前进。

船头飞雪，船尾扬花。

波涛在翻腾，海鸥在翱翔。

红旗飘飘，歌声嘹亮。

"火种"队长岿然地站立在船头上，指点着航行的方向。

习习的清风，吹拂着他身上的衣襟、枪上的绸穗，也鼓动着他那豪情激荡的胸怀。

程亮掌着橹柄，奋力地摇着。他的两只明亮的眼睛庄严地眺望着辽阔、喧闹的大海，让船只在航道上飞行，勇敢地迎着涌浪的冲激。他回忆起不少的难忘的、火热的往事，更多的是展想未来的新战斗，心如海洋一般汹涌湃澎。

阿宝，这个生在海南、长在西沙的新一代，站立在掌橹的阿爸身边，天真活泼的心田里，充满了美妙的幻想。她一面帮阿爸用劲，一面忍不住激动地问这问那。

"阿爸，到哪去？"

"海南。"

"去干什么？"

"执行新的任务。"

"何时回西沙？"

"很快。"

"我们种的椰子树什么时候结果呢？"

"放心吧，阿宝。它是用生命和鲜血栽培的，一定会开花结果！"

船帆，鼓饱了强劲的东风，前进，前进！！

1974 年 3 月 29 日草完于北京月坛

5 月 27 日改完于万明路

奇志篇

上 卷

1

春天来了。

它披着灿烂的阳光。

它踏着欢腾的波涛。

它穿行在挤满渔船、舢舨的港湾。

它登临了堆积着鱼货、张晒着鱼网的滩头。

滩头上的树木，不论苍老的还是幼嫩的，都被春风染绿了。

绿树下的花草，不管野生的还是栽培的，都让春风吹开了。

西沙的雨量特别丰裕。它把这岛屿上所有植物的叶子都滋润得肥肥的、厚厚的，包含着过多的水份，仿佛稍一挨碰，就要滴下来。

西沙的光照特别充足。它把这岛屿上所有草木的花朵都养育得密密的、艳艳的，呈现着过浓的色彩，好似微一接触，就会印记在衣襟上。

透过莽莽的丛林，越过茵茵的草坪，金色的沙岗上矗立着一根高高的木杆。

木杆顶端悬挂着的一面五星红旗，被春风展开，飘呀，飘呀，好似一团熊熊的火焰在燃烧。

红旗下有一排平顶、白壁的新屋。

门边悬挂着"广东省西沙群岛南沙群岛中沙群岛工作委员会"的大木牌。

习习的春风,吹进那安着玻璃的小窗。

临窗的木板桌前坐着一个壮实的老人。

他宽肩高个。只有终年在南海惊涛骇浪里奔忙的人,才会有这样两臂丰满的腱子肉。

他短发灰白。只有经常承受西沙独特的风吹日晒的人,才能有这样一张绛紫色的面孔。

他正聚精会神地看图纸:因为怕风吹掀,一角用搪瓷茶杯压着,一角用眼镜盒压着;一只手按着,另一只手捏着一支已经削用得短短的红铅笔。

这是一张自己绘制的开发建设社会主义新西沙的远景规划图。彩色鲜丽的图纸上边画着西沙辽阔的海域,海域里是块块宝石般的岛屿,岛屿四周是一个连着一个蕴藏富饶的渔场。

他手中的红笔举落,高楼新屋平地起。

他手里的红笔运行,千船万帆齐向前。

他手里的红笔圈点,民兵武装操练忙。

他的笔尖刚从他现在居住的永兴岛[1]一条直线划到琛航岛,又划到他时时怀念的金银岛;还没来得及细细地描绘,被进来的一个少女打断了。

这个少女,是在祖国南海西沙血与火的革命搏斗中长大的阿宝。

她乌黑粗长的发辫,红润稚嫩的圆脸,明亮有神的大眼睛;花格短袖衫,蓝色肥腿裤,胸襟上佩带着一枚共青团团徽。

她一只手捏着一封信,故意地背在身后,一只手扳着门框;不知是过度兴奋,还是刚刚奔跑的缘故,微微有些气喘地说:"阿爸,你还不去开会呀!"

程亮摘下花镜,看看桌子上的小闹钟,说:"都过午了?时间过得真快!"

阿宝说:"当然快啦。你刚带工作委员会的同志来西沙建机关那年,我才上小学,眼下都念完了初中。"

---

[1] 永兴岛:原名猫驻岛,属于中国南海西沙群岛东部的宣德群岛。

程亮一面小心地卷着图纸，一面感慨地说："时间过得快，我们做的事情太少了。"

阿宝说："我们西沙的变化还是很大的。以前来过永兴的人，这次转回，都说处处变得不相识了。当初连一个草屋都没有，如今有了机关办公室，还有了新渔村；当初没有一片耕地，如今有了菜田；当初让鬼子汉奸把岛子毁成癞痢头，如今树木成了林……人民群众的力量真强大无比！"

程亮说："成绩当然要看到，可是比起全国的工农业大跃进，比起党对我们西沙人的要求，那可就差得远啦！"

阿宝同意这样的看法，又满怀信心地说："我们一定能够赶上，一定要赶上去！"她说着，笑了笑，把藏在背后的手伸到程亮面前："阿爸，我来报告你一个好消息！"

程亮接过信，打开一看，是一张海南岛渔业专科学校的入学通知书。

喜悦的神情，立即显露在他那刻下条条皱纹的脸上。

女儿是西沙渔民中第一代读书识字的人，是第一个中学毕业生，又成了第一个上中专、学渔业捕捞科学的人，他怎么能不高兴呢！

阿宝又说："我今日看看伙伴，整理整理东西，明日就搭船去海南报到。你还有什么话嘱咐我吗？"

程亮把信交还女儿，把西沙开发建设图小心地装进文件兜里，沉思地朝外走着，又对女儿说："到了那里，要好好学习，不断提高政治思想觉悟，要珍惜你们这新一代人的美好前途……"

阿宝说："我晓得。我的美好前途，就是党和人民的需要，就是革命的需要！"

这句话十分有力地打动了程亮的心："说得对呀，阿宝！没有党的领导、人民的斗争、革命的胜利，我们西沙渔民就没有今天。我们今天胜利了，胜利来之不易呀！要永远地记住，帝国主义和它的走狗，是决不会甘心在这块土地上失败的！"

阿宝激动地说："你放心，你放心，我不会忘本的！"

程亮朝女儿点点头："好哇，好哇。我去开会了，晚上咱们再细谈吧。"

他说着，大步地朝前走去。金沙银沙掺杂的滩头上，留下一串深深的足印。

阿宝停了一下，忽然想起，应当跟阿爸约个时间，一起去看符海龙，一同谈谈前途大事。她望着阿爸的身影，踩着阿爸的足印，快步地追上前去。

2

第二天早晨，是个晴朗朗的早晨。

高高的木棉树，盛开着大朵大朵的鲜花，如火苗，似云霞，明亮耀眼。

密密的香蕉林，穿飞着西沙独有的小鸟，色彩斑烂，啼声婉啭。

阿宝迈着愉快的步子，从码头往渔村走。

她绕过绿油油的菜田，来到开掘鸟粪的工地上。

海南岛创办了大型的橡胶园，派工人来这里开采肥料。

工人们都赤着背，挥锨舞镐，汗水滴滴往下落。

银灰色的粪土，堆成了一座连一座的小山。

阿宝朝他们喊："我今日去海南，有什么事吗？"

一个工人回答："让那边多派运输船来吧！"

阿宝朝他笑笑说："放心。我一定立刻把你们的呼声传到。"

她穿过一片茂盛的棕榈、枇杷树，来到鱼货加工场。

琼涯镇的水产收购站在这里设置加工点，专门搞特产。

工人们正在剖割、晾晒，在竹架和绳索前往来奔忙。

面盆大的砗磲，茶壶似的马蹄螺，摊积一片；洁白如玉的石花，陶瓷般的石芝，奇形的刺鲀，散放一地。

阿宝大声喊："我今日去海南，有什么捎的吗？"

一个组长说："让家里快送些料，得多盖仓库了。"

阿宝朝他笑笑说："行，行。我一到那里就找他们去通报。"

她走着，看着，一股自豪感从心头油然而起：我们的西沙真是美丽富饶呀！

她的面前，出现两个怪物：日本侵略者和法国侵略者遗留下来的两座残破的炮楼。

她停了一下，心头又掠过许多往事：这样的遗迹应当留下，这类的事情永不能重演……她迈上一道小坡，走进渔村，迎面碰上了独眼蟹。

这个汉奸、恶霸的狗腿，那一回侥幸，没有陪他主子同伙从海南岛往这里窜逃，也就没有结伴被丢进南海喂鲨鱼，又在琼涯镇横行几年。渔改的时候，他让群众揪出来斗了一通；镇压反革命的时候，又给公安局审查一番。人民政府对他宽大，给他出路，让他从新作人。可是他的邪念不熄，贼心不死，总觉得过去当狗腿干坏事的日子痛快，今朝自食其力的生活窝囊，盼变天，等回潮，再来横行霸道。因此，他在群众面前装老实，背过脸去就发疯狂。

阿宝永远都不会忘记他走过的路：对他说话加小心，跟他办事划问号。

独眼蟹老远就对阿宝点头弯腰，象一只落在热锅里的小虾："阿宝，你早，你早？"

阿宝见他这副怪样子实在可笑，就绷起面孔，说声："是不晚的！"

独眼蟹走近以后又满脸堆笑，象一个在沙滩上晒干的鱼头："阿宝，恭喜，恭喜！"

阿宝听他这种假话很恶心，就看他一眼说："用不着你来这一套！"

独眼蟹又说鬼话："你能飞黄腾达，我从心肝五脏里为你高兴呀！"

阿宝"哼"了一声，说："你不会高兴的。你不高兴，我们也照样不停步地向前进；一只小小的螃蟹，能挡住乘风破浪的千吨巨轮吗？"

独眼蟹吸口冷气，不由自主地朝后倒退了两步。

阿宝昂首挺胸往前走。

符海龙蹲在自家高足屋边沙地上杀鱼。

他那两只粗壮的胳膊和前胸隆起健美的肌肉；新理的头发，衬着一张黑红黑红的脸，充满喜气。

阿宝走到他跟前，伏下身要帮一把。

符海龙说："你莫要沾一手了。"

阿宝说："我昨日找你三次，一直锁着门。"

"来告诉我，你要上中专了，对吧？"

"对的。你呢？"

"我呀，上大学去啦！"

"上大学？"

"解放军大学校。"

“我不是来跟你开玩笑的。”

“真情，阿宝。我要服兵役去！”

“你是独子，国家是不要的。”

“都是她的儿子，要别人，能不要我？”

“明文规定。”

“可以灵活——阿婆和我祖孙两个，到海军首长那里泡了三天，终归把他泡软了。他应下补一个，过午填表注册、检查身体。我看稳妥了。”

阿宝听罢，知是真的，高兴得好久没开口。

何望来喜眉笑眼地走过来了。

这个从苦海中挣扎过来的人，参加过解放海南岛的支前斗争，当了渔改时期的积极分子；如今是向阳渔业大队的大队长，领导生产干得欢。他跟程亮近，他跟阿宝亲，两家来往很密切。

他喜形于色地对阿宝说：“我到家里找你，谁晓得跑这里来了！”

阿宝说：“我来看看阿婆、阿哥。”

何望来打趣说：“我也要看看你，不然，以后就难看到了。”

阿宝说：“运输船常来常往，县城又离岸近，想看我，你就去吧。”

何望来说：“只怕过几年，这县城也留不住你。我出海去几天，转回家，才知你今日要走，也听说阿海要走。要买点礼物也来不及了。”他说着，从衣袋里摸出一支花杆的钢笔，“只有这一支，两个人是不能分的。”

阿宝说：“阿叔要送礼，就送阿哥，他会走得远，我总离得近。”

何望来说：“我不这样想，应当先给你，因为你是女仔……”

符海龙插嘴打趣说：“阿叔一向重男轻女的，如今又特别重视妇女，大变化！”

何望来认真地说：“阿宝这妇女，比别个不相同，非重视不可的。”他又转身对阿宝，“到了中专，依旧要用功，苦用功，多争气；上完中专，就上大学，上北京的大学去。你晓得吗，年节到我们这里搞海洋勘测的工程师，就是清华大学出身的。阿宝，当个女工程师，咱渔家可就光彩了；你阿爸从你生下一百日就带上你，不易，你做脸，也算他没有白辛苦一场……”

他说着说着，围着许多细小皱纹的眼睛红了。

阿宝听到这些话，皱皱眉头，刚要开口，被符阿婆给打断了。

这位年迈的老人依然很健壮，今朝穿戴一新，喜悦的情绪，忍不住从她那眉眼中流露出来。她尝到过拿枪人的苦头，也尝过拿枪人的甜头：凡是枪杆被渔霸们拿在手，穷渔人就受苦，因此，她懂得送孙当兵，是最光荣、最重要的事情，怎能不喜呢？

她热情地对大队长和阿宝说："正要请你们，来了好。今朝午餐在我这里吃。"

何望来跟这位老船邻一向不分彼此，就没说什么。

阿宝却说："阿婆，阿叔馋酒，留下他吧，我须回家。阿爸还有话要对我谈，昨晚被人找走，没谈成，这时得去等他。"

符阿婆说："他刚来过这里，到东岛去办事情，不能相送你们了。"

何望来忽然想起一件事，忙从后胯拉过他的文件袋，掏出一个沉甸甸的红纸包，说："这是你阿爸让我捎给你和阿海的。东西都在一起，他说你晓得怎么分。"

阿宝打开纸包一看，里边是一块蓝花布头巾、两个贝壳，还有一张叠成三角形的纸条。

站在一旁的符阿婆接过头巾，抖落一看，立刻就认出了："这是老陈物，是生下阿宝那年，第一次出海回来，你阿爸给你阿妈买的那条——可惜，她没见到，她那天被鲨鱼牙抢走了，以后……"她说着心酸了。

何望来扯过头巾，发气地说："这阿亮，大喜大庆的日子，给孩子展示这个干什么呀！"

阿宝明白阿爸的用心，赶忙把头巾接过来。她的两眼，又紧紧地盯着两颗亮晶晶的虎斑贝壳；心里忽地一动，想起来了。

符海龙抢先开口："嗨，这是那年韦阿公牺牲前送给咱俩的。我已忘了，阿叔真有心！"

阿宝声音发颤地说："不能忘，要记住，应当永远、永远地记住！"

她说着，又打开那张三角形的纸条，上边是阿爸的亲笔字，写道：

你们赶上了社会主义的大好时光，你们是幸福的。毛主席指示，要取得革命的胜利，必须有文武两支大军。你们一个是西沙渔家第一代文化人，一个是西沙渔家第一代海军战士，这是你们的光荣，也是你们的义务。……你们是贫下中渔的子孙，是革命的后代，必须不停步地在新的大道上前进，不可在旧的小路上踏步徘徊！

……

一群渔家的女青年，从开着红花的木棉树那边，说说笑笑地跑过来。

一群渔家的男青年，从撑着绿叶子的香蕉树那边，打打闹闹地跑过来。

他们围上了阿宝，围上了海龙，扳着肩，扯着手，依恋地送别，真情地祝贺。

可是阿宝顾不上跟他们搭话和亲热。她捧着那张纸，一遍一遍地用眼看，一字一字地用心掂。

她的眼前心头展现着五光十色的画卷：

金银岛的波涛和礁岩。

金银岛的铜钱和古盘。

金银岛的甘泉井和椰子树。

还有那欢笑的面孔，战斗的硝烟，野花上流滴着的鲜红鲜红的血……

3

荡荡漾漾的南海之水，好象一幅巨大的蓝丝绒，西沙群岛就如同一块块缀在上边的绿宝石。

绿宝石般的小岛，很自然地分成两组。这就是从公元七世纪已经被中国的航海家和渔民命了名的"千里长沙"、"万里石塘"的重要岛屿群。

东边的一组名叫"宣德群岛"。这里最大的是永兴，最高的是石岛，最弯长而娇艳的是东岛。另外还有无数沙洲、暗屿和浅滩，涨潮的时候隐没，落潮的时候展现，更增加了这西沙大海神秘的、迷人的魅力。

西行数十海里途程的另一组名叫"永乐群岛"。这儿的晋卿、琛航和广金相互云水牵连；珊瑚、甘泉和金银彼此抬首遥望。同样有无数洲屿出没，形成一个天然的浩大的弧形的围障，似海下长城，雄伟绝世。凡是来到这里的人，没有一个不为之兴叹的。

西沙，是祖国大陆连接祖国南沙群岛的中间枢纽。

西沙，是印度洋和西太平洋之间的要冲，是沟通南北的国际航道。

西沙，富有的水底宝藏，是我国发展渔业生产和科学研究的宝贵的试验场。

当五星红旗插上海南岛的时候，英雄的军民就怀着自立于世界民族之林的决心和魄力，向西沙进发。他们在毛主席的革命路线指引下，用自己的辛勤劳动和汗水，艰苦地建设着祖先传下来的、烈士保卫住的这些宝岛。

正因为西沙这样美丽富饶，这样关系重大，一百多年来，帝国主义的头子们，如同饥饿、残暴的豺狼，伸着舌头，滴着口水，瞪着两只贪婪的眼睛，死死地盯着中国的南海，盯着南海的西沙，不断地启动它的爪子和牙齿，妄想把中国人民的这些宝岛攫取而后吞掉！

黄粱美梦一个个破灭了，又一个跟着一个地做起来。

就在永兴岛的渔民们，送走上中专求学的阿宝、服兵役参军的符海龙以后不久，南越西贡当局在他的帝国主义主子指使下，派出军舰和飞机，象蛆虫和苍蝇一样，蹿到西部永乐群岛的琛航岛附近海面，劫走我国五条渔船，八十二个渔民，以及许多财物，污染了我们的纯洁的领海领空，侵犯了我们的神圣的主权！

中国人民站起来了，中国人民不可辱！

二月二十七日我国外交部发表了严重的抗议声明：

……西沙群岛是中国的领土。中华人民共和国政府在一九五一年八月十五日和一九五六年五月二十九日对此曾作过庄严的声明。现在，南越海军竟公然侵犯我国领土主权，劫走我国渔民和渔船，这引起了中国人民的极大愤慨。

中华人民共和国外交部严正声明，南越当局必须立即全部释放被劫走的中国渔民，交还被掠走的所有渔船和其他财物，赔偿被劫走渔民的损失，并且保证今后不再发生类似的非法事件。否则，南越当局必须承担由此而产生的一切后果。

中国政府和人民的正义呼声，受到全世界革命人民的全力同情和支持。南越当局理亏心虚，不得不乖乖地放回我们的渔民和渔船。

遭劫的渔船里，有一条是永兴岛向阳大队的。

这一天，全岛军民欢欣鼓舞地涌到码头上，迎接胜利而归的亲人们。

经历了风暴冲击过的帆船，鼓满了强劲的东风，象一头雄狮，在莽莽草地奔驰，劈涌斩浪，冲向岛边。

英雄的健儿们激动地站立在船头，有的张开双臂，有的挥动着大手，有的摇摆着帽子，齐声欢呼。

岸边的社员们，战士们，还有干部们，跳跃着，高喊着。有的年轻人，等不及船头靠岸，就跳下海去；水花在他们身边激动地飞溅起来。

第一个从船头跳上岸边的是一个年近六旬的老人。

他那檀木一样颜色的胸膛硬棒棒地挺着。

他那刻满皱纹的脸孔骄傲地笑着。

他那铁锚一般的大脚，稳健而又有力地迈动着。

他被震耳的欢腾声浪包围了。

他被滚热的手臂抱住了。

他用一种海啸似的粗犷声音，向亲人们控诉起南越西贡当局的累累罪行。

"……这些乌龟仔们，用毛巾蒙住我们的眼，把我们运到岘港，关进监狱。先对我们来硬的：拿枪吓唬，拉到毒日下曝晒。中国西沙的渔民，骨头是硬棒的，不怕这一套！接着他们又使软的，单个叫到小屋里，敬酒，塞钱，嘻皮笑脸说好话听。中国西沙的渔民，灵魂是干净的，不吃这一套。把他们急得干瞪眼……"

一个名叫郑太平的面色嫩白的小青年问一句："黎阿伯，他们为什么要这样对付你们呢？"

黎阿伯愤愤地说："狼心狗肺！他们妄想扇动我们背叛祖国，让我们把西沙各个岛子上有什么机关，有多少军队，有哪种武器，告诉他们……"

众人一听，都愤怒地吵嚷起来：

"这是刺探情报！"

"真下流！"

……

党委书记程亮，代表西沙的党政军民跟胜利归来的同志们热烈地握手。他说："你们在这场复杂的斗争中表现得很好，不愧是社会主义西沙的新渔民，为祖国增了光，为全世界革命人民争了气！敌人是不会接受教训、改邪归正的，他们还得捣乱！我们要把愤怒变成锻炼咱们志气的烈火，变成大跃进的力量，把西沙建设成坚不可摧的钢铁的南海长城！"

黎阿伯忍不住地插一句："对啦，我一路上就打下了这样的主意！"

程亮继续说："工委领导决定，支援你们大队建网厂、造机帆船，大干一场！"

众人听了，一齐欢呼起来：

"太好了，太好了！"

"用我们的新胜利给反动派一点颜色看看！"

黎阿伯一把扯住程亮的手："我先报名。等新船造成，让我跟上干。我要把剩下的力气都掏出来，在西沙搞社会主义，跟乌龟仔们拼到底啦！"

大队长何望来在一旁说："赞成，赞成。我推举你到新船上挂帅领兵！"

程亮也说："老将出马，一个顶俩。除了自己干，也要给咱西沙培养一批年轻的抓鱼能手、斗敌的硬汉。我相信你能干得好的。"

码头上一片欢腾：控诉南越西贡当局的罪行，表示保卫、建设西沙的决心，人人浑身长劲头。

可是，在被劫持的渔民里边，有两个显得十分异样的人，大家都没留神，也就没有发现。

一个名叫郑安。老中渔，小个子。遭劫前，他的身体挺结实，经过这一场事故，圆脸变成了长脸，小眼睛变成了大眼睛。

他对那个替他拿行李、比他高一头的儿子郑太平，悲切地小声说："这回我算拣了一条命，差一点见不着你的面啦！"

郑太平说："你给劫走的开头几天，我们也很着急，担心你有个长短。程亮阿叔到咱家，开导我和阿妈，说南越不敢轻易杀害你们。"

郑安一摆手："算了吧。那雪亮的刀子都逼到胸口，差一指就进去了。"

郑太平说："回来就好，回来就好。"

郑安叹口气："老天保佑，往后再别让我遇见那些魔鬼害人虫。"

在这父子俩的身边，站着独眼蟹。他是另一个异样的人。

他也变了，变得胖了，变得神气了；他好象没有被劫持，而是去疗养院住了几日转回来。

他在人群里挤着，察看贫下中渔和积极分子的面色，故意扯开嗓子大骂西贡："小小西贡，成不了大气候，掀不起风浪；我们这么强大，根本就怕不着他们……"

他的声音虽大，却被众人的声浪所淹没。

只有程亮瞥他一眼。

独眼蟹怕这双眼睛，心里打颤，更用劲地大骂西贡："南越西贡，这回我算跟他们结下了不共戴天的冤仇……"

西沙渔民们的激动的、欢快的声浪，跟大海巨大的呼啸汇合在一起，又一次把他的嘶叫淹没了。

4

独眼蟹回到他的茅寮里。

劫持事件在西沙渔民中激起这样大的愤慨，又化成这样高的建设社会主义的热情，是他意料之中，又好似意料之外；他的心里边翻复着各种滋味。

进了他的家，他又变得高兴了。

几年来，他忍气吞声，装腔作势，暗暗地焦急地等着变天。可惜，天虽然在急速变化，却一个劲地朝着穷渔民更有利的方面变，朝着他独眼蟹这种人更有害的方面变——西沙的社员们越来越开心，他是越来越难受的。在他渐渐感到梦想如烟消云散般地渺茫起来的时候，天助一臂，把他推到西贡特务的面前……

他关了木门，呲牙咧嘴地对女人说："笑吧，这回咱们可熬到出头之日了。"

女人说："人家象火上加了油，越干越欢，咱们等着倒霉吧，不用想出头日月！"

独眼蟹解开破裤子，从里边掏一大把人民币，"趴"地往竹床上一摔："看看，看看，这是什么！"

女人一惊："哪来的？"

独眼蟹低声回答："西贡人给的。"

125

“全都领了赏？”

“我独一个。”

“你？”

“这一回，真是柳暗花明又一村，一灶死灰又冒火星——找到了亲人！”

“那不是敌人吗？”

“你呀，见识短。凡是程亮他们那种人的敌人，就是我们这种人的亲人。”

“外国人怎么成了亲人？”

“什么里国外国。南越西贡的头目，跟蒋介石是一奶同胞兄弟，跟咱们亲。他们这会儿正看着西沙眼馋，要夺到手里，我想来个借刀杀人，拼出一条活路：先投奔他们，再让他们把我送到台湾去……”

女人明白了，浑身却直打颤，说：“你要小心些，程亮可不好惹呀！”

独眼蟹听到这句警告，立刻想到刚才在码头上，程亮向他投过的锐利目光。

他说：“你这个想法要紧，快收了钱，我得走到他前边堵住漏……”

“嘭嘭嘭”，有人用力地敲打他的门板。

独眼蟹等女人收了钱，又让自己稳稳神，这才应声去开门：“哪位呀？”

外边传来郑安的男仔郑太平的声音：“快些，快些，程亮书记让你去办公室一下。”

独眼蟹急忙拉开门，上下打量这个显然有几分高兴神色的年轻人，就问：“为啥让你来叫我呢？”

郑太平回答：“书记刚跟我和阿爸谈了话。”

“都谈了什么呢？”

“让我学开机器船，在西沙扎下根……”

“你是个念过高小的学生，在西沙扎下根？你阿爸能赞成吗？”

“我阿爸怕留在这里有危险，想打发我进城当工人；经程亮书记一说服，他也同意了。”

“唔……”

独眼蟹背着双手垂着头，慢慢地往工委办公处走。

他把郑太平透露的消息跟程亮上午在码头公布的开发建设西沙的宏伟计划联结在一起，不由得打个寒战。他明白了程亮的用心。程亮的用心，跟他独眼蟹要开始的新追求是水火不容、针锋相对的。

他暗暗地咬牙切齿："哼，你想让穷渔民的仔们在西沙扎根？你想死保住这个宝地？"

他痛苦万端地摇摇头："唉，西沙有程亮，我的船就难开，我的打算就难成功呀！"

他走进办公室。

一阵胜利者的欢笑震耳骨。

一股热气腾腾的气氛扑打脸孔。

程亮坐在靠窗的地方，好几个干部围着他。里边还有大队的何望来和刚转回的黎阿伯。

独眼蟹左右看看没他的位子，就坐在门槛上了。

程亮停住对众人的谈话，转脸冲着独眼蟹，目光锐利、口气平和地说："让你来汇报一下被劫持后的情况。"

独眼蟹赶紧开口："我们当时正在洋面上作业，西贡的大军舰——好大的家伙呀！大军舰朝我们扑过来，让我们跟他们走。黎阿伯抄起鱼叉要拼，他们跳过船来，把黎阿伯和我们一个一个拴绑得牢牢的，又把我们的眼睛蒙个死死的……"

程亮打断他的话："请你讲讲，他们对你进行非法的个别审讯时候的详情……"

独眼蟹心头一悸，立刻又镇静下来，故意皱眉、咧嘴，用一种哭腔说："乌龟王八蛋们虐待我，用皮鞭抽打我，问我西沙各岛子上有多少军队，有啥工事；问我中国政府有啥打算……"

"你如何回答的呢？"

"我说，唉，我一个抓鱼的，哪知道这些？"

"又讲了什么？"

"我死不开口。我再落后，还是爱国的，我决不能给中国人丢脸面！"

"要跟你说明白，我们对你回答的这些话，是不能完全信任的！"

"这我就没办法洗清白啦！"

"完全有办法搞清楚，那就是用你从今以后的行动来证明！"

独眼蟹浑身发凉，下意识地瞥了程亮一眼。

他看到一张赤红的脸，一双明亮的目光，紧闭着的坚强的嘴唇……

他又看程亮一眼，忽然，他发现这位掌握着西沙大权的共产党的领导干部，两鬓已经花白，额头的皱纹也加深了许多——他那冰冷的心，象死灰的余烬一样，一闪又一亮：啊，啊，程亮老了，他操心又费力，比我老得快，我能熬过他，我有出头之日……

独眼蟹准备在这里泡下去。

程亮心里早有数：独眼蟹这种人，如果在敌人面前搞了出卖勾当的话，是决不会轻易吐露的，警告一番，以后多留心观察，目的就达到了。于是，他果断地一摆手说："你回去休息吧。再想想，有什么说的，找治保委员，找大队长，到工委找我都行。"

独眼蟹说："天地良心，天地良心，该说的，我全吐净了……"

程亮一摆手，说："算了吧，我们不求你，也不强迫你。党的政策你懂得，无产阶级专政的威力你也清楚，走什么道路你自己选定吧！"

独眼蟹脚步紊乱地走出办公室，脸上的皮肉纵了纵，肚子里生发出一条新的毒计！

5

西沙的人民，把怒火化成了力量。

永兴岛上的气势，象南海的潮水一般，猛升猛涨。

向阳大队新建立了网场。网场织新网，精织最上等的大渔网！

向阳大队新建立了船场。船场造新船，试造大号的机帆木船！

向阳大队扩充了民兵。扩充的民兵都是最强壮的小伙，日日夜夜操练忙。

开发金银岛的捕捞小队也成立了；机手郑太平也托海军给培训好了；单等新船造成以后就出航。

人人意气风发，斗志昂扬，都要为保卫西沙、建设西沙出力气、立新功。

有一天，发生一件出人意料的事情：黎阿伯为了机帆船的问题，跟郑安争吵起来，闹得满岛子乱哄哄。

何望来赶到船场，硬把他俩拉到大队部办公室，进行调解。

他说："如今各岛各船上的人都借东风、鼓干劲，比过去团结得更紧密。咱队的生产就要跃上去了，一切都太太平平的，你俩为何自起矛盾呢？"

黎阿伯火冲冲地指着郑安说："他家的男仔太平，是大队决定，选送到海军那里训练成机手的；还没有上阵，他就指使男仔缴械不干了！这不是敲咱人民公社的船底吆？"

郑安理直气壮地说："老哥，话不能这么讲。如今大跃进，要使机器行船抓鱼了，渔业社用不了好多人手；城里呢，要大发展，忙着招新工，赶鲜去，就能当干部，再迟了，就是工人——人往高处走，鸟往高处飞，船要顺风行，谁不想要自己的仔进步呢？"

黎阿伯说："你这些全是糊涂话，是搅乱人心！"

"嗨，前有船行，后有航道，又不是我一家，为何抓住我不放？"

"你睁开眼看看，咱向阳大队，没有几个象你这样的人家！"

"莫打包票，大队长的女仔亚娟，也不在这里干了。"

何望来一见把自己牵扯进去，就忙解释："我不知道此事的，不会吧？她可能还想考中学，又想到海南寻问寻问。再说，她并不是机手呀！"

郑安有意拉个伴，不会轻易放手的，就接着话口说："亚娟还拉上一个女伴哪！……上中学、找工作，都为了给国家效力，这是没有什么过错的。"

黎阿伯着急地说："没过错，没过错，全都走了，我们的新船还出海不？我们金银岛的渔场还要不要开发？我们跟敌人的这口气还争不争？"

郑安不以为然："这话不能对我讲。我不是当干部的，我只管我一家人不走偏道、不触礁石就够了。"

黎阿伯大手一摆："算了吧，你这样胡来，就是带着一家人走邪道、碰礁石哪！"

郑安气了："你不要扣帽子！"

何望来赶忙拉开他们："莫吵了，莫吵了。这次造机帆船捕鱼，是咱向阳大队开天辟地第一次，是咱全西沙的大事情，是我们大家脸上有光的事，可不能落了空。太平是机手，万万不能松手走掉。你快回家劝劝他，去上班！"

郑安说："劝不了啦。"

何望来说："我帮你去劝。他会听我的话。"

郑安说："他们清早就搭货船走了……"

何望来一拍手："真自由主义！谁允许的？"

郑安翻白一下眼睛说："我见他跟亚娟一伙六个人同行，就放下心，也就没有再来请假。"

何望来的喉咙被噎住，说不出话来。

黎阿伯又怨又怒地说："哎呀呀，一走就是六个，一走就是六个，如若后边再有人跟着他们的船尾摇橹柄，咱就要唱空城计，是存心要把西沙群岛扔掉吗？"

这番话非常有力地撞击在何望来的心上，脸上一阵阵发白。

他顾不上对别人解劝，也没说句收尾的话，就慌乱地跨出办公室，急步地朝工委办公处走。

自从程亮的女仔阿宝上了中专之后，何望来的女人的心里就涨了潮，逼着女仔亚娟去考学，催促何望来到海南去托朋友、找门路。何望来当时虽然没有明确表态，可是，他内心深处跟女人是同摇一把桨的。他就一个女仔，他多么希望女仔象阿宝一样有出息，一样踏上美好的前程。因为这是他的光荣，也是他的安慰……

他叹口气：没想到，自己一放任，被郑安抓住了小辫子，给当前正开展的工作造成了被动；或许，真象黎阿伯说的，再有人跟着摇橹柄，一直拿优胜红旗的向阳大队，就要落在后边啦！

他到了办公处，见程亮的屋门锁着，又去找秘书："喂，老程哪？"

秘书说："三天三夜没有回来了。"

"到何处去了？"

"到各岛和洋面上找被西贡劫持过的渔民做工作，点火鼓劲！"

"有造成的机帆船吗？"

"好几对都成型了。"

"这么快？"

"你们得猛追，争取第一个把船开出去呀！"

何望来有苦难言，皱皱眉头，往回转。

他的心更沉重了，脚步越来越迟钝。

蓝澄澄的大海，在他的面前翻卷着银白的浪花。

浪花中，点点渔帆在移动。

大跃进的东风，在西沙永兴岛上遇到了一股邪气的阻力。那么，最后的结果，到底谁压倒谁呢？

6

黄昏后，一湾渔火，一岸清风，一村炊烟掺和着花与果的香气，还有人们的欢声笑语。

程亮从向阳大队的队部出来，舒展一下腰肢，吸了口新鲜空气，往他家的高足屋走。

他一直在各岛上开展工作，有两个多月没回家了。他想把竹床刷洗刷洗，吃些饭，装些烟叶，再去向阳渔村参加党支部委员会，帮助大队把近几天刮起来的一股歪风刹住，把几个盲目外出的青年动员回来；再趁此机会，把社员的革命劲头鼓得足足的，夺取保卫西沙、建设西沙的新胜利。

他穿过一行椰子林，又绕过两丛香蕉树，发现屋里闪着灯光，不由得迟疑了一下。

他立即又加快脚步，进了屋。

他首先发现整个屋子变了样，瞧见里间屋那张一直空着的竹床上放着一个行李，还有用网袋装着的一只红花面盆，地下有一捆书籍。

他一转身，看到外间屋方桌上有两个盛菜的盘，盘上扣着碗，那飘着油珠的菜汤，从边沿溢出，冒着热气。还有两只饭碗，两双筷子，摆在那里。

他走到桌跟前，又看到桌的另一端，放着一方叠着的蓝花头巾，上边托着一颗亮晶晶的花贝壳。

他忍不住高兴地自言自语："哎呀，阿宝回来了！阿宝回来了！"

他转身往外跑，刚到门口又停住。

女儿披着月光，踏着树影下的小草走来，登上了木梯，迈进了门口。

几个月不见，阿宝好象猛然长高了，长壮了。她健康的红脸，弯细的黑眉，明亮、深沉的眼睛，秀气的中等身材，穿着印花的小衫、肥角的裤子、青布的鞋子，两条长辫在她的背后，随着脚步很神气地摇动着。

阿宝一手提着瓶子，用另一只手扳住阿爸的肩头，脸儿贴在阿爸的胸前，跟阿爸亲热着。

程亮抚着女儿满头乌黑的头发，心里非常激动：他仿佛第一次感到女儿已经是个大姑娘了，已经长成人了。

"阿爸，你好吗？"

"很好，很好。你呢？"

阿宝举了举手里的瓶子说："我更好。你看，我给你买了酒。"

程亮说："你应当再买些糖果，我没准备下。你是喜欢吃的呀！"

"阿爸，你为什么总把我当小仔看待呢？"

"在阿爸面前，多大也是小仔。"

"不。今天，我要跟阿爸平等地谈一些问题。"

"阿宝，阿爸对你何时不平等过呀？"

"我是说，象革命的同志那样。"

这句话打动了老书记的心——胸口涌起一股热浪，一直溢到喉咙。

他终于严肃地微笑着，向女儿点点头："好吧，好吧，一个共产党员，一个共青团员，一个阶级，一条战线，应当是同志嘛。"他坐下来，又说，"我总可以先问一声吧，你为何把这些东西都搬回家来？现在并不是假期，也不是什么节日呀！"

阿宝没有立刻回答，只是天真而又神秘地朝爸爸微微一笑。

她放下酒瓶，揭开盘上的碗，说："阿爸，看菜都冷了，我们一边吃，一边谈好吗？"

"可以的，可以的。"

他们开始用饭。

程亮接过女儿斟满的一杯白酒。

"阿爸，我想跟你探讨一个问题——什么样的人才能成为祖国最可靠最有用的人材呢？"

"首先必须是一个从心里热爱社会主义祖国的人。"

"那么，一个人，连生他的家乡、养他的南海、供他吃穿读书的劳动和劳动者都鄙视，他能成为一个从心里热爱社会主义祖国的人吗？"

"不能。对的，肯定不能！"

"如果他热爱生他的家乡、养他的南海、培育他的劳动人民，这种感情一分一毫也不改变，这算不算两个多月前，你送我入中专的时候所说的：在革命的新的大道上一直前进呢？"

"算的。对呀，算的！"

"阿爸，我要做这样的人，你高兴吗？"

"当然。"

"阿爸，我如今回渔村来了。"

"回渔村？"

"对。我已经申请退学了，要回来当渔民，参加建设西沙保卫西沙的革命大军……"

程亮楞了一下，仔细地看看女儿脸孔的表情，问："你怎么想到这一步的呢？"

阿宝抑制着激动地心情，慢慢地回答："理由是很多的。首先因为我从小就立下志愿，要把西沙先烈们的光荣革命传统接受下来，发扬下去，要把先烈们用鲜血和生命保卫的南海西沙牢牢地守住，建设得更美更好……"

"你当初对升学是很高兴的呀！"

"当时真高兴。我本想多学点科学文化知识，再回西沙出力气。可是在学校这几个月，使我渐渐看清楚，他们往我头脑里灌的，不是建设西沙、保卫西沙的知识和思想，给我领的路子不是越走离西沙越近；我还看到，有的同学经过他们的调理，一心只想抢着升学、当工程师，有的考不上还哭鼻子，或者托亲求友，在城里找工作，千方百计地不回渔村抓鱼……这些使我对这样的学校起了疑心。我仔细思想、考虑，觉得青年人里边流传着这种风气和行为，恰恰是你说过的，是在旧的小路上踏步徘徊！我要走跟他们相反的路！"

程亮又问女儿："阿宝，这些就使你决定要回渔村当渔民吗？"

阿宝摇摇头："开头我没有下这个决心。"

程亮越发有兴致地接着问："后来呢，是什么力量把你推到这条路上了？"

阿宝不由得提高声音回答："是南越反动派劫持我们渔民的事件！"

"是这样呀！"

"党和人民的需要就是前途；现在西沙的革命斗争最需要我！"

"是需要你，需要大量大量的革命青年！"

"对，对，最后，我就这样决定了。我要在实践中学习知识、增长本领，一辈子生活、战斗在祖国的南海西沙，决不允许帝国主义和他的走狗在我们的大海上任意地胡作非为！"

程亮听到这里，激动地站了起来。

啊，在我们这崭新的、战斗的、蓬勃向上的时代里，生儿育女不足为奇，种瓜得瓜不以为罕，只有一个无产阶级革命者，他的信念、理想、精神和意志在后代身上得以继承、发扬的时候，这才是最大的幸福——因为这是他的阶级的胜利！

他望着女儿那张开朗的、热情的面孔，一字一句地说："阿宝，阿爸完全支持你的行动！"

阿宝抱住阿爸的胳膊："我相信你一定支持我！"

"无保留地支持！"

"好阿爸！"

"可是，阿宝，我还要批评你一句，可以吗？"

"可以。"

"你刚一进屋的表现，显出对阿爸还不够无保留的信任，对吗？"

"当我悄悄地把自己打算告诉几个要好的同学的时候，他们都大惊小怪起来，说我发了疯。校长还亲自主持团支部会，批判我思想落后。老师找我谈话，说这一次是决定我前途命运的大事情，你阿爸是老干部，对你抱着很大希望，不会同意你的打算……我把这些都不放在眼里，跟他们猛辩论，全给顶住了！"

"你顶得好！"

"他们拿我没办法，最后校长亲自写了信，让我带给你。"

阿宝说着，从床头背包里抽出一封信，递给阿爸。程亮接过来，打开一看，微微一笑，又还给阿宝。阿宝看见上边写着这样一段话：

　　我校本来名额有限，为了照顾偏僻的西沙，也出于对您这位老革命干部的尊敬，才设法把阿宝安排上的。该生各方面都非常优良，将来可

134

以保送她上大学深造，前途不可限量。可是，十分的令人遗憾……

程亮微微一笑说："前边有这么多的周折，我就不怪你了……阿宝呀，你阿爸是共产党员，是毛主席教育下生活、战斗在社会主义战场上的革命干部，凡是革命的向上的行动，我都有支持的义务，没有拖后腿的权利！你应当信任我……"

"阿爸，说真的，今日，我又进一步地了解了你，你真是无私的。"

"阿宝，阿爸还是要继续革命的。你比阿爸进步快。我本来正为你所说的那样的旧习惯势力烦恼着，你却向它猛烈地冲锋开火了。你知道吗，连你阿来叔家的亚娟都要离开我们的战场……"

"阿爸，我已经在半路上把他们六个截挡回来五个，只有郑安的男仔不肯回。"

"是吗？"

"看样子回来的人思想并没真通，可是被我说得不好意思了。"

程亮更加激动地说："看看，你干得多么坚决，比我们先进多了。阿爸要好好向你们新一代学习呀！"

阿宝不好意思地晃着头："阿爸，你说得太过分了吧？你为什么这样说呢？我还是幼稚的呀！"

程亮诚恳地说："你刚才不是要求和我作一番同志式的谈话吗？同志间，就不能分长辈晚辈，谁做得符合毛主席的教导，符合革命的利益，就应当虚心、诚恳地向谁学习。在这一点上，在我们这个家庭里，也要坚持这个新的规矩，好吗？"

阿宝想了一下，朝阿爸点点头。

程亮说："我还有个想法，提出来供你参考。在革命的新道路上一直前进，光是独自行走是不行的；要把众多的人都团结起来，拧成一股劲，旧势力的阻拦才能突破，新西沙才能建成，革命的目标才能走到底！你这次回西沙的行动，一定还要遇到礁石涌浪，不会一帆风顺！"

阿宝说："你看得极对。我想到这一点了。我的回答只有一个，更勇敢，战胜它，定要在西沙青年里边开一个新风尚！"

父女两个，共坐在油灯之下，热烈地畅谈了很久。

7

阿宝一觉醒来，第一个念头就是赶快去找亚娟谈谈心，把她说服通了，再一起去说服另外的几个伙伴，把众多的人团结起来，组成一只浩浩荡荡的建设西沙、保卫西沙的革命大军。

可是她没有马上起床，怕惊动阿爸。阿爸夜里在向阳大队召开支委会。她睡下的时候都过了半夜，还没见阿爸回来。

她躺在床上，冷静地想了几个说服亚娟的具体办法；仍旧听不到外屋的动静，就轻轻地撩开帐子，探头一看，阿爸那屋没有人，帐子已经挂起，棉絮叠得整整齐齐。

她一边下床一边想：阿爸一夜没有回来吗？

她走到外间屋，见桌子上放着一本《毛泽东选集》，一个眼镜盒；再看看灯盏，里边的油都熬干了。

她的心里热乎乎的，忍不住用手轻轻地抚摸书本。她又想：阿爸一直坚持着他的好习惯，遇到什么问题，开展艰巨的工作，总要事先读毛主席的书，从伟大领袖的教导中寻找方向、方法和力量；我从今天起走上新的战斗岗位，开始了新生活的第一步，在这方面也应当学习阿爸的样子。

她坐下来，打开书，翻到《青年运动的方向》一篇。她见上面用红铅笔划着许多重点符号，可见阿爸昨夜学习的也是这一篇。

她读了一遍，思考一阵，又读一遍，这才洗脸、梳辫子，又满怀信心地往外走。

野草刚刚放开鲜亮的花朵。

椰树叶轻轻地滴下露珠。

爬满豆荚秧蔓的篱笆下边，有几个羽毛美丽的鸡婆和几只肥大呆笨的白鹅在游逛着、啼叫着。

阿宝走到何家的屋外，就感到了一种紧张的气氛，接着，又听到何婶数说亚娟。

何婶怒气地说："阿宝说什么你就听？她管得着咱家的事情吗？"

亚娟小声地分辩："她说的有道理。"

"道理谁不会讲几句？你的嘴呢？"

"我讲不赢她……"

"讲不赢她，你往我们身上推呀，就说你走是我的主意。让她找我来，看我不把她骂出去才怪！"

阿宝听到这里，脚步有些沉重，就停下，皱着眉头想：怎么办呢，是进，还是退？进去，肯定要吃一场无趣，可是退呢？

她想起昨晚阿爸嘱咐的话：你这次回西沙的行动，一定还要遇到礁石涌浪，不会一帆风顺……她立刻鼓励自己：这是斗争，这是战场，只能前进，不能后退！

她一鼓勇气登上木梯，进了屋。

亚娟刚起床。这个比阿宝小几岁的姑娘，长得胖呼呼的，人也满伶俐，只是有些娇气和软弱。她本来跟阿宝很要好，每当阿宝从海南中学回西沙度假的时候，两姐妹总是厮守在一起。她跟阿宝学了不少东西，阿宝对她具有很大的影响力量。因此，昨日在中途相遇，阿宝一劝一拦，她就第一个跳船换乘，转了回来。正象阿宝估计到的那样，她人转了弯，思想并没转弯，心里又矛盾，又难受。这时间，她见阿宝走进屋，不由得一阵惊慌，恐怕阿妈说出难入耳的话，碰到阿宝硬性子，十之八九要吵翻的。于是，她急忙站起身，扯住阿宝的手，往外拉："阿姐，我正要找你，到你家去谈吧。"

阿宝明知亚娟有意给她安排后退的脚石，她偏不后退而向前，轻轻地推开亚娟，平平静静地朝何婶说："阿婶，我来找你谈谈心……"

何婶坐着不动，沉着脸说："好吆，我倒要看看你的好心意。"

阿宝不紧不慢地说："昨日，是我把亚娟妹从途中挡回来的。……"

"她要上中学去，你懂吗？"

"她并没有被正式录取呀！"

"她阿爸县城有朋友，答应到中学去给疏通！"

"这是不正当的做法，干部不该做。我看，疏通不成；就是成了，我也要带头反对！"

"好厉害！你有权上中专登高门，我女仔就无权上中学了吗？"

亚娟受不住，忙阻拦："阿妈，你和气些……"

何婶不肯听，声音更高了："我倒要问个底，这是为什么？上中学犯罪吗？"

阿宝说："这个底十分清楚，我就是来对你讲的。你让亚娟上中学不犯罪，你让她上大学也不犯罪，必须是为革命需要。可是你相反。你让她鄙视渔村，鄙视南海，鄙视劳动和劳动人民，丢开建设西沙、保卫西沙的责任心，这是忘本的，也可以说是罪过！"

何婶跳起来了："这样的章程在何处写着？"

亚娟被夹在两个人当中，急得要哭了："阿姐，莫理她，咱们快快躲开她……"

阿宝推开亚娟拉扯她的手，说："不能，斗争是不能躲开的，躲开就不能胜利，而是失败！"她转身对何婶，"你问这章程在何处写着吗？在这里。"她说着，打开手里拿着的蓝花头巾，"这是当年我阿爸给我阿妈买的，她没见着就死去了——这前前后后的事情，你比我清楚。那时候，海南的大地，西沙的大海，是什么样人的天下？在那个自己祖国的领土失去主权的时候，我们贫苦渔民，我们渔家的妇女，有半点生活的权利吗？你家有一只船吗？你家有一间避雨的屋吗？你有一点自由和幸福吗？你被穷苦逼得进了鲨鱼牙的院里当洗衣妇，我阿妈被日本侵略者抢去当奶妈……"

忽然，门外传来"呜呜"地哭声。

旁边有人劝解："阿婆，你莫要这样呀！"

屋里的人急忙迎到门口观看，才见到站在外边的是白发苍苍的符阿婆和大队长何望来。

两个女青年急忙跑去搀扶老人进屋。

符阿婆被扶坐在竹椅上，两只昏花的眼睛红红的。她把屋里的每个人仔细地看一遍，拍着阿宝的手说："孩子，你讲的话，我全都听到了。你讲得对，讲得好。我们今天陆上一寸土，海里一滴水，桌上一餐饭，都是得来不易的！我们切不可忘了根本，不能嫌弃咱这社会主义天下的新渔村，不能丢开南海西沙……本来，阿来是请我到这里帮他劝你和你阿爸的，倒让你先把我劝活了。阿宝，你是对的。"

阿宝激动地说："多谢阿婆，多谢阿婆！"她又转身对何望来说："阿叔，你是领头的干部，又开了支委会谈过心，你为什么还不通呢？"

这时候的何望来，面对着晚辈人更是有口难言呀！

亚娟和几个青年意外地从海南岛转回西沙，给他解了围，使他能伸出舌头说话了，使他能挺起腰杆抓工作了。可是，他肚里的小角落还结着一团疙瘩。

他看阿宝一眼，十分难为情地说："讲实话，对眼前闹腾的这场事情，我通了一半。亚娟不该逃避渔村，因为她没有上那么多年学，也没有考上中学。你阿爸批评我是对的。社员们不满意我也应该。平时，我和你阿婶对亚娟的家教不好，没帮她安心建设社会主义的新西沙。往后我要帮助她……"

阿宝高兴地点头："这就对了。你还有哪一半没通呢？"

何望来说："为你，你上了中专，不应当退学。"

何婶听了一楞，忍不住地问阿宝："你不打算再去上中专了？"

阿宝肯定地说："不是不打算，而是坚决地不上了。"

何婶吃惊了："哟，这是为什么呀？"

阿宝说："为的是建设南海、保卫西沙，为的是走咱们社会主义的渔民应当走的大道；为的是走咱们新时代的妇女应当走的大道，为的是争口气！"

何婶眨着眼，不知如何说。

何望来接着讲："阿宝，应当上中专，这个样子光彩，这口气有力，因为这个对国家贡献大……"

阿宝打断何望来的话说："你后边这句不是真心的……"

"你也这么不相信我吗？"

"阿叔，我揭你的老底吧。两个多月前，我上中专去，你就明明白白地说过，念书，就是为了当工程师，当干部，不再留在渔村受苦！"

亚娟在一旁揭她阿爸一句："他前不久，还对我说过这样的话……"

阿宝大声说："阿叔，看看，你这不是老病根没除吗？看法、做法都是非常非常错误的，一个革命者不应当有这样的思想和认识。"

何婶见男人还要争辩，就忙说："算了，算了吧。连人家阿宝这样的人材，都在陆上的大城市找到了高树枝子还不去登攀，甘心往咱西沙渔村飞，我们为什么还要把女仔往外赶呢？"

符阿婆说："这话有理，阿来你快通吧。"

何望来垂着头，抱着竹烟筒抽烟，不再争论了。

何婶这才顾上给客让坐、倒茶，为了调和一下刚刚的紧张关系，又不好意思地对阿宝说："阿宝，说真的，不论你阿叔，还是你阿婶我，脑筋许是没你灵，倒是实心实意真疼爱你们的。"

阿宝却不肯含糊地说："我们很需要长辈的疼爱。拿我来说，一百天就死去阿妈，要不是阿爸，还有在座的阿婆、阿叔和阿婶的疼爱，要不是许多革命前辈的疼爱，我能活到今天吗？我们长大了，不是为享受而活着，而是要为革命活着。"

她说着，迈一步，站到何望来跟前，深情地说："阿叔，我们赶上了新时代，新社会，革命先烈给我们开辟了这美好的前程，我们有什么理由不往前走，而往后退呢？我诚恳地要求你们这些长辈，帮我们在新的革命大道上一直前进，别拖着我们到旧的小路上徘徊！"

这番话触动了何望来的心，使他真正地苦思起来。

8

在西沙群岛回到人民的怀抱，又经历着一个关系重大的历史事件的时刻，它的后代阿宝，毅然地勇敢地来参加战斗。

阿宝的行动，象一声春雷，震动了永兴岛。

永兴岛上的空气一下子变了，每一个人都在心里掂量着阿宝这个行动的分量。

男女渔民们发出由衷的赞美的声音：

"阿宝真是好样的，不愧是个革命的后代！"

"阿宝这个带头起得太好了，给你们领了航。"

"这一来，歪风邪气不用再想抬头！"

"咱们也要向人家学习呀！"

……

阿宝和亚娟在海滩上走着的时候，听到了人们对她的议论。

阿宝感到这是群众对她的支持和鼓励，更坚定了信心，更长了劲头。

她俩已经跟那几个被"阻拦"回来的伙伴和家长谈了心，都得到了成功；

这会儿，到处找郑安，要设法攻破最后一个堡垒。

网场的人告诉她们，郑安跟黎阿伯一伙到石岛去了。

阿宝对亚娟说："我们到石岛去。"

亚娟说："程亮阿伯说，要借风使劲，开青年会欢迎你，还有我们……"

阿宝想想，说："你参加会去吧，我独自去找郑安。"

亚娟说："你是主角呀！"

阿宝推她一把："我们都是主角。你已经了解了我的心意，你能代表我……"

"你起码要对大家表表态呀！"

"用嘴表态，不如用行动回答。"

"你已经有行动了。"

"行动刚刚开始，艰苦的步子还在后边。眼前的重要一步，就是要把郑太平找回来，团结住。"

亚娟还有些犹豫不定："听说符阿婆还要给你戴一朵光荣花哪！"

阿宝推着她说："为了戴花，我更可以不参加了。你快去吧，跟大家说说你的认识转变过程，让那些脑壳里还存着你过去那样思想的人，也提高认识，也转变，这就是最好的光荣花。我们一齐把它戴在身上，开在心里！"

亚娟终于被阿宝劝住了。

因为涨潮，到那个平时通往石岛的小路被湛蓝的海水遮闭起来。

阿宝找了一只小舢舨，往石岛的方向摇去。

浪花在船头欢快地飞跳。

航迹在船尾轻巧地铺展。

海鸟如同小飞机那样在空中升降俯冲。

海蜇好似降落伞一般在浅水飘动游行。

高高屹立的石岛出现在前方。

哗哗喧啸的浪涛冲撞着海岸。

礁盘下停泊着两艘人民海军的巡逻艇。

靠岸的地方，密集着一片从各地来的捕渔船。

礁石嶙嶙的滩头上，拥挤着许多男女。里边有渔民和海军战士。

那里被一种异常紧张的气氛笼罩着，好似发生一件危急的大事。

有人凝神地盯着礁盘边上的海水。

有人焦急万端地小声议论。

有两个渔民模样的青年站在礁盘的浅水中，朝前倾着身子，要往水里跳，被几个水兵紧紧地拉住不放手。

阿宝警觉起来，用力摇桨，靠近一条渔船。

渔船的人都站到船头上，同样紧张地注视着海面。

阿宝大声喊："喂，喂，出了什么事？"

一个渔民回答："那个地方过去能靠船，今朝不知为什么撞坏了一条。一位海军同志下去摸底，好长时间不见上来！"

阿宝又朝前靠一下，问："他在什么地方下去的？"

渔民说："就在前面的礁盘边上。"

阿宝摘下头上的竹帽，解下胸前的围单，身一弯，腿一并，"嗵"的一声扎进水里。

蓝澄澄的海面卷起一朵浪花，立刻又旋转平复，泛动着大理石似的纹络。

空了的舢舨放任地飘摇，橹柄一下一下地搅动着水波，扣打着船舷。

船上、岸边的人全都惊呆了。

阿宝潜入水底，左右地游着、摸着。

一条肥大的鱼挨着她的背，惊慌地跑过。

一束绵长的海带擦着她的胸飘动。

突然，她的手触到一只柱子一样粗壮的胳膊，同时自己的胳膊也被一张强硬的大手扯住。

她身不由己地随着那只手往上升浮。

她跟着那只手把头露出水面。

她仿佛听到岸边和渔船上一阵热烈的欢呼声。

她又跟着那个从水里同时浮上来的水兵，爬上了飘泊的小舢舨。

她透了口气，用手抹了抹满脸的水，一抬眼，猛地楞住了。

水兵先喊道："是你呀，阿宝！"

阿宝也忍不住地连声说："海龙哥，海龙哥，真有意思，在这儿见到你了！"

意外的相逢，相逢的喜悦，使这一对在西沙相伴着长大成人的伙伴忘掉了周围的一切。

"你来做什么？"

"建设西沙呗！你呢？"

"保卫西沙呀！"

……

礁盘上浅水里的一个青年渔民忍不住地赞美："这个海军同志水性真好。"

一直拉着他的一个青年水兵说："当然啦。他是在西沙风浪里闯大的。"

旁边另一个水兵说："那位女同志的水性也不错，特别是勇敢！"

他后边的一个中年渔民说："她也是在西沙风浪里闯大的。"

"她好象认识我们班长。"

"都是向阳大队的人嘛。"

……

小舢舨在海面上飘荡着。

阿宝见符海龙从茂密的头发茬和赤红的脸上往下流水，就把围单扔给他："快些擦擦吧。"

符海龙接过一看，那围单彩丝密绣的花边，银环连接的项带，系在背后的两条链子上，串着几枚亮晶晶的永乐古钱："呀，这是小时候保留下来的？"

阿宝点点头："对啦。它跟阿妈留下的头巾、韦阿公留下的贝壳，永远鼓励我不要忘记西沙。西沙是我们的，西沙太美了。我们要扎下根来，不惜一切，把它建设成新的社会主义西沙、千秋万代不变色的钢铁长城。"

符海龙连声夸赞阿宝讲得对，又感叹地说："自从我参加了人民海军，在这个大学校里，受到老同志和光荣传统的教育，一直在想一个问题——翻翻历史吧，为什么帝国主义者，一个被赶走了，一个又接着来，总是千方百计地想吞并咱们的西沙；直到今天，南越西贡小丑，还要劫持我们的渔船，爬到我们珊瑚岛上鬼混呢？"

阿宝立刻回答："因为西沙美丽富饶，他们要掠夺我们的财宝；因为西沙是我们国家的大门，他们怀着一个更狂妄的侵略野心！……"

符海龙说："你的认识太对啦，最重要的方面因为西沙是个军事要地。建设西沙，是为了保卫西沙；只有保住西沙，才能建设。我们并肩一齐干下去！"

他望着蓝天碧海，从军事角度，谈起自己的心得体会。

浅滩上的人和船上的人都朝他们呼喊：

"快上岸来，换换衣服呀！"

"快把海底下的情况告诉我们呀！"

岸上有一个老人高兴得直抹泪花。他是黎阿伯。

还有一个老人，惊疑万状，直发呆。他是郑安。

黎阿伯连声说："多好的仔，多好的仔呀！"

郑安忍不住自言自语："那个女仔真是阿宝？"

"那还有错！"

"她真退了学，回到西沙干？"

"事实不就在面前嘛！"

"这是为啥呢？"

"我不是对你讲了底呀！"

"她为什么能这样走呢？"

"因为她心红根子深！"

"我，我明日回海南……"

"怎么，你也要逃跑？"

"不，不。我把男仔拉回来，让他学阿宝的样子。"

"哎，这才是正理、正道！"

当符海龙和阿宝驾驶着舢舨靠了滩头，海军战士和渔民群众欢呼着，从四面八方围拢过来。

符海龙大声地告诉众人："摸到原因了，海底下滚了礁石，才把船撞坏的。"

众人齐声说："咱们搬开它！"

大海喧腾着欢乐的涌浪。

涌浪，一排赶着一排，一浪接着一浪，象五指山的山峦，一山更比一山高。

9

喜悦的气氛，象大潮中的浪花，在永兴岛向阳大队翻腾着，一直持续到第二天早晨；本来还要伸延下去，却被一件意外的事情嘎然打断。

因为阿宝丢了。

"胡扯，阿宝那么大还能丢？"

"大队长正在到处找，急坏啦！"

何望来一找一急，造成紧张的气氛。

他跑到船场。

"阿宝来这里吗？"

"昨日来一下，问新船何时下水，帮着抬了几趟木板，就走去了。"

他跑到网场。

"阿宝没在这里？"

"昨日在这里看看，问新网哪天完工，跟着缠一阵丝线，就离开了。"

他跑到保管的库房院内。

红太阳高高升起，温暖的光芒，照耀着高足屋的草顶，照耀着槟榔树的绿叶子，照耀着当篱笆用的羊角丛和仙人掌，还有无名的点点花朵。

院子里摆满了竹竿、箩筐、锚缆、橹桨、鱼网和帆篷。象晾晒，也似展览。

老保管在中间细心地挑拣。

何望来喊一声："喂，阿宝来这里吗？"

老保管回答："昨日夜间在这里……"

"夜间还在这里？何时走的？"

"月亮都这样高了……"

"她来干什么？"

"看那台准备装在新船上的大机器。她还跟我要去说明书，又要去一盏油灯，就钻进仓屋里。她在那儿翻翻书，看看机器，写呀，画呀，翻来复去，没终了，把我等得好烦……"

"老哥，你太大意了。一个青年妇女，深夜独自回家，多不安全！"

"我不晓得她啥时离开的。我等烦了，回屋里睡一觉，醒来再去看，她已经熄灯走了。"

何望来一面往外迈步，一面胸口"怦怦"地跳。他想：每日夜晚，这库房左右都有巡逻的民兵，阿宝不会出什么差错吧？他想：阿宝一个人走夜路，会不会闯到水边上，掉下去，让涌浪卷走……

他急忙转回身，问："阿宝在哪屋呆过？"

老保管指指靠边沿的那间。

他一看上着锁，说："快些打开！"

老保管慌忙开了锁。

他们同时跨进屋，同时楞住了。

红太阳透过天窗照进屋，照耀着顶上挂的网，照耀着墙边靠的桨，照耀着中央堆放的发动机的包装木箱。

箱上放着的小灯，油熬干了。

箱上伏着的阿宝，睡着了。

温暖而又柔美的阳光，在她那乌黑的头发、红润的脸孔，还有握着笔的手上欢乐地跳动……

老保管先笑了。

何望来也喜得说："还笑？你多糊涂！"

"没丢掉她，就不算糊涂。"

阿宝被惊醒了。

她揉着眼，楞楞地看看站在跟前的人，奇怪地小声说："呀，几时了？"

何望来开玩笑说："天不早了，到点灯睡觉的时候了，快些回家吧。"

阿宝赶紧站起身，收拾着笔纸，不好意思地说："没想到睡着，又睡这样久……"

何望来朝她手上的东西扫了一眼，说："你可把人吓坏了。不到家里睡，钻到这里做什么？"

阿宝一面往屋外走，一面说："我和亚娟几个人商量一下，想学学用机器，当机手……"

"郑安今日就去海南找他的仔回来干，用不着你们再学了。"

"他如果不回来呢？"

"我去找。"

"他勉强回来，不正经干呢？"

何望来被问住了。

阿宝微微一笑说："我们得有几手准备，这才能够掌握主动权——我们几个学会对付机器了，他不回来我们就自己开；他回来了，我们帮他开；会使用机器的人多，再不是缺的为贵，对集体有利，对改造那种人的旧思想，也是有益处的。阿叔，你说我们的想法有道理吗？"

何望来看看放在地上的发动机，看看熬干的油灯，看看面前的阿宝，心胸不由得一阵发热。

阿宝收起笔和纸片，两眼望着机器，又沉思地说："阿叔，我还想一个问题。毛主席说要把西沙的跃进步子迈快，就要快发展机器船；机器船要人来用，得快快地多训练会使机器的人哪！"

何望来表示同意，连说："你看得对，想得周到，我们应当这样安排……"

站在一旁的老保管很感动，又觉着大队长没把心意表示出来，就忍不住地补了一句："我们贫下中渔呀，就应当有这样的革命的眼光和革命的志气！"

这句话，真正说到阿宝的心上。

10

经过一夜研究、琢磨，阿宝初步地掌握了发动机的构造和原理的知识。她想，有了这样的基础，再等海军巡逻舰艇开过来，请那位曾经训练过机手的同志教教，一定会学得快，学得好。

她的心已经长了翅膀飞到金银岛。她要千方百计地促使新船早日出发。

她没有跟何望来回家，想先找到几个伙伴，再把下一步的行动计划商讨一番。

她十分的高兴。因为她对追求的目标十分有信心。

她在那个渔业专科学校看到一些怪现象，敏感地认识到投奔的航程有偏差；她得知南越西贡当局劫持我国渔民，侵犯我主权的消息，立刻想到了自己保卫西沙的责任，毫不犹豫地踏上了光辉灿烂的征途。那时候，她是明明确确上战场当战士的。这一天两夜间，她得到了父辈的支持、群众的鼓励、海龙的启发，思想认识又升华了，奋斗的目标更明确了。她决心勇猛地往前冲。

她拐过网场，穿过几株椰子树，就见亚娟和另外两个女青年急匆匆地朝这边走过来。

亚娟离很远就说："我阿爸偏吵嚷你丢失了。我估计你藏到一个秘密地方去弄机器，对不对？"

阿宝笑笑，说："我们做的是光明正大的革命工作，为何要躲躲藏藏呢？是我困着了，灯油熬干灭了，老保管无意地把我给藏起来了。"

她把事情的经过和对机器摸索的结果告诉了大家。

众姐妹又高兴，又好笑。

亚娟忽然沉着胖胖的圆脸说："阿宝姐，有人造我们的谣言！"

阿宝机警地问："造的什么？"

"说咱们是解放后长的女仔，是蜜罐子养的，下海就得趴在船上吐！"

"还有什么？"

"说咱们出海是添累赘，不顶用！"

"还有什么？"

"说咱们到不了金银，半途中就得转回！"

"还有什么？"

"这还少吗？"

阿宝朝前走几步，又仔细地问："这些话都是什么人讲的呢？"

亚娟气愤地说："黄家那个老汉带头吵嚷！"

阿宝沉思地说："黄阿公不会有坏意吧？"

"我看他是上了坏人的当。"

"亚娟，黄阿公受一辈剥削，跟坏人的仇恨永生难解；他肯学习，虽不识字，总守着收音机听，思想开通。他是不会上当的。"

"他不是上当，从肚里生的谣言，更不能原谅。开个大会，压压这些谣言！"

阿宝又朝前走几步，说："亚娟，你把矛盾给搞混了——毛主席指示我们，对不同性质的矛盾，要用不同性质的方法来解决。我们决不能拿对阶级敌人的方法，处理我们跟黄阿公的矛盾……"

亚娟打断她的话："他跟我们是什么矛盾？"

阿宝立刻回答："是人民内部矛盾！他属于认识问题，头脑里还有轻视妇女的封建残余……"

亚娟忿忿地说:"他贩卖这些很有市场,好几个老年人都赞成他的话……"

阿宝往前走着,说:"我们还应当冷静地想想这个问题,他的话里也有合情合理的地方……"

亚娟楞住了:"什么,落后思想还有合理的?"

阿宝说:"我指的是另一面。比如,我是南海生、西沙长的,可是解放后就上学,六、七年没有跟船出海了,海上的气候千变万化,我对那种生活还习惯吗?你们呢,从来都没有出过远海,对风浪颠簸适应吗?"

另外两个女青年赞成这个看法:

"阿宝想得对。我一听黄阿公的话,就担心自己趴到船上成了累赘。"

"真成了那样子,自己丢人小事,给咱们新渔村的妇女丢脸面呀!"

阿宝看看这两个伙伴,鼓励她们,也鼓励自己似的说:"你们不要扫兴,也不要胆怯;世上凡是男人能干的事情,我们妇女就能干!我们要争气,闯路子,想办法做到出海的时候不吐、不趴、不成累赘,用实际行动教育看不起咱们的人,比喊空话有效果。"

两个女青年拍手赞成。

阿宝一面往前走,一面说:"以后,我们都不要把一些小事放心上,要把眼光放远,把劲头使在刀刃。我们这一代人担负的不是一般的保卫、建设任务——我们面对的是国际阶级敌人,要当祖国南海长城上的最坚强的砖石——流汗水建设,拿起枪保卫,这才是我们的大志!"

伙伴都被她这番话说得心里热呼呼。

亚娟说:"阿宝姐,那就照你的话做!"

阿宝说:"我也是一边实践一边学习。有什么事情,我们姐妹们多商讨,就有办法,就有力量。"

这当儿,一队海军战士,排着整整齐齐的队伍,迈着矫健的步伐,从椰林深处朝渔村走来。

亚娟小声地告诉阿宝:"他们都是小岛雷达站的新战士,那个小个姓吕,是黎族人,那个黑脸的姓万,叫万德,是开运输船的,那个……"

阿宝听着,不由笑了:"部队的同志你全认识?"

亚娟说:"他们每周到村里来一趟,跟基干民兵一块学文练武,我们常去观看,还能不认识吗?"

阿宝从小生活在战士们中间，对解放军的同志有一种特殊的情感；今日遇上这些没见过的同志，很想认识一下，有机会好到站上玩一玩，看看老同志。

她带领众姐妹，抄个近道，比战士们先一步来到大队部门外。

一班的战士都到民兵连部去了，只留下那个黑脸的战士万德停在屋门口。

他有些拘束地问："同志，大队的干部不在吗？"

阿宝热情地回答："就来，你有什么事？"

战士万德看她们一眼，不肯讲。

亚娟故意逗笑："你对她说吧，她是工委书记的女仔……"

万德立刻腿一并，手一举，行了个军礼："你是阿宝同志！你的事迹我们连队都讨论了，向你学习呀！"

阿宝被他这一举动弄得很不好意思，说："我一步还没迈出去，有何事迹呀！"

万德说："你热爱西沙，热爱渔村，自觉地、坚定地走毛主席指引的道路，要为建设社会主义的南海长城贡献青春，对我们是很好的教育。听说你们的机手去海南了，新船很快要下海到金银，这是一个矛盾……"

亚娟说："你们的耳目倒满灵通！"

万德笑笑："应当互相关心嘛。"

阿宝郑重地回答万德说："对的，我们是遇上了一点困难，但是能够立即克服掉。"

万德说："我在老家的时候是机手，入伍以后又开运输船；我要求来支援你们，一定让新船按时出海……"

众姐妹一听都高兴起来了。

阿宝说："这不行。你们在这里担负着重要任务，我们应当支援你们，决不能影响你们的工作。"

万德说："这是我们站领导决定的爱民任务，艾指导员亲自通知我……"

"老艾同志在这里呀？就是手背上有一块伤疤的老艾同志？"

"对，那是他小时候，给地主的柴刀砍的！"

"我晓得。他是我的老师。那年渔村成立第一个小学，请不来教师，部队就派老艾同志教我们。"

"他那年刚从扫盲班毕业。"

"对，对。他一边教我们，一边学，整夜不睡，眼熬红了，身体搞瘦了。我们一直记着他。他和海军基地的许多同志们，为我们翻身渔民扎根迈步，做了好事，大家都不会忘记的……"

万德听到这里，连忙说："今天我也来做好事呀！为了支援渔业生产，巩固西沙国防，我发誓不怕苦和死。你为何不支持我呢？"

姐妹们都"哈哈"地笑起来了。

阿宝两只乌黑的眼睛一眨巴，拍手说："有了办法，请这位万同志当老师，教我们当机手吧！"

万德又看看她们："女同志也要当机手？"

阿宝点点头："为了革命需要，一定得学会我们不会的东西。"她转身对姐妹们说，"我们就到雷达站的运输船上学习、锻炼；帮他们执行运输任务，他们教我们使机器；我们学了开机器，也练了海上活动本领，一举三得，为到金银去做好准备。大家的意见怎么样？"

没容振奋起来的众姐妹回答，身后忽然有人大声地说："我赞成！"

众人转头一看，工委书记程亮笑眯眯地站在那儿，又都放声地大笑起来。

在笑声里，渔村的五名女青年登上了海军雷达站的运输船。

她们学习发动机的操作和检修。

她们锻炼在风浪里劳动、工作和吃饭、休息。

她们吃了不少的苦头。

她们最后尝到了甜头。

她们又放声地大笑了。

在笑声里，她们独自操着机器船，遨游在西沙的风浪里。

11

空中跑云彩。

海上滚浪花。

一群群寻食的鲣鸟归林了。

一条条捕捞的船只回港了。

何望来跳下船头，顾不上帮着社员收拾帆缆用具，就一边抹着脑门上的汗水，一边在码头上快步行走，急切地数点着返航的渔船。

"一条，两条，三条，四条……喂喂，怎么还差一条呀？是谁的船还没赶回来？"

有人回答："是黎阿伯的那一条。"

"没把天气预报通知他吗？"

"不晓得。"

"就算接不到预报，他是有经验的，看到天色变了脸，也会转回来呀！"

人们呼喊着，忙碌着。

有的拴缆系船。

有的担鱼扛网。

那条通往渔村的小路上，结成长长的一队，好象赶市、进城一样。

六个女孩子，从网场那边，迎着人群走过来，又急匆匆地走过去。

她们有的扛着橹，有的背着绳索。

她们一个个抑制着脸上的兴奋，显出严肃的表情。

何望来朝她们喊："你们来干什么？"

走在前边的阿宝回答："我们去出海……"

这句话惊动忙在船上的人和走在路上的人，都不由得直起身，或扭转头，看她们。

何望来说："你们不知道要起风吗？"

阿宝说："知道了才商量这样做的。"

何望来说："你们没见船只都往回转吗？"

阿宝说："看到了才动身的。"

"为何总逆着天势办事情，疯了吗？"

"我们借这样的天势练行船，闯海浪，长本领！"

"唉，如今科学发达了，有风有浪提前知晓，抓鱼的人用不着冒险了，这种本事没用项。"

"我们练的是参加战斗的本领；敌人进攻是不会发预报，也不会挑拣好天气的呀！"

女孩们哈哈大笑。

何望来呼呼喘气。

阿宝先一步跳下水，拉过一条小渔船。

几个女孩哗啦哗啦上了船。

起风了。

空中的云彩飞得更快。

海里的浪涛蹦得更高。

岛上的树木摇摆、呼啸。

何望来追赶上来，发急地说："阿宝，阿宝，这可不是闹着玩的。要练，开大船；将来发展，船越造越大，小船要报废了。"

阿宝说："海军首长说过，打起仗来是人民战争，大小船都要用。"

何望来抓住缆绳："一定要练，等我组织几条大船护着你们。"

阿宝说："我们讨论过了，有护卫，有依靠，保了险，就闯不出胆量，练不出功夫。你看，我们都带上救生圈，如果发生意外，也保险转回来。"

何望来扳住船头："不行，不行。阿宝，你退学回西沙我支持，你学机器开船我赞成；跟船走几趟，转日就到队里干点文墨工作……"

这回没等阿宝开口，站在船头的亚娟开腔了："阿爸，看你说的这是什么话？阿宝姐讲过不只一次，她不是来这里镀金的，是真拼真闯、实打实练的！"

何望来朝女儿瞪眼："你也来逞能胡来，出了危险谁负责任？"

左边，有一条刚刚返回靠岸的大船，从那里传来宏亮的回声："我来负责任，我来负责任！"

女孩们扭头一看，搭腔的人是黎阿伯。

黎阿伯带着一头汗痕和一身鱼腥气味，手提烟筒，掀动着渔民独有的宽阔的大脚板，稳稳实实地走过来。

他问："大队长，你对她们女仔不放心，我这把老手你总能信得过吧？"

何望来回答："对，对。你经验丰富，你说说，这样的天势，人们躲避还来得及，她们倒硬要迎着去闯……"

"这果真是打破常规的事！"

"不行吧？"

"这得分用什么眼光看。阿宝这孩子回西沙这些日子，我听她的言、观她的行，她果真是一个全新的有志气的女仔；闯闯风浪，练练胆子，长长本事，将来必有大用。应当，应当呀！"

"你……"

"我陪她们去！"

阿宝激动得一把拉住老人家那青筋暴露的胳膊，用力地摇了许久才说出话来："黎阿伯，你真好！"

黎阿伯抬起另一只手抚着她的头："不，不，先是你们好，才激起我这个好：老小一齐好，两好并一好，西沙宝岛才能保！哈哈哈……"

女孩们都随着笑了。

惟有阿宝没笑。

她在心里品着老人的话，掂着老人的情。

她品着、掂着，胆子更壮，信心更足，浑身更加有了力气。

她高声喊："同志们，开船！"

橹柄吱吱响，小船钻进欢腾跳跃的浪涛中。

12

乌黑的云往下压。

深蓝的水朝上涨。

南海呀，象一锅沸腾的水。

小船呀，似一片飘卷在高原旋风里的羽毛。

阿宝和亚娟在船尾掌着舵。

四个伙伴，分别站立船舷，两个人伙摇一把橹。

黎阿伯稳坐在船中间，一手抱着竹管烟筒，一手捏着潮湿了的烟丝。

白浪淘天，无边无沿。

远望，是五指山巅，岭岭接连，川川相牵。

近看，如峭壁碎裂，飞石扬沙，吐雾喷烟。

一排大浪，把小船掷向峰顶。

大浪过后，把小船抛进深渊。

阿宝感到一阵恶心、眩晕；看看伙伴，一个个脸色发白，嘴唇发紫。

她又看看黎阿伯。

黎阿伯两只发亮的眼睛正紧紧地盯着她。

"阿宝，转回吗？"

"不！"

"我看你们都难受了。"

"这证明我们需要苦练！"

"往前走可就更危险了。"

"不闯险怎么能战胜它！"

"好，左打舵！"

小船向左方转向，直奔凤凰礁。

风更大了，把云撕烂。

浪更高了，把水搅翻。

行船更艰难了，风截着，浪挡着，仿佛被绳索拴着，粘在水面上。

一个浪头猛冲过来。

黎阿伯喊一声："照直闯！"

大浪从船上蹿过去，落下半舱海水，泼湿了人们的头发和衣衫。

一个大涌鼓动过来。

黎阿伯喊一声："右转！"

大涌从船底滚过去，顶斜了船，又落下半舱水，折断了一只大橹。

黎阿伯又喊："小心船沉，快往外掏水！"

两个女孩拼命地抢着盆子，一连气地掏水往外泼。

又是一排大浪，又是一股大涌，又是半舱海水……

阿宝紧握舵把，精神更抖擞："同志们，海浪就是帝修反和它的走狗！看，朝我们扑过来了！我们要下定决心，不怕牺牲，排除万难，去争取胜利！"

摇橹的越摇越熟。

掏水的越掏越快。

全船的人，齐心合力地跟风浪搏斗，越战越有劲了！

闯过一道大浪，又闯过一道大浪。

掏干一舱海水，又掏干一舱海水。

……

一条人民海军的巡逻艇，乘风破浪地开过来。

何望来站在艇上，用望远镜四下搜寻。

大海咆哮，浪涛翻滚，天水一色，根本看不到任何目标。

何望来压不住惊恐："莫不是让浪卷翻了？"

艇长安慰他："阿宝水性很好，黎阿伯行船老手，不会翻船的。"

"这么大的风浪，哪能开出这般远呢？"

"他们就是有意来闯海浪的嘛！"

一个战士发现了小船："看，看，左前方！"

艇长立刻下令："左十度，全速！"

左前方的洋面上，大浪滔滔，一排追着一排，象万匹骏马，驰骋在茫茫的塞罕坝的草原上。

一只小船，象灵巧、轻盈的海燕，从云翻雪飞般的浪花中飞出来。

阿宝从容地掌着舵，口中喊：

"直冲！"

"左转！"

"向右！"

女孩子们齐心协力，个个有精神。

黎阿伯坐在那里，只观看，不开口了。

艇上的海军战士们发出一片喝彩声：

"真棒！"

"真勇敢！"

何望来这才把悬着心放下，深深地透口气；随后也不由得看出了神。

风急骤，云乱卷，大海呀，放开喉咙呐喊！

13

前几天，独眼蟹十二分的得意。

他醒着的时候总想笑，睡着的时候常做梦。

他黑了心，红了眼，一定要捣乱。可惜，空子不好钻。他找哇，找哇，好不容易找到了中渔郑安，就挖空心思设计了一套鬼办法，企图扇动公社青年不安心渔村的社会主义革命和社会主义建设，盲目地往大城市里边跑，让西沙大跃进的计划落空。计已成，人已走，混乱搅起来了。独眼蟹认为十拿九稳，只等迈第二步的机会。

他回到家，找出酒瓶，自斟自饮，庆贺一番。

女人见他眉眼带笑，就凑过来小声问："今朝又有青年离开西沙？"

独眼蟹点点头："六个！"

女人叹口气："海龙离开渔村当了海军；阿宝离开渔村上了中专；他们离开渔村就爬高技，你为何还帮着往外赶他们呢？"

独眼蟹咬牙切齿地说："不把他们赶出渔村，让他们睁着眼睛，监督我？不把他们赶出渔村，让他们把西沙建设得红红火火的，气我？他们散了群，成了空城计，我们才好夺江山，坐天下！"

女人听到这儿，也陪他笑了；躺到床上以后，也陪着他做开了梦。

可惜，可惜，他笑得不久，好梦不长。

阿宝出乎意外地回到西沙，把他的笑吓跑了，把他的梦惊破了。

他唉声叹气，整夜在床上翻滚。

他想：看来势，程家的女仔立下大志、扎下了根；这根看不到、挖不着，越扎越深了；将来西沙群岛上都是这样的一代人，复辟的大业如何成功？

他想：看进程，大队的新机帆船要下海，要奔金银；这对南越西贡吞吃西沙很不利，杀人的刀借不成，反而会有被刀杀的危险呀！

他丢魂落魄地到岸边转一圈。

女社员在椰树下纺纱，纺车飞转，好象一朵朵花。

男社员在海滩上织网，手臂跳动，好似小鸟抖翅膀。

独眼蟹咬牙切齿：阿宝这一举，给他们加了油、鼓了劲，看把他们美的、欢的！

忽然，岸边嘻笑声响成一片。

"回来啦？"

"辛苦呀！"

郑安满面笑容，带领他的男仔郑太平跳下刚刚靠到码头的运输船。

郑太平的脸色很复杂。

这小伙在海南撞了钉子。

他去走亲，想托人家找个工作。

亲戚全家都为大跃进忙着，没人管他的闲事。

他去访友，想求人家寻个门路。

朋友全家都为大跃进出力量，没人看得起他这种人。

青年们向他宣传党的政策。

干部们给他做思想工作。

……

他回来了，惭愧地走在人群里。他发现迎过来的阿宝和一伙青年男女，急忙低下头。

阿宝快步地走上前，热情又诚恳地打招呼："太平，我们欢迎你回来！"

郑太平抬起头。

阿宝朝船场那边一指，高兴地告诉他："太平，咱们的船就造好了，一同上金银！"

郑太平看一眼。

阿宝挺挺胸，很庄严地说："我们为了建设西沙、保卫西沙，很快成立民兵排，希望你也参加！"

郑太平呆呆站立，两只手都不知往哪里放。

站在一旁的郑安气了："你快说声谢谢呀，还不开口，哑巴啦？"

郑太平捂着脸，"哇"的一声哭了。

……

独眼蟹想哭没敢哭，吞着苦涩的泪水回到他那低矮、阴暗的茅寮里。

这一夜，他难受得不要说做美梦，连眼睛都没合，在竹床上来回翻个。

小虫在他的床下"唧唧"叫。

蚊子在他的头上"吱吱"飞。

窗户上边刚有一点光亮，外边突然一声哨子响。

好象一个霹雷，吓得他全身一哆嗦。

14

玉石般的海滩摆下了练兵场。

练兵场上响起嘹亮的哨声。

哨声震撼着海空。

海空喷出万道霞光。

霞光里，跑来一群朝气蓬勃的渔家女青年。

她们列成整齐的队伍，一个个精神抖擞，面色特别的庄严。

阿宝站立在队伍的前边。

她头戴竹帽，胸挂围单，腰系武装带，显出一副飒爽英姿。

她庄严地挺起腰杆，用高亢的声音操练她的队伍："立正！向右看齐！报数！向左转！齐步走！……"

女青年们按照她的口令动作着。

有的人不习惯，迈错了步子。

有的人不好意思地捂着嘴笑。

阿宝不管这一些，照旧指挥操练。

……

渔村传来起床的钟声。

阿宝把队伍停住，很高兴地说："同志们，今朝咱们第一次集合，第一次训练，大家都很认真；别看不熟，久练就熟了。"

有人忍不住问："阿宝，咱们这些人，算不算正式的民兵呀？"

阿宝说："当然算。"

"还没有经过大队批准呀！"

"放心。毛主席早批准咱们啦！"

大家都"哈哈哈"地笑起来了。

亚娟说:"你们别急。等我阿爸出海回来,大队立刻就会批准咱们的。"

阿宝说:"不能空等着,趁造船、织网的空隙,咱们得争分夺秒地训练。不光要练队列,还要练使枪。"

亚娟说:"咱们没枪呀!"

另一个女青年说:"就是嘛。出海的男民兵把枪带走了;就是回来,也不会让咱们随便摸他们的枪。"

阿宝说:"我想了个办法,昨天去找海军的杨政委帮助,他答应派一个辅导员教我们,还带着枪来。"

众人都高兴了:

"太好啦,太好啦!"

"我做梦都在打枪哪!"

"阿宝这位领导,真想得周到!"

……

往日,半天的时间显得特别短,今朝显得特别长。

女青年们一边织网,一边小声嘀咕,还不断地悄悄看太阳。

阿宝只干活,没说话,可是心里更着急。

好不容易熬到正晌午。

阿宝收了工具,抽身站起就要走。

"你到我家吃饭吧,吃了好快走!"

"对,到我家吃去,免得现烧误时间。"

阿宝朝姐妹们摆摆手:"吃饭小事,我先去吧。"

她说完这句话,就急忙动身了。

阿宝带着伙伴们的重托,到石岛那边的巡逻舰艇中队去一趟。她要邀请那里的同志来永兴岛,帮助女民兵搞训练。

她绕港湾,走海滩。

她穿椰林,过石山。

她抬起头,眺望着浩翰的大海。

亮闪闪的涌浪冲击礁石。

礁石边,停着几艘登陆艇和战舰。

岸上是一个平展展的自然的操场。

操场上立着篮球架、单杠和浪桥。

烈日照射下，草梢暗，沙粒亮，小路象烧过一样烤人。

阿宝一边走，一边怪自己动身晚了些；人家吃过午饭正休息，这时候找来谈工作，有些不方便。

她想找个树荫坐一坐，等一等，发现一个海军战士，独自站立在东南角上。

战士站立在火热的阳光下，赤着臂膀；那宽厚的、紫红的臂膀上淌着汗。

战士的两只胳膊高高地举着，手掌上托着一发金光闪闪的大炮弹。

战士把大炮弹放到胸一般平，再高高举起，又放平，又高举。

阿宝看着他那不停地单一动作很新奇。

阿宝看着他的背影特别熟悉。

阿宝喊了一声："海龙哥！"

符海龙被惊动，猛一转身，红珊瑚一样的脸上，串串珍珠往下滴。

符海龙先一楞，接着一喜，放下炮弹，迎上一步："阿宝，阿宝！"

阿宝说："你不是去执行任务吗？"

符海龙指着海港里象一幢幢楼房似的舰艇，回答："刚刚回来呀。"

"你刚回来，中午不歇休，在做什么？"

"我在练装填炮弹。隔些日子没摸它，臂力差劲了。"

"听说你当了干部？"

符海龙点点头，又说："枪炮是打击入侵敌人的铁拳头，驯服它、掌握它很重要。打起仗来，既当指挥员，又得当战斗员；当好战斗员，才能当好指挥员呀！"

阿宝笑了，心想：我以后也应当象他这样，苦练杀敌的本领。

符海龙抹抹头上的汗，从地下拾起海魂衫穿上，又对阿宝说："走吧，先到我们舰上看看。"

"今朝不去啦，我还有事。"

"你办完事，咱们一块回去。"

"看看阿婆？"

"我可没功夫，去跟你们渔村女民兵一块学文习武！"

"啊，我明白啦。你去我们那里当辅导员？"

"我们互相学习。"

"请带上你们的枪，教我们使用。"

"要先教同志枪支的构造、性能和使用要领。"

"你还要多给我们讲讲东海渔村民兵的情况。特别是那边的女民兵情况。从报纸上看，她们是非常先进的。"

"我想先给你讲北京。"

"北京？你到过了？"

"对，我就是从那里来的——天安门前造起了人民大会堂、革命历史博物馆，那广场非常宽大，几十万人可以在那里开会；那英雄纪念碑立在广场南端，非常雄伟。五一国际劳动节，在天安门上，我见到了我们伟大领袖毛主席！"

阿宝狂喜地抓住符海龙的胳膊，跳跃着，说："阿海哥，你太幸福了！"

符海龙说："你也幸福。我向毛主席问好的时候，也代表了你，还有咱们南海西沙的新一代。毛主席在一九五三年视察海军舰艇，亲笔题词是：为了反对帝国主义的侵略，我们一定要建立强大的海军。这是我一生奋斗的目标！"

阿宝点点头说："毛主席还指示，'我们不但要有强大的正规军，我们还要大办民兵师。这样，在帝国主义侵略我国的时候，就会使他们寸步难行。'我正在照这个指示做，也要做一辈子！"

符海龙说："听杨政委讲，你们做得满好！"

阿宝说："我们西沙的军民应当联合起来，攒成一个铁拳头，狠狠打击敢于进犯的敌人！"

毛主席的伟大教导在他们的心头翻腾。祖国的阳光普照，万紫千红的灿烂的前程在他们的眼前展现。

15

何望来从海上回到向阳渔村。

他没顾上进家，就往各处检查生产工作。处处都使他很遂心。

新船快造好了。

新网快织成了。

各个捕捞小队都超定额完成了生产任务。

他得到一个通知：又有一批新枪要发给向阳大队，加强他们的民兵连。

他又接着到处奔跑。

他找干部商量。

他找青年小伙谈话。

他精心物色，挑了又挑，拣了又拣，又搞起一个新的武装民兵排。

晌午，他把民兵们全部召集到练兵场上。

老民兵，新民兵，威威武武地站了一大片。

何望来的心里更高兴：向阳大队有这样一群年轻力壮的小伙，生产还能不跃上去吗？别的大队呀，谁也不用想赶到前面去啦！

他大声地说："同志们，上级非常关心我们向阳大队，又发下一批步枪，全是咱们自己的兵工厂造的最新式的步枪。你们要好好地学着使用，你们要精心地保管妥当——搞民兵，就是为了使我们的生产活动更安全，民兵都要当个抓鱼的模范！大家听清了吗？"

众人齐声回答："听清了！"

何望来大手一摆："好极啦。我就去请咱们的工委书记程亮同志来，马上给你们发枪！"

他说着，刚要转身走，见队伍的后边出现一阵骚动，就停住了。

阿宝带领一群女青年，从远处跑来了。

阿宝带领一群女青年，从队伍后边挤进来了。

阿宝的脸色通红，气喘吁吁。

阿宝看看民兵队伍，冲着何望来问："阿叔，听说今日要发新枪？"

"对的。"

"太好啦！"

"欢迎你们来参观呀！"

"参观？站在一边参观？我跟你讲多次了，我们成立了女民兵排，我们要参加这个民兵连队呀！"

"可以。在表册里添上你们的数目。"

"那就发给我们枪！"

"你们也要拿枪？"

"当然啦！""

"哈哈，哪有女人拿枪的呀！"

"社会主义西沙的女人，就是要拿枪的——拿起枪来保卫西沙，保卫祖国！"

何望来又好笑，又好气，见一伙女青年围上来，都要开口，又怕她们七嘴八舌地一吵吵耽误时间，就说："好好，你们的意见我知道了；以后，抽个空，研究研究……"

没等阿宝开口，女青年们就吵嚷开了：

"过一时就发枪了，以后研究怎么行！"

"队长这话，是往外边推我们哪！"

"不行，马上就得研究！"

何望来用手势压她们不要再吵嚷，说："马上研究，也要等这个会散了，我再召集一个干部会，还要请示上级党委批准。发枪，可不是那么简单的事情。"

女青年们不听他的话，还是吵嚷不停，而且越来声音越高。

阿宝大声说："同志们，莫要这样的急躁，咱们有理好好跟他讲嘛！"

大家听阿宝的，不再吵嚷了。

阿宝转身对何望来，尽力地心平气和些说："阿来叔，你研究、请示，我们都同意。只有一个要求，你当众表个态，对我们女民兵排，你到底支持，还是反对？"

何望来也压住火，看看围着的女青年们，对阿宝说："你们哪，还是好好地练织网，学加工，安心地搞生产吧。咱渔村这么多的小伙都使不开，还用你们女仔当民兵拿枪弄炮的……"

阿宝说："生产是为了建设西沙，保卫西沙，拿枪更是为了建设西沙，保卫西沙，这是我们的义务，也是我们的权利，谁也剥夺不了！"

"拿枪不是好玩的，保卫更不是好玩的；要巡逻、要放哨，遇到事情，得真打真拼。女人哪能干呢！"

阿宝大声喊起来："这几句话，把你的思想根子全露出来了。你就是轻视妇女，是旧思想作怪！新社会，男女平等，男女一样，男人能干的事，我们都能干，男人干的事情，我们一定要干。你今日不转变态度，我们就不让你把这批枪发下去！"

女青年们也喊起来了：

"对，对，今朝要跟他辩论到底！"

"不发给咱们枪绝对不行！"

何望来再也忍不住火了："简直是胡闹，枪不是竹梭子，也不是绣花针，给你们一只，你们会使用吗？"

阿宝把胸脯一挺："你会用的，我们就能会用！"

何望来说："不服气，咱俩赛赛！"

那些一直站在队列里看热闹的男民兵，看到这里，听到这句话，都起哄似地喊开了：

"对呀，赛一赛吧！看平等不平等！"

"来个真打实干试试吧！比比真行还是真不行！"

还有人带头拍起巴掌。

阿宝看看众姐妹。

众姐妹都被这样意外的挑战弄得又气恼，又有几分紧张，都在看着阿宝。

阿宝又转身冲着何望来，把胸膛一挺："队长，我要是把你赛赢了呢？"

何望来有意要压压这伙调皮的女仔，就说："赛赢了的话，我写八份申请书，让上级领导批准，把这批新枪亲自送给你们手上来。"

"好，一言为定！"

"可有一件，你要是输了，以后可不许再吵吵当民兵，要枪要炮的了！"

"以后再说以后，现在就试试吧！"

何望来拿过一个靶子，插到远远的海边上，又从一个民兵手里拿过枪来，对阿宝说："你这么能，那就请先来吧！"

有的男民兵又起哄地喊大叫：

"小心，枪可咬手呀！"

"会拉枪栓吗？"

"算了吧，莫如回去织网！"

"她写字也是行的！"

女青年们对这些人的轻蔑举动，气的不得了，见阿宝不理睬，也就怒目而视。

阿宝伸出手："给我！"

何望来一笑："好的！"

阿宝接过步枪。

步枪真重呀！有一百斤？有一千斤？有一万斤？百斤、千斤、万斤都比不上它的重量！

阿宝掂了掂枪，扫了众人一眼。

众人都停住了动，止住了声，怀着各种各样的心情，睁大眼睛看着阿宝。

阿宝觉得手里接过的不是一支枪，而是保卫西沙、保卫社会主义祖国的重担。

西沙的新一代，西沙的渔家妇女，能把这一副历史的重担担在肩上吗？

阿宝朝前走了几步，轻轻地卧倒在地，抬头看看前边的靶子。

她觉得，要打的，不是一个用木板制做的简单的靶子，而是几千年传留下来的旧的习惯势力、旧的思想意识；她要打出的，将是西沙新时代妇女的威风和权利。

西沙的新一代，西沙的渔家妇女，能够推倒这个障碍，跨步前进吗？

阿宝的眼前闪动起各种各样的图景：

金银岛上，日本侵略者逼着革命老人胸膛的枪口！

永兴岛边，革命游击队员射向汉奸鲨鱼牙的子弹！

解放大军登上海南岛，漫天的炮火和硝烟！

还有天安门前飘扬的五星红旗！

还有练兵场上符海龙对她认真地、耐心地传授的射击技术！

……

她浑身增添了力量，胸膛满怀信心。她使劲地攥住枪栓，"哗啦"一声推上了一颗子弹，沉着地瞄准了靶子。

练兵场上静下来，静极啦！

人无言，海无声。

树叶不摇，白云不动。

"砰"的一声响。

靶子倒下了。

人声喧腾起来了。

呼呼啦啦地围上去了：

"好枪法！"

"正中靶心！"

……

何望来最后一个走过来，看一眼，呆住了，一时不知该说什么好。

女青年先把阿宝围在中间。有的抓住她的手，有的搂住她的脖子，有的把她抱起来。

"阿宝姐，嘿，好样的！"

"阿宝姐，快，该让队长试试了！"

阿宝笑笑，又严肃地端起枪，走到何望来的跟前："队长，请你来吧！"

何望来依旧木呆呆地站着。

赶到这里来的两位老人开口了：

黎阿伯说："阿来，别丢丑了。撒网你行，干这个呀，不一定比上人家阿宝！"

符阿婆说："因为你网撒得多，对枪呀，你摸得太少，更少练呀！"

何望来心里纳闷：怪事呀，阿宝这女仔何时学会了使枪呢？

工委书记程亮带着几位干部从人群外边挤进来。

他看看众人，看看女儿，又拍拍何望来的肩头说："望来同志，你太不了解今日新一代青年、今日新一代妇女的心意、志气和力量了。"

他说着，又对着阿宝笑笑："把你的女民兵排集合起来吧！"

阿宝精神一抖，吹起哨子。

女民兵"唰唰"地列成整齐的队伍。

阿宝一步跨出队列，面向阿爸报告："集合完毕，请首长指示！"

程亮迎着她们走，看着她们笑；象工人迈进产品堆积的仓库，似农民站在壮苗成长的田野上。他的心头，掠过一股老一代革命者所特有的自豪的激流。

这激流，如同祖国大地千江万河汇南海，南海一浪赶一浪，波浪滔滔触天高。

他向女青年们鼓励："……中国共产党的阳光普照南海，西沙群岛进入了一个历史新时代；你们是这个新时代的新妇女，是宝岛海疆的建设者和保卫者。"

他向女青年们传达好消息:"……为了进一步落实毛主席关于大办民兵师的指示,上级又运来我们自己制造的新式步枪,工委决定,把这批新枪发给向阳大队的第一个妇女民兵排!"

阿宝带领女民兵振臂高呼:

"毛主席万岁!"

"中国共产党万岁!"

"中华人民共和国万岁!"

"誓死保卫西沙、保卫祖国!"

发枪的仪式开始了。

阿宝第一个从她的父辈手上接过一支亮晶晶的新步枪。

阿宝,阿宝,用她那烧饭抓柴的手,打鱼摇橹的手,缝衣捉针的手,不仅执笔写字,开动机器,又握起了枪杆子!

这枪是工人精心制造的,紫红的枪把,乌黑的枪筒,雪亮的刺刀,沉甸甸的。

她含着热泪,紧紧地握住钢枪,心里默默地发誓:这枪是人民发给我的,我要象爱我们的西沙,爱我们的南海,爱我们社会主义祖国那样爱护它;我要用它保卫人民的南海西沙,保卫我们社会主义的新国家,决不辜负党对我的期望!

16

夜是静的。

西沙群岛的夜是不静的。

海水遵循着风的大小起伏呼啸。

岛上的各种各样的人,都在按照自己的逻辑和志向,进行各种各样的活动。

何望来为了让向阳大队的新机帆船抢先出海,正召集造船的人开会,"促进"速度。

黎阿伯为了使新渔网织得又快又好，亲自出马，正跟网场的人一起打夜班。

符阿婆为了把从海南带来的菜籽，播种在金银岛上，正坐在油灯下精心挑选。

郑安为了让男仔在远离身边的时候少吃苦，正陪着女人替男仔缝衣服、补蚊帐。

独眼蟹为了完成南越西贡当局交给他收集情报的任务，达到他不可告人的罪恶目的，趴在床下，打着手电，匆忙地往小本子上写着：

"……最近几艘经常来往的共军舰艇，又返回石岛，有一艘'劲松号'上边的武器装置好象更新了，也许加强了。我正设法进一步侦探。……永兴岛上又成立一个女的武装民兵排，全部发了新式步枪，子弹十分充足，每日在海边上进行操演……"

突然，远方传来一阵枪响。

一声，两声，砰砰砰，响成一片。

女人哆哆嗦嗦地说："出什么事了？"

独眼蟹心惊肉跳地听着，猜测着，顾不上回答。

过一会，女人说："是打靶吧？"

独眼蟹说："三更半夜的，他们看得着打靶呀！"

枪声不停地响着。

独眼蟹又听了听，往女人跟前凑凑："你听，你听，枪声是在海上！"

"对，对，是在海上响。"

独眼蟹忽然高兴地说："许是我们的朋友打来了！"

"你的报告还没法送去，他们怎么会来呀？"

"他们敢劫渔船，就不敢抢岛子！"

枪声响得更紧了。

女人说："是开了火。"

独眼蟹紧握手电，一边往外走，一边嘱咐女人："把东西收拾好，准备两把刀！"

街上，暗淡的天空托出黑森森的树影。

滩头，喧腾的涛声中闪耀着红色的火光。

海面上有几点银白的灯亮在飘动。

独眼蟹把牙齿咬得"吱吱"响，胸口兴奋得"突突"跳；心想：报仇雪恨就在今天哪！

海边又是一阵枪声，一道道火光。接着就是大海的涛声，别的一切都沉寂下来。

独眼蟹想：一定是南越西贡的人把这边的海军收拾了，就要登岛，我得立个功劳才行。

他立刻卧倒在地，按照在岘港规定好的信号，操动起手电。

他的身边突然有人呐喊一声："什么人？"

他的后背感到被一支硬梆梆的枪口拄着。

他赶忙回答："是我……"

"你来这里干什么？"

没容他再开口，海滩爆发起一阵欢笑声，又有人对话：

"这回打得好！"

"我看差远啦！"

独眼蟹吓一跳。他听出对话的人一个是符海龙，一个是阿宝。

一群带着汗水的热气和海水咸味的欢乐人群，"咔咔"地踏着珊瑚沙走过来，到了跟前。

这边的民兵说："报告排长，独眼蟹在这里打手电！"

阿宝回答："我已经发现了。"

独眼蟹赶忙爬起来，说："我知道民兵打靶，来看看热闹……"

阿宝追问他："看热闹打手电做什么？"

独眼蟹吱唔地说："看不清路……"

阿宝追问他："照路为行路，为何趴在地下？"

独眼蟹结结巴巴地说："我，我怕子弹飞过来，碰着我的脑壳，要了我的小命……"

民兵们一阵嘲讽地大笑。

阿宝训斥独眼蟹："以后民兵有活动，不许你这样的人随便出来！走开吧！"

独眼蟹点头弯腰，连声说："是，是，是……"

他往回转，扭头看一眼，黑夜茫茫，心里好悲伤。

他长长地叹口气，忽然间想到，几个月前，他曾经从老革命家程亮两鬓白发上得到的幻想，不由得绝望地摇摇脑壳：厉害，厉害！西沙的穷渔民，一代跟着一代长起来，一代比一代硬气，一代比一代不好惹，连女仔都会使枪用炮，我这样的人，出路越来越小了。

他又咬咬牙：得拼命找个办法，把情报送到南越西贡人的手里，快来夺岛子，趁着他们的根子还没扎得太深的时候——拔掉它！

17

在四周欢跳着浪花的礁石上，开完了打靶小结会。

欢乐的民兵们，评议着，争论着，散开了。

青春的声音和脚步，从海边响到麻枫林，又响在渔村的街道上。

两个领头的人，留在珊瑚滩头，简单地交换一下意见，也准备往回返。

月光在岛子上倾泻。

涛声在礁石边起落。

符海龙就地一坐，把钻进胶鞋里的沙粒倒出来，重新穿好，一跃而起。

他依然是异常兴奋的，对默默地站立在身边的阿宝说："说实在话，阿宝，你们这几位女民兵真不简单，短短的日月，枪法练得这么好……"

阿宝摇摇头，打断了伙伴的赞扬："我看哪，还得苦练。我们在白天打，还过得去，夜战差火。你没见好几个同志都打脱了靶呀！"

符海龙听出阿宝的口气沉重，又借着初升的月色看她一眼，说："要高标准、严要求，你想得对。那就加强夜战，明朝咱们再接着来。"

他们踏着碎玉般的珊瑚沙滩走。

他们又绕过礁石丛，穿过麻枫林。

植物的影子，模糊地摇摆着。

昆虫的叫声，这边停了，那边又响起。

他们来到往日分手告别的路口。

符海龙说："我送你回家吧。"

阿宝说："不回家。你跟我一同到工委会走一趟，办一件紧要的事情。"

他们又接着默默地往前走。

月亮高了，身影儿短了。

浪涛急了，脚步声轻了。

含着咸涩味道的海风，凉嗖嗖地刮着，吹着他们的脸，掀着他们的衣襟。

"阿宝，你累了？"

"没有。"

"为何嘴巴闭得紧紧的？"

"我在想一个问题。"

"能说给我听吗？"

"就是要说给你听的。在这段日月里，我心里经常划这样一个问号：过去几千年，剥削阶级欺压我们穷苦人，好似天经地义，谁也不能改变分毫；如今，我们让天地翻了个身，把骑在咱们头上的人打翻在地，管辖着他们，让他们按着我们指定的航线走，他们能服气吗？能死心吗？能听从吗？"

"不能，绝对不能。毛主席早就告诉我们，反动派是不甘心他们灭亡的；真实的事情，正是这样的。"

"那么，我们向阳渔村的独眼蟹这个人，就是个例外吗？"

"噢，你正想这个？"

"他的行踪太可疑了！"

"不错。今天他故意到舰上找我，说要支烟抽。他明明知道我不会吸烟哪！"

"有鬼！"

"就是有鬼！"

"你没质问他？"

"问了两句。"

"他说什么？"

"支支吾吾。"

"后来呢？"

"我严厉地警告他，以后不许再到军舰跟前来，就让他走开了。"

"你为什么没有扣下他？"

"没有。"

"为什么？"

"就象你刚才没有立刻扣下他是一样的原因。"

阿宝会心地笑了："对。没有把柄，不能轻易地动他。得向领导请示。"

符海龙说："我马上就找杨政委报告了。"

"我这回要越级！"

"不找阿来叔？"

"他的和平麻痹思想太严重了，满脑壳生产，缺乏敌情观念。前几天，郑太平跟我揭发，独眼蟹暗地里向他阿爸耳朵里吹风，说城市里在大批地招收工人，说渔业机械化用不了许多人。这样，他阿爸才鼓动他去海南的。我立即报告了阿来叔。他简直麻木了，口口声声说那是闲谈，怪郑安私心太重；还怨我大惊小怪太多心，不利于生产跃进……"

符海龙说："阿来叔对民兵工作，也显着冷冷淡淡的。病在他的脑壳里，一下难改。他是这个样子，你更须多加小心哪！"

阿宝点点头，感到肩上的担子是沉重的。

他们走到临近工委会机关的时候，瞧见好几面小窗户都亮着灯光，好象一块块金牌子悬挂在银灰色的天幕上。

屋里的程亮听到女儿在门外的"报告"声，就答应："进来吧。"

两个青年进屋一看，除了程亮，还有海军"劲松号"的政委老杨。

满室的烟气，说明他们谈了许久。

老杨问他们："今日这靶打得怎样？"

符海龙回答："从基础看，应当满意……"

阿宝接过来说："从要求上看，差得相当远哪！"

老杨笑了："阿宝总是高速快侔，不肯慢行，更不肯抛锚。有水平！"

程亮看看两个年轻人问："这么晚来，有事吗？"

阿宝为了不影响两位领导谈话，就用简短的语言，把她对独眼蟹的怀疑述说一遍。

程亮听罢，冲着政委老杨说："看看，这回又发现一个脚印。"

老杨告诉符海龙："我正跟程同志介绍你上午向我反映的那个情况。你们的警惕性高，眼睛锐利，极对。作战的人，首先要善于发现敌情。今后要保持发扬。"

阿宝说："我在海南上学的时候，听过一位公社干部报告。他讲到，他们公社有一个地主分子，害怕我们社会主义大跃进，暗地里毒死生产队的五头水牛。独眼蟹心怀鬼胎，也要当心他在我们西沙搞破坏！"

程亮沉思地说："你想得对极啦！对这个人，我们应当看远些、看深些。"

阿宝说："是这样，不深看远瞧，就没法看透他。我一直在想这个问题，很希望组织上帮助我想。"

程亮把手一抬："站高点想！"

阿宝拉过一把椅子，挨近程亮落坐，认真听下去。

符海龙也往前靠了靠。

程亮接着说："我们西沙的地理位置处于祖国的南大门；我们战斗在这里的任务是建设南海的钢铁长城，防止帝国主义及其走狗的侵略和捣乱——从这点上警惕那些反对我们的人，靶子就容易看准，子弹就能够打中！"

两个年轻人被这一番话说得心胸开阔，眼睛明亮，相对笑笑，又严肃地点点头。

在西沙这不平静的夜晚，他们探讨起这不平静的事态；对每一个参与者，不论老一辈，还是新一代，影响都是深远的。

阿宝在符海龙相伴下，踏着那如潮似水的银色月光往高足屋走，她感到步步在攀登。

18

在革命者热情的期待中，在反动派仇恨的切齿声里，向阳大队的第一艘机帆船终于造成下水了；接着，又试航成功了！

奇迹吗？是西沙儿女用双手创造的！

代价呢？是西沙儿女的汗水！

挑选一个日丽风和的好日子，他们又对准已定的目标远航了！

机帆船的舱板散发着油漆的香味。

机帆船的马达唱着欢乐的曲子。

机帆船带着老一代渔民和新一代渔民，乘风破浪地向前进。

他们赶过一群群渔船。

他们遇到一艘艘货轮。

他们每一个人装满喜悦和向往的心里，都象这翻滚的海水一样的不平静。

从小就在这海面上捕捞奔波的老渔民，一年几次的金银之行，都是扯着帆，摇着橹；今日乘坐着人民公社的机器船，今昔一比，多么自豪呀！

头一次来到这个岛子的几个青年渔民，看着天高，瞧着海阔，别有一番新的风味，想到就开始的新生活，多么惬意呀！

海风呼呼地吹。

浪花哗哗地跳。

成群的鲣鸟，在装满东风的雪白的帆篷顶端，兴高采烈地飞翔。

阿宝，是这极度欢乐一伙中最为欢乐的一个。

她坐在舱面上，近看远望，浮想联翩。

从她在金银岛上喊出第一个声音，踏下第一个脚印起，她就爱上了祖国的西沙。这以后，敌人的枪声，亲人的鲜血，培育着她的爱情，铸造着她的奇志。

昨日他们捕捞小队开了一个誓师会。阿爸程亮参加了，讲话了；有几句，一直响在她的耳边心头："……鸡毛能飞上天，蚂蚁能啃骨头，正象毛主席教导的，我们中华民族有同自己的敌人血战到底的气概，有在自力更生的基础上光复旧物的决心，有自立于世界民族之林的能力。我们要象老愚公那样，一代一代干下去，一个岛一个岛地建设，一个渔场一个渔场地开辟，定让西沙、南沙，跟祖国大地一样红，红成一片！"

那番话把她儿时在先烈身上继承的遗志，社会实践中得到的知识，还有群众的影响和家庭的教育，统统地溶化在一起，提炼了，升华了，使她的志向更加坚定不移。

机帆船象一只风筝，投进西部珍珠宝岛的怀抱里。

天空挂了彩云。

岛上盛开鲜花。

涌浪拍手。

礁岩欢呼。

金银岛上的椰子树，象个长着长眉毛的老爷爷，远远地就朝阿宝眯眯笑。

两棵新一代椰子，已经长成材了。撑着宽阔的叶子，抱着硕大的果实。

多么熟悉的珊瑚滩，还是那样洁白，如同北国的隆冬瑞雪。

多么熟悉的黄沙丘，还是那样金黄，很象江南的丰收稻海。

多么熟悉的羊角树，还是那样翠绿葱茏。

多么熟悉的野海棠，还是那样粗犷壮实。

就连那尖尖的嘴巴、乳白色身体的鲣鸟，也跟老相识那样，冲着归来的人拍打着黑褐色的翅膀。

……

阿宝，终于回到她日夜怀念的金银岛，激动得心潮起伏，两眼发红，好久说不上话来。

第一次来到金银岛的青年们，看着这景色最美的岛子，眼睛都不够用了。

他们一会儿跳到沙滩里，一会儿登到礁石上，一会儿又钻进树林中。

他们摘一片绿叶，采一朵野花，拣一捧珍珠般的贝壳，追着绒球似的鸟雏。

他们心旷神怡，忍不住地赞美：

"怪不得咱南海人，祖祖辈辈都跑这么远来捕鱼呢，这地方可真美呀！"

"怪不得阿宝连中专都不上，一心要回到金银来，确实招人喜爱呀！"

阿宝带领伙伴们拜谒了烈士的坟墓。

每一年野花盛开的季节，程亮都委派来这里捕鱼的社员，登到岛上来修整一番，使人们永远不要忘记在这里坚守宝岛的烈士先人。

阿宝讲述起英雄韦老爹的英雄故事。

这些故事，伙伴们从小就听老人们讲过；可是这一次触景生情，加上阿宝娓娓动听地述叙，格外打动人的心弦，他们都感动得掉泪了。

阿宝又带领伙伴们参观甜水井。

每一年捕鱼队到来，程亮都嘱咐他们保护水井，好让不断来这里作业的人都能喝上清泉。

阿宝讲述起泉水中的甜与苦、血与泪。

这些陈迹，伙伴们从小就听老人们讲过；可是这一次身临其境，加上阿宝细描细绘地讲解，给人的印象特别深，他们都受到了教育。

阿宝带着伙伴们造草棚。

草棚，还是在当年造草棚的地方，也类似原来的模样，可是，两种草棚，居住的是两个时代的人。

阿宝把她童年时候亲手绣的一面五星红旗，高高地升在椰子树上。

……

当天傍晚，黎阿伯观察鱼场的鱼情回来，大船在礁盘边抛锚，他和一伙社员乘着小舢舨登岛。

黎阿伯一见后勤加工组把草棚搭好了，把环境收拾干净了，把饭菜烧熟了，高兴地表扬阿宝。

阿宝连连摆手说："阿伯，这是众人的成绩，你莫要夸奖我。"

黎阿伯说："众人也要表扬，你这个组长要加一分地受表扬。"

众人都被老汉说笑了。

晚饭后，他们开了个会，决定明天正式开始捕捞。黎阿伯带领全体男社员下海捞参、抓鱼；留下阿宝，带着女社员在岛上剖海参、晒鱼干、修补鱼网，同时烧饭。

大海，对它勤劳勇敢、忠于社会主义事业的儿女们是慷慨多情的，它把海水中收藏着的最丰富的物品捧献出来，作为热情和汗水的报酬。

丰收，连续七天都是大丰收！

社员们都高兴极啦！

"多么富的海呀！"

"下次得多造船，多来人了！"

黎阿伯故意看郑太平一眼，逗青年们："渔业使了机器，人就没得用了吗？"

他们好笑起来：

"我们的海洋真是太大太辽阔了！"

"再发展生产，人手就不够了！"

黎阿伯笑起来："哈哈哈……"

笑声，在西沙的海面上滚动。

19

西沙的午间是独具风格的。

太阳悬在头顶。

岛子喷吐热气。

海水闪电，珊瑚沙返光，耀得行路人睁不开眼睛。

大家吃过饭，都一个个钻进阴凉的草棚里休息了。

阿宝呆不住，闲不着，有一点空隙就到海边上走动。

她走过来，又走过去，伙伴们猜不透为什么。

唯有黎阿伯两眼锐利。他第一个看出阿宝的异样，也是第一个猜到阿宝有了心事。

他悄悄地跟过来，细细观查。

阿宝好久才发现身旁站着一个人。

黎阿伯问道："你怎么啦？"

阿宝回答："找到一个矛盾。"

"哈哈！实在出奇呀，你是个专门寻找矛盾的女仔！说说听吧。"

"你看，我们的渔船满载归来，靠不得岛，要用小舢舨一趟一趟把鱼运上来，多费力窝工！"

"对的。"

"你想，将来有一时打起仗来，上下不方便，会给斗争造成困难，多不妥当！"

"有理。"

"我有个打算。"

"接着讲。"

"还不成熟。"

"我来帮你加柴。"

"如果在礁盘上修一个栈桥，直通到边沿上……"

"可行。"

"只是工程太大了？"

"不怕工程大，就怕人们的干劲小。"

"我也是这样考虑的。"

"学你阿爸的办法，先把大家的心劲鼓动起来。"

"阿伯的主意高！"

"再照你阿爸的步子走，一步一个窝。"

"谢谢你，阿伯。这样的做法是对的！"

……

阿宝又仔细地把黎阿伯建议仔细琢磨，思路渐渐明亮。

她要先把伙伴都带动起来，思想提高，加油生产，再千方百计地节省，积累资金，从小到大干起来。

阿宝越想越高兴。

阿宝越高兴越有信心。

阿宝满怀信心地走进草棚。

阿宝发现大家都躺下了，看看这个，又看看那个，最后坐在亚娟身边，推了她一把说："亚娟，你哪里来的这么多觉呢？"

亚娟翻个身说："这时间又不去干活计，不倒着，能干什么呢？"

阿宝说："我们大家一起来学习政治理论吧，思想觉悟不提高，是难把根子扎深的；不扎根，就不能在这里创造奇迹。"

亚娟说："你的意见对，就是我这头脑，最怕名词术语；看也记不住，再看头发胀。"

阿宝说："那得看是什么政治理论。我们自己阶级的政治理论，不仅一听就懂，一听就吃到心里，还能使你头脑清醒，眼睛明亮，浑身长劲！"

"真的吗？"

"我给你念一段听听。"

"好吧。"

阿宝从枕边拿过一本红封皮的书，展开来，双手捧着，一字一字地念道："要使全国人民有这样的信心：中国是中国人民的，不是反动派的。中国古代有个寓言，叫做'愚公移山'。说的是古代有一位老人，住在华北，名叫北山愚公。他的家门南面有两座大山挡住他家的出路，一座叫做太行山，一座叫做王屋山。愚公下决心率领他的儿子们要用锄头挖去这两座大山。有个老头子名叫智叟的看了发笑，说是你们这样干未免太愚蠢了，你们父子数人要挖掉这样两座大山是完全不可能的。愚公回答说：我死了以后有我的儿子，儿子死了，又有孙子，子子孙孙是没有穷尽的。这两座山虽然很高，却是不会再增高了，挖一点就会少一点，为什么挖不平呢？愚公批驳了智叟的错误思想，毫不动摇，每天挖山不止。……"

亚娟听着听着，坐了起来，两眼一动不动地盯着阿宝的嘴，唯恐漏掉一个字。另外几个女伴也都坐起来用心听。

阿宝念完一段，问她们："怎么样？这理论好吧？"

大家一齐兴奋地回答：

"好极啦！句句入耳！"

"越听越爱听！快念下去！"

……

一天，两天，天长日久，人们尝到了学习的甜头，提高了思想觉悟，女孩子们的精神面貌起了极大的变化。

这种新风气，影响到几个捕捞作业班，于是，第一个毛主席著作学习小组，就在西沙金银岛正式成立了。

晚上，女孩们坐在草棚外边开讨论会，各人谈心得。阿宝故意抓住不太一致的说法，引她们争论，越争越热烈，越争越明白，大家可高兴了。争论一阵，阿宝就把自己在学校学的几只歌子教她们唱。这一唱，把男青年也引来了。女孩们害羞，不肯唱了。

亚娟朝男青年大声喊着："你们快走开吧，我们要睡了。"

阿宝却拦住他们："莫走，一块学唱歌吧。"

亚娟小声对她说："临来我阿妈嘱咐，要离男仔们远一些。"

阿宝笑着说："这老封建思想残余，不能带到咱这纯洁的西沙来；咱们不要顺着他们的心思行事，要逆着！"

亚娟不说什么了。

男青年，女青年，一起唱革命的歌。

第二天，在海滩上，在水面上，到处都有歌声。连黎阿伯都跟着哼几句。

西沙群岛多热闹呀！

阿宝把自己脑子里的歌曲都掏光了，青年们还逼她教新歌。

她悄悄地跟亚娟商量："这边文化材料太少了，离陆地远，交通不便，取无处取，买无处买；咱们自力更生，自己编吧……"

亚娟没等她把话说完，先笑了："胡想！别看你是个中学生，编歌作文可不是简单的事情。"

阿宝说："不会做的，只要需要做，我们就一定学会做，做成功，象老愚公那样——社会主义时期的妇女，就得有这股犟劲！"

好几个夜晚，别人都甜甜地入睡了，阿宝却在铺上翻来复去地想词句。她不好掌灯，就借着月光，想好一句，往小本子上写一句，最后，她按照现成曲子，填了这样一段词：

西沙儿女爱西沙，
珍珠宝岛来安家：
在祖先开辟好的航道上行船，
我们捞海参、捕鱼虾；
在烈士战斗过的丛林中生活，
我们读马列、学文化。
劳动在风浪里，
操作在烈日下，
为了把西沙筑成铁壁铜墙，
艰难困苦踩脚下；
为了使西沙千秋万代永不变色，
终生在这里把根扎！
……
……

这是一首很幼稚的歌词。

但作者自己有一腔表达不出来的火热的情感，倒被它勾起来了。所以她先激动起来。

第一批读者们都是在祖国南海西沙的实干家、战斗者，同作者有着共同的心意、共同的理想和感受，很自然地跟这些粗糙的文字发生了共鸣。他们

181

只用自己的智慧和热情来补充其不足，并没有谁来挑剔。

这样，又大大地鼓舞了作者，坚定了她的信心，也使她变得聪明——不几天，她又编写了两首新歌，反映他们战斗生活和革命豪情的新歌。

于是，他们在自己的西沙，唱起自己的歌。

他们唱着自己的歌，在岛上平礁楂、斩荆棘、刨树根，修了一条自己的路。

这条路，从海边到沙丘，通向居住的小草棚、用水的甘泉井，还通向岛子中央的小盆地。

这条平平坦坦的路，在树丛、老林里穿行，象绿色的战壕。

他们唱着自己的歌，在小盆地上铲草、烧荒、翻开褐色的泥土，撒下黄的和红的种子，种了一块小菜田。

这块碧绿碧绿的菜田里有芹菜、油菜、空心菜、小辣椒和西红柿。

······

胜利的果实，鼓舞了战斗者的豪情。

满怀革命豪情的人，胆子更大，志气更高。

黎阿伯悄悄地告诉阿宝：火候已足，熟了！

阿宝用一个晚上，写出修筑栈桥的施工计划。

连夜讨论：

你一言，我一语；有修改，有补充——最后写完了，写在纸上，也写在伙伴们的心头。

第二天，一艘海军的巡逻艇来这里。他们让郑太平搭乘回永兴，把一份西沙儿女的奇志决心书，送到永兴岛的大队领导。

人人热情地等待新的战斗日子来临；好多人比阿宝还急切。

阿宝多高兴呀！

20

人多、心齐力量大，每天要做的活计，总是不到晌午就完成。

阿宝指挥着后勤组的女孩子们，"见缝插针"地搞副业生产。

她们到礁石边剁海蛎子。

她们到沙滩上捉海龟。

她们到树林里采野果。

她们到小盆地割藤条。

......

她们忙碌着，唱起欢乐的歌。

有一天，她们坐在树荫里，用她们割来的树枝，学着编箩筐。

第一个编成功的是阿宝。

姐妹们都夸她心灵手巧，都学着她的样子做。

野海棠树那边，传来喊声："阿宝，阿宝！"

阿宝说："是郑太平叫我。"

亚娟说："他前天跟巡逻艇走的，今朝就转回？"

野草唰唰响，树枝哗哗颤，满头淌汗的郑太平跑到她们跟前。

众人一齐叮问：

"太平，咱们的施工计划报上去没有？"

"太平，大队有什么意见呀？"

郑太平掩饰不住内心的高兴，回答说："我到永兴的当天就交了，大队委当晚就讨论了，立刻就批准了！"

"太好了，太好了！"

"有没有别的要求？"

郑太平说："没意见，没要求，完全满意，全力支持，让咱们猛着劲做！"

"看，大队的作风变了！"

"当然！"

郑太平又说："大队长还把我们足足地表扬了一家伙。特别表扬了阿宝。"

"这是鼓励我们哪！"

"我们更得加油干！"

郑太平从衣兜里掏出一个纸包，递给站在一旁只笑没开口的阿宝："把购水泥的款子都拨来了！"

阿莹掂着钱包，心里对何望来很满意。

郑太平又指指树林的那边说："大队长还指示了运输船，让他们带上阿宝，直奔海南购水泥，好把施工任务完在台风季节的前边。"

阿宝收起钱包，心里对何望来十分感激。

亚娟在人群里忍不住地嘿嘿笑，拍着阿宝的肩头说："排长，排长，我建议你亲自写封信带回去。"

阿宝不解地问："写什么事呢？"

亚娟说："礼尚往来，表扬表扬我阿爸呀！"

众人"哗"的一声大笑。

他们说着，笑着，穿树林，过草坪，奔海边，去看望从永兴岛来的运输船。

阿宝一边走一边兴致勃勃地想：大队领导这样支持，更要苦干快干，一定干成功。

当碧蓝色的浅滩出现在面前的时候，她仿佛看到一道高高的栈桥已经落成：一端接着岸，一端连着海，上边飞跑着担着满箩鲜鱼的队伍……

靠在礁盘下的运输船上的人，朝他们热情地招手呼喊。

上了海滩的人，被他们围在中间。

老郑安也是喜气洋洋的。

这一段日子产量高，让他喜悦。

这一段日子男仔没受委屈，让他喜悦。

他正跟刚刚赶到这里看他的黎阿伯夸奖大队长：

"咱们的大队长，真能抓呀。我敢保，今年全西沙的渔队，谁也比不上咱们收入多，钞票算装到兜了，红旗算拿到手了。"

他看到阿宝，又夸大队长：

"咱们的大队长，对你们青年够爱惜的了。你们一提要修码头，立刻把买机器的钱拨给你们了！"

阿宝听到这句话一楞："给我们购水泥的钱，原来是买机器用的呀？"

郑安说："是呀，咱大队本来打算再多造一条新机帆船嘛！……"

阿宝手掂着钱包，对黎阿伯说："这件事情，咱们讨论讨论吧。"

黎阿伯立刻就明了这个年轻人的心思，点点头："好，好！"

刚来到的人们都吃饭、休息了。

岛上的社员们在一柄大伞似的野海棠树下集合，开一个紧急的会议。

阿宝长话短说："同志们，我提议，把大队拨给咱们购水泥的钱退回去！"

众人一听，不理解这是什么意思。

阿宝接着说："那是造新船的钱，多一条船，就多增加一股保卫西沙、建设西沙的力量！"

众人这才有些明白。

阿宝又说："拆了大队的新船，修了咱小队的码头，这一盘棋子就走乱了，得不偿失呀！"

众人流露出同意的神情。

只有两个人表示反对：一个是郑太平，一个是亚娟。

郑太平对这回受委任报计划，马到成功，十分得意；这样一变，他算怎么回事呢？

他说："阿宝，大队今年造船多，现款也就少了，退回这一笔，难得第二笔呀！"

亚娟觉得这回施工计划顺当通过，钱款马上拨来，有利于阿宝的志向实现，也有利于她阿爸的威信提高，这样一变，两头不都完了吗？

她说："阿宝姐，钱退回去，我们两手空了，巧手难烧无米饭，工程可吹了！"

同意阿宝意见的人，也都还有几分担心：没钱是不能购到水泥；没水泥，工程怎么进行？

一直不开口的黎阿伯，抱着水烟筒猛抽了几口，站起身，清清嗓门，表态了："我已经认出了阿宝的性情，摸到了她的思路。跟她阿爸一样，从来不肯在别人船后尾平平安安撒网，专门要到风险中冲闯。我看这倒是你们这些西沙新一辈人应当有的志气！"

这些话绕了个弯子，郑太平和亚娟就没有完全听出门路来。

黎阿伯是故意这样说的。他接着往下讲："前几天，阿宝就悄悄地给我透了点心意：施工计划批下来，少让集体投资，我们小队自己种的菜长起来了，把队里补贴的菜金用上；抽歇息时间抓海龟、剜海蛎子卖了钱搭配上……"

众人听到这里，好似心中的灯盏加了油，渐渐地亮了。

郑太平依旧绷着脸，因为他跟阿宝离得远些。

亚娟倒露出笑模样，因为她跟阿宝贴得近。

黎阿伯又说："我猜想，阿宝她今朝遇上了新矛盾，是不是胆量长大了，计划也变大了，要把自己凑款的数目也扩大起来呀？"

阿宝忍不住地跳起来，连声说："阿伯，阿伯，就是这样的，就是这样的……"

她说着，两只眼睛发红了。

老贫渔这样知音，这样通情，这样地心心相连，她怎么能不感动呢？

黎阿伯把大手一伸："要是这样的，我完完全全的赞成你阿宝！"

众人"啪啪"地鼓起巴掌。

阿宝激动地说："同志们哪，我想讲的话，黎阿伯都讲了。我们是西沙的新一代，要走新路，创新风；不靠钱，不靠物，要靠毛主席发奋图强、自力更生的革命路线，靠我们的汗水建设西沙、保卫西沙，让西沙变得更美丽、更富饶、更坚不可摧！……"

热烈的掌声，震得树叶抖，惊得小虫飞。

……

黎阿伯这样经历丰富、目光锐利的人，偶尔也有对人一时一地的想头看不准的时候：他跟这伙年轻人一样，估计郑安被打发把退掉的钱带回转的时候，一定会反对的；不料想，恰恰相反。

老郑安一觉醒来，听了阿宝讲的道理，接过钱包，看看这个，又看那个，那皱纹纵横的脸上，气色急速地变化；猛一转身，冲着儿子郑太平说："你呀，就留在这里干下去吧，好好地跟人家阿宝学。我就喜欢会勤俭过日月的人。阿宝是个真会过日月的人，是个会给众人过大日月的人！"

又是掌声加笑声。

亚娟悄悄地附在阿宝的耳边说："你亲自给我阿爸写封信捎回去吧。"

"写什么？"

"批评他！他走的还是旧路子，还拉我们！"

阿宝也笑了，笑得很严肃。

186

21

一艘蓝灰色的人民海军的舰艇，停泊在金银岛礁盘以外的海面上。

一条小舢舨从舰上放下来。

舢舨上挤坐着十名虎彪彪的青年战士。

战士们用桨、用手，高高兴兴地划着水。

岛上的社员们正在做着建码头的施工准备。这时候，他们都停住手，跑到金黄的沙丘上来观看。

"这舰是劲松号！"

"舢舨往咱这岛上来了！"

"看，看，摇船的是海龙！"

人们议论着，在阿宝的带领下，欢欢乐乐地越过沙丘，跑向海滩，迎接亲人的来临。

小舢舨刚靠近，阿宝一步迈进水里，一手抓住船头，趁着浪的涌势，用力一拉，半个舢舨就登上了海滩。

海军战士们提锨、拿镐、扛木箱子，呼呼啦啦跳下舢舨，刷刷地排成队列。

符海龙跟社员们打招呼、握手，对阿宝说："我们组织一个支渔班，前来报到，跟你们一起修码头。"

阿宝笑着说："你们怎么得到的消息？"

符海龙说："我们有活电话。"

社员们都笑了。好几个人心里猜想：给海军送信的"活电话"一定是何望来。

阿宝诚恳地说："请你转告舰上的领导，你们有重要的护航、护渔的任务，不要麻烦了……"

符海龙笑着说："莫客气，我们已经做好安排，赶快分配工作吧。"

阿宝看推不掉，只好说："先请同志们歇息、喝茶，我们再跟你汇报汇报。"

符海龙转身回到队前，先让一个战士用手旗给停泊在洋面的军舰发信号。

　　舰上的信号灯一闪一闪，随即起航，劈开海浪，扬起水花，朝羚羊礁方向飞快地跑去。

　　符海龙又让战士们解散，自由地活动一下。

　　这时候，社员们都跑过去，跟战士们亲热的说笑在一起了。

　　阿宝把他们的施工计划，跟符海龙详细地讲了一遍。

　　符海龙胸有成竹地说：“你们的计划很好。我再来一条建议。”他伸手指点着海边，“那个方向，礁盘比较短，有一节上还有个豁口——小时候，韦阿公带我下海捞螺的时候，常到那里去；如果我们把码头修在那里，栈桥就短多了……”

　　阿宝没等听完，就连声说：“极好，极好！”

　　符海龙又说：“我估计，那个豁口不够大，可以用水下爆破，把它炸大一些……”

　　阿宝说：“我们原来也有过这样的打算，就是一时搞不到炸药……”

　　符海龙朝地下的木箱一指：“我们已经带来了。”

　　阿宝高兴得简直要跳起来：“哎呀，太好啦！”

　　符海龙又从军装兜里掏出一个笔记本，从里边找出一张叠着的纸，小心地展开，举在阿宝的面前说：“这是我画的一个具体建筑图，你看看，大家讨论讨论……”

　　阿宝双手接过，急速地扫了一眼，不由得喜上眉梢。她又从自己的衣兜里也掏出一张图纸，展开来，一手举着一张，朝众人喊：“同志们，快来看哪，你们把这两张建筑图比一比吧，太有意思啦！”

　　社员和战士们都围上来，挤着头看，伸着手抢，一片赞美声：

　　“真棒，真棒！”

　　“两张图差不多一模一样！”

　　“太巧啦，太巧啦！”

　　……

　　亚娟扯住符海龙的袖口说：“我知道啦，你跟我阿宝姐在我们来金银岛那天，私下里就商量过，只是瞒着我们，对不对？”

符海龙连忙摆手："你猜错啦，同志！"

亚娟不肯信："哪为啥不差分毫呢？"

阿宝见符海龙被追问得直粗脖红脸，就接过来回答亚娟说："我告诉你吧，我画这图的时间可早啦，根本不是前几天才在一块商量的。"她抬头看看海岛，转头看看大海，激动地用手比划着，"我跟海龙哥还是这么高的小仔的时候，有一天夜晚，吵着将来西沙解放了，谁开大船到这里来，我就开始在心里画……"

储蓄着许许多多金光碧彩的记忆的湖泊，被这几句话启开了闸门，涌在符海龙的眼前，掠过符海龙的心头。

他连声说："对啦，对啦，我也是从那个时刻就开始在心里画了。解放以后，阿宝去上学，我跟阿来叔到这里抓鱼；每次来，我都想到这件事，我又开始在心里描画着这张图。……"

阿宝又接着话音说："亚娟你应当明白啦，两张图一样，不是凑巧，是有根源的。这根，就是在西沙的宝岛上；这源，就是从我们老祖宗的心头，一代一代流到我们的心头，直到今天这个社会主义的年代里，它才能够不仅画在纸上，还要用我们的双手建筑在南海西沙！"

围在四周的青年男女们，都被他俩的话所打动，都被他俩的情绪所感染。

他们每一个心胸里，都因为大体类似的生活道路和阶级烙印，埋藏着相同的火种；随着年龄的增长，见识的丰富，经过阿宝的引导，渐渐地燃开起火的花朵。

火红的青春火花，在翡翠般的岛上，在白玉般的礁盘上，在蓝晶晶的大海上，争先怒放了！

他们在岛上舞动柴刀，砍下灌木的枝条，割下西沙藤蔓子，编箩筐、拧纤绳。

他们在礁盘上挥起锨把，捞礁糟，铲黄沙，一担一箩运上岸。

他们在海的深水里，放下炸药，点起导火索，轰击礁石。

听吧，号子声声，在这里轰响，跟海涛比威风。

看吧，爆破的水柱，在这里掀起，与大浪试高低。

在西沙当头的烈日下，西沙的儿女们汗水淋淋，滴滴落在沙滩上，流在礁石间，溶化在大海里。

"阿宝，歇息歇息吧。"

"不累。"

"看你手上起的血泡！"

"炮弹多了，留着打击侵略者呀！"

"哈哈哈！"

……

"阿宝，我来换你担吧。"

"不用。"

"瞧你肩头都肿高了。"

"没关系，离着掉下来还差得远哪！"

"哈哈哈！"

笑声掺进号子声里，爆炸声中，嚯嚯猛响似春雷。

22

沉雷滚，乌云翻，风推树木，野草颤抖。

烈性的南海，又一次激动起来了。

阿宝抬头一看，急忙从水里跳出来，大声喊："不好，要下大雨啦！"

社员和水兵们全都停住手。

阿宝一步跨上一块突出的礁石上，又喊："快，到草棚取苫布，盖好水泥包！"

社员、水兵一齐跑上海滩，有的垒水泥包，有的跑去拿苫布。

阿宝登上黄沙丘举目了望，眉头皱在一起。

符海龙跟着过来，知情地宽慰她："放心，渔船上的人老手多，经验丰富，会立刻转来的。"

远处跳跃的天水线，因为风吹浪涌，变成了锯齿形状。

突然，在那里出现了他们的机船、帆船，飞速地往岛子这边开来。

阿宝的脸上绽开了笑容，这才跑到黄沙丘里边的平地上，跟众人一起苫水泥。

渔船返回岛子的边沿。

黎阿伯对渔船上的社员们喊："所有的人，一个不剩，全部下船，上岛！"

有的登上舢舨，有的年轻人跳到海里，往岸上游。

黎阿伯沿岸奔跑，招呼刚刚靠过的帆船："不要都挨在一起，一条一条离远些！"

有的帆船往左弯，有的帆船往右转，分散开，靠了岸，又急忙地抛锚系缆。

阿宝和符海龙迎上黎阿伯。

老人家的脸孔，也如天空一样布满了阴云。

"阿伯，是台风吗？"

"不象。"

"那么，是暴雨？"

"也不象。"

"是大潮？"

"这大潮怪呀！"

风猛刮。

雨急落。

潮水，象气吹的，一个劲地往上翻涨。

阿宝四下环顾，忽然想起她年小的时候，遇到过一场类似的灾难，在她心里留下不能磨灭的疑团。后来，她在上中学的时候，曾经专门查阅过有关海洋潮汐的书籍，终于找到了根底。

她说："看样子，一定是海啸！"

黎阿伯点头了："象。迷信说法是龙王开仗。"

阿宝说："科学的说法，这是海底地震引起来的现象。"

符海龙说："要真是海啸，危险还要发展。"

阿宝精神一抖，奔向风雨中的伙伴："同志们，再把水泥往高处运！"

符海龙先下手扯起苫布："对，往最高处运！"

被淋得浑身发抖的郑太平说："一运，水泥不就淋湿了。"

亚娟也说："是呀，得想个安全的办法。"

阿宝觉得他们的意见很对，朝符海龙手扯的苦布看一眼，忽然急中生智，说："来，来，四个人扯苦布，给运水泥的人遮住雨！"

黎阿伯连声说："好办法，好办法！"

人们呼喊起来：

"干哪，干哪！"

"一定要保住集体的财产呀！"

阿宝带头扛起水泥袋。

符海龙一下扛两袋。

社员们抢，水兵们夺，劲头小的女孩子两个人伙抬起一袋子。

黎阿伯和亚娟几个人扯起苦布。

人跑，"天棚"追，一齐直奔岛子中间、甘泉井左方一个突起的沙岗。

狂风猛吹。

暴雨猛下。

海潮猛涨。

"加油哇，还有两趟就运完了！"

"来个最后努力，再一趟就胜利了！"

……

当最后一袋水泥被人们运到岛子高高沙岗的时候，潮水已经越过沙丘，冲过树林，漫过水井，进了人们居住的草棚。

阿宝站立在水泥垛旁边的风雨中，心中似火烧。

她看看众人。

众人都看着她。

她高喊一声："武装民兵跟我来！"

她喊着，冲进怒潮中。

呼啦啦，后边跟上一大群。

她冲进草棚，对身边的民兵喊："把武器、文件带上，别的东西都不要管了！"

民兵们一个个佩带整齐。

阿宝又带领众人回身往高处冲。

潮水已经齐到腰深。

他们艰难地往前移动。

潮水已经达到胸部。

站在高处的人们，远远的瞧着雨水海潮中隐现的身影，急得又喊又叫。

符海龙对他的战士命令："我们去接应！"

黎阿伯、亚娟也跟着跳进水里。

……

滔滔的大浪，把一个民兵打倒了。

阿宝一把扯住他。

吼吼的暴风，又把一个民兵刮倒了。

阿宝一把又扯住了他。

两只队伍汇合在一起。

潮水在人们的肩上翻滚，要把他们淹没、卷走。

雨水往头上泼。

浪花在头上跳。

阿宝高喊："同志们，挽起胳膊！"

就是在她身边的人，也难以听到她的声音，可是大家都看到了她的动作。

社员和水兵，一个和一个挽起臂，连成一串，齐心协力地向前推进！

风雨被闯开了！

浪涛被压倒了！

人们终于登上了高地。

突然，那个最后爬上来的郑太平，被一股大浪打倒，猛一旋转，把他卷走了。

"太平！"

"太平！"

阿宝"通"的一声又跳进浪潮里。

符海龙跟着跳进浪潮里。

社员、水兵们，又一个个跳进浪潮里。

阿宝抓住了郑太平的衣襟。

郑太平被一双双大手抬了起来。

黎阿伯眼疾手快，投过一条他们自己用西沙藤拧成的绳索。

阿宝抓住绳索。

众人都抓住绳索。

他们终于又登上了高地。可是他们被笼罩在雨水、潮水编织在一起的罗网里。

阿宝抹一把脸上的水，鼓励众人："同志们，现在是对我们严重的考验，也是宝贵的锻炼机会！真金不怕火炼，礁石不怕浪打。我们要团结在一起，下定决心，争取胜利！"

她身边的人，不论社员还是水兵，不论老年还是青年，个个都坚强地挺着腰杆昂着头。

她又让同志们挽起膀臂，迎接更大的风，更大的雨，更大的浪潮，更大的考验！

西沙的军民，紧紧地连接在一起。

⋯⋯

西沙的军民，牢牢地站立在一起。

西沙的军民，久久地战斗在一起。

翻滚的大海象燕山绵亘的群峰，西沙军民，巍然屹立在波涛之上，正是钢铁的万里长城的缩影！

狂风，软弱了。

暴雨，疲累了。

海潮，哼哼地喘息，终于节节败退了。

西沙的儿女们，是最后的胜利者！

看，经过激战以后的西沙，天更蓝，水更清，树更绿，花更红⋯⋯这里的保卫者们更英勇！

23

金银岛上土法修建的小码头，经过社员和海军战士们日日夜夜的艰苦努力，终于完成了。

金银岛上有了这个小码头，给劳动生产、运输航行带来了便利。

金银岛上有了这个小码头，给它的亲手创造者们增了信心、鼓了劲头。

小码头落成那天，是这个本来就充满着欢乐的金银岛最欢乐、最欢乐的一天。

男女青年们高兴地唱起他们欢乐的歌，硬把阿宝架到机帆船上。

于是，阿宝亲自开船，第一个离开码头，在大海上飞驰一圈，又第一个靠码头。

青年们从船上跳下来，在栈桥上欢呼奔跑，登上海滩。他们又从海滩上跳下来，在栈桥上欢呼奔跑，登上了渔船。

被累得脸上消瘦、眼睛发红的阿宝，跟并肩战斗的伙伴们一起欢笑。

当她看着伙伴们那样狂热奔跑的时候，不由得笑出了泪水。

她觉得，这不是一个简单的小码头，而是祖国辽阔的南海上，钢铁长城宏伟结构中的一块最坚硬的砖石！

她觉得，此时欢乐的伙伴不是一个社员小队和一个水兵班，而是在西沙艰苦创业的全体英雄的儿女们。

她觉得，这个小码头跟祖国的大地连接在一起，通着北京天安门。

她觉得，这个小码头上的人，跟全中国人民和全世界人民一起欢乐；全中国人民和全世界人民跟小码头上的人们欢乐在一起！

……

就在这一天的早晨，"劲松号"又开到西沙永乐群岛海面上执行巡逻任务。

符海龙得到通知，要他立刻带领水兵们归队回舰。

热烈地送行，难舍难离呀！

在这个时候，年轻人真正懂得了什么是战友的感情，而战友的感情又是怎样建树起来的。

这个小码头，这块南海长城的砖石上，留下他们共同的汗水和指纹，记载了这一切。这一切，又深深地印在每一颗年轻的、火热的心里。

带上这样的感情，驾起他们的骏马——人民海军的战舰、人民公社的渔船，在碧波荡漾或是白浪滔天的祖国辽阔的南海西沙自由地驰骋吧！

一堆一伙的人扯着手，交谈着谈不完的话。

阿宝陪着符海龙站立在礁石上，望着大家，激动地沉默着。

一直到了要出发的时刻，阿宝才低声问："你们是不是要回永兴，或是基地呀？"

　　符海龙回答说："要在这里活动几日。"

　　"有特殊情况？"

　　"对。珊瑚岛上的敌人，调动频繁，还开来一条艇，在远远的海面上神出鬼没。"

　　"这些乌龟仔们，又安什么心？"

　　"反正没有好心，你们得多加小心！"

　　阿宝点点头说："面临着敌人，我们怎么能让自己有丝毫松懈呢！"

　　符海龙朝远远的珊瑚岛方向看一眼，气愤地说："我真恨不能把军舰开到那里，用大炮把他们轰烂在岛上！"

　　阿宝笑笑，说："我们跟你们恨是一样，急是一样，想的也是一样呀。在海南中专读书的时候，就是我听到南越西贡劫持我们渔船那天，我跑到基地找首长提议，应当快些把岛子夺回来呀！首长给我解释说，这个怪现象是帝国主义故意制造的，是历史遗留下来的问题，中国政府将在适当的时间，用适当的方式来解决，……"

　　符海龙也有过同样的举动，就点点头说："耐心一些等着吧。我相信终归会有这一天。我们的宝岛珊瑚，终归要回到我们的怀抱！"

　　阿宝说："希望这一天早些到来。那时候，我们军民一齐去解放，去建设，在那里象今天这样欢欢乐乐！"

　　……

　　从这一天起，阿宝对民兵的操练工作抓得更紧，对民兵们要求得更严格了。

　　阿宝带着满腔对祖国的爱，带着满腔对敌人的恨，勤学苦练，练就一身好武艺，练出一手好枪法。

　　她肩背着枪，手把着舵，跟着大队社员出海抓鱼。

　　她肩背着枪，手搬着鱼，跟着伙伴们在滩头晒海鲜。

　　她的女民兵排，跟男民兵比赛，一切行动军事化。

　　民兵们跟来西沙执行任务的海军巡逻舰上的水兵们一起，步调一致，守卫着祖国的海疆。

24

南海西沙在突飞猛进。

南海西沙的渔民象过佳节一样快活。

人民大众开心之日，就是反革命分子难受之时。

在这一段日子里，西沙群岛有两个人最难受。

一个是藏在永兴岛上的汉奸、特务独眼蟹。

一个是困在珊瑚岛上的南越西贡的伪军小头目大南瓜。

独眼蟹削尖了脑袋到处钻。

独眼蟹撑开了眼皮到处看。

独眼蟹把好多他认为是极重要的情报装了一肚皮，记了一本本。

独眼蟹想尽了办法，要寻找一个门路，把他的情报送到南越伪军手里。

独眼蟹越寻越找路越窄。急得他心象针扎，嘴起燎泡，手指头都冒汗。

他装积极，拼命地干活计。

他扮老实，一句话不多讲。

他熬日月，等时机，盼望一条出路从天降。

出路在哪儿呀？难受死他了！

……

大南瓜从军官学校一出来，就侵略中国的西沙。

大南瓜干的第一件事，就是劫持中国的渔民。

大南瓜立的头一功，就是收买了独眼蟹当汉奸特务。

大南瓜升了一级。

大南瓜本来就发胖，这一升级，更发胖，更象一个大南瓜了。

大南瓜第二次偷偷地溜进中国的西沙。

大南瓜又急着为他的主子立第二次功劳。

大南瓜盼望此行成功，再来一次升级。

大南瓜在珊瑚岛上蹲了几个月，想尽了办法，也没有找到独眼蟹接上线、挂上勾，更不能得到情报了。

在闷热的、阴森的、冒着霉臭气的屋子里，大南瓜来回走动，好象地板烧脚，片刻也停不住步。

他从破烂的行军床上，跳到长满锈的铁椅子上，又冲着画满裸体女人、怪兽、菩萨的墙壁前边楞一下，一个劲儿用手上的尖指甲抓脑壳。

他想：情报不拿到，西贡就不敢出兵占西沙别的岛，侵略计划就不能实现，上司的野心就不能满足，他自己再升官发财的梦想就要落空；说不定还要来个前功尽弃……

他猛地一拍屁股，朝窗外喊："来人呀！"

守岛伪军的一个小头目进来，点头弯腰："长官，长官，有何吩咐？"

大南瓜说："我吩咐个屁呀！今日清晨，你派出去的人回来没有？"

小头目回答："刚靠岸……"

"叫他们来！"

"趴在沙滩上动不了啦……"

"为什么？"

"吓得……"

"让什么吓的？"

"让中国的渔民……"

"混蛋，老百姓怕他什么？"

"中国的老百姓越来越厉害了，打鱼还带着武装，一边撒网，还一边练射击……"

"我让他们化装成渔民，混到里边，找那位一个眼睛的中国人嘛！"

"唉，还没容靠近，中国渔民就盘问开了。"

"答话嘛！"

"咱们弄不到情报，对中国人在西沙搞的事情，一点底细都不晓得，一答话，就露馅了……"

"废物！金银岛那边派人去了没有？"

"去过了……"

"怎么个结果？"

"更惨。那边的中国渔民又修码头又造屋，热火朝天的，连边我们也不敢沾……"

大南瓜一拍桌子："我命令你，三日之内，必须把那位一只眼的先生找到，把情报取回；否则，我要带你的脑壳回岘港去交差！"

小头目点头弯腰，连声说"是，是"，就退出去了。

结果，不要说三日，又一个三十日，他们的阴谋也没有得逞。

大南瓜还得等，真难受呀！

25

在西沙捕鱼生产，象西沙的涌浪那样地一张一弛有节奏。

涌浪随着海风涨。

生产追着季节忙。

又是一个鱼汛旺发的日子。

又是一场紧张战斗的开始。

玉石般的海滩上，晾晒着鱼货，丰富多彩。

竹床一排排。

摊摆的干鱼在阳光下闪光。

铅索一条条。

串吊的海货在微风中摇摆。

晒鱼的女社员，好象纺织工人在机子前往返巡视。

剖参的女社员，如同小刀会的演员在大戏台上舞蹈。

干鱼、咸鱼一垛垛。

海参、贝类一篓篓。

石蟹、刺鲀、竖琴螺、马蹄螺，还有各种各样的大蚌壳，一堆又一堆。

阿宝跟社员在摊积一起的鲜鱼中挑选、分类，两手一齐忙，心里忍不住地乐。

她想：我们有这样勤劳、勇敢、热爱社会主义的社员；我们有总路线的指引，还有人民公社集体组织，美好的目标一定能实现。

她想：照这样连续丰收，西沙的建设就会大发展。

她想：西沙建设好，这个前哨阵地就能巩固。

她想：眼下任务重，人力不足，往海南运输的船不够用；已经给大队带去信，建议把在永兴附近作业的社员调来补充，为什么没回话呢？

她正想着，只见晒鱼的亚娟跑过来了。

"阿宝姐，又来一对新造的机帆船！"

"太好啦。来多少人？"

"两只船上满满一大群。"

"快去欢迎！"

"我阿爸也跟船来了。"

"我们的领导力量更强了！"

她们说着，高高兴兴地往运输船靠岸的海滩走。

岛上的社员和船上的社员在银白的珊瑚滩上会了面。

干部们亲切地握手。

老年们彼此问安。

姑娘们搂住脖子扳着肩头亲热。

小伙子你拍我一掌，我打你一拳，有的还在沙滩上摔开了跤。

多少离别的话呀，问个不停，答个不完。

报喜讯。

贺丰收。

传新闻。

捎来一封封家书。

带来一件件新衣。

担上几筐西瓜。

挎上几篮菠萝。

抬上几坛老酒。

大队长何望来登上了滩头。他穿着旧衣的身上带着鱼腥，黝黑的脸上挂着汗痕。

他对阿宝很疼爱，提着两包糖果，一包给了亚娟，一包给了阿宝。

他急急忙忙地观看土法建筑的码头，又奔岛上查检鱼产，心里估开了重量，眉眼都流露出满意的笑容，连声夸奖："你们干得满好，你们干得满好；先进单位的流动红旗，在咱向阳大队挂牢，没有对手能夺走啦！"

补充来的劳动力搬运着自己的行李登上滩头。

一个个精神饱满，好象早就憋足了劲头，要来这里大显身手。

老中渔郑安出现在人群里。

他用一根鱼叉当扁担，一头是小小的行李，一头是大团鱼网，手里还提着一只盛鱼的竹篓。

阿宝迎上前，要替他拿鱼网。

郑安连忙躲闪说："不用，不用，这不是公家的。"

欢乐的人群过沙滩，上沙丘，要到草棚和树荫里乘凉，喝茶，再从从容容地叙谈。

阿宝正要跟着众人走，扭头朝停泊的船上看看，不由得一愣。

船舱里钻出一颗圆脑袋。

圆脑袋谢了顶，四周有毛当中光，头顶下是一张焦黄的没有血色的脸；黄脸上一只眼睁着，一只眼闭着。

阿宝看清这个人之后，又吃惊，又奇怪地想："怎么让独眼蟹到这儿来了？"

她急忙往海边跨两步。

独眼蟹钻出舱，爬下船，心怀鬼胎地东张西望；发现阿宝没走，还盯着他，有些惊，又故作从容，老远就咧开嘴巴做笑样。

阿宝问他："你来这里干什么？"

独眼蟹点头弯腰地回答："这边生产忙，抢季节，急要人……"

阿宝打断他的话，追问："是你自己要来的？"

独眼蟹做个难过的表情说："我想借机会改造思想，大队长也同意，让我试试。我请求你们考验我，这一回，我定为咱大队保住优胜红旗卖命干！"

阿宝压住火，大声地说："把你自己的东西全部搬到岛上来！"

独眼蟹说："我是被大队长派到这条船上出海作业干捕捞的……"

阿宝厉声说："我命令你快点行动！"

独眼蟹迟疑不决。

阿宝又催他快一些。

独眼蟹被逼不过，只好转回船上。

阿宝半点不放松，紧追着跟上船，跟进舱，眼盯着独眼蟹把东西收拾好。

她伸手一指："前边走！"

独眼蟹一边走，肚里直咬牙。

阿宝把独眼蟹押到正在大说大笑的人群外边，就朝亚娟招手。

亚娟立刻过来，看到独眼蟹也有些奇怪。

阿宝附耳对亚娟说："离这边不到七海里的珊瑚岛上就有南越西贡的坏人活动，不应当让独眼蟹这种人到这样地方来的……"

亚娟一跺脚："我阿爸又喝醉酒了。"

阿宝说："他酒没醉，思想昏迷了。你在这儿看着独眼蟹，我找阿叔摸摸底。"

何望来坐在草棚前，被围在众人中，喝茶，摇扇子，介绍向阳大队各方面的发展变化。

阿宝"腾腾"走上前，扯住他的胳膊。

何望来笑嘻嘻地推她的手说："阿叔我累昏了，莫闹，莫闹。"

阿宝说："我跟你讲个重要的事情。"

何望来一看阿宝脸色象着了火、遮了云，只好站起身，跟着走。

椰子树下，撑起巨大的伞。

烈士墓旁，盛开鲜红的花。

阿宝左右看看没有人，就低声又有力地说："阿叔，你不该让独眼蟹跟来！"

何望来笑了："我当什么天大的事，原是为这个呀。不让他出来吃些苦，留他在家里享轻闲福气……"

阿宝不客气地反驳说："你这个看法错了。到金银生产建设不是受苦，而是神圣的权利、光荣的义务！"

"你捎信说的，如今渔汛旺发任务紧，多一个人，不比少一个人强吗？"

"这种人多了是祸害，这里一个不能要！"

"他这几年表现不错，技术满好……"

"他的心啥样呢？政治挂帅，还是技术挂帅？"

"他也不是戴着帽子的四类分子呀！"

"戴不戴帽子是形式，得看他的本质。我对这种人不能放心！"

"你快放心。他胆敢说句破坏话，我也不会轻饶他。"

"就怕他嘴巴不说，手上用劲。阿来叔，你知道，珊瑚岛就盘踞着敌人，出了事就非同小可呀！"

"那是外国敌人，跟他何干？"

"阶级敌人不能分哪国，他们都是一条船上的。你没吃过汉奸卖国贼的苦头吗？"

"哈哈，你实在大惊小怪。凭他个独眼蟹，能把我们今朝这样强大的中华人民共和国抬出去卖给西贡？笑话！你别担惊受怕的了，这事由我负责，行吧？"

"就怕出了事你负不了责任。我建议，领导上立即采取安全的措施。"

何望来有点不高兴了："你说怎么办才对路？"

阿宝认真地想了想说："不能让他上船搞捕捞，也不能随便打发他跟一般的运输船回去，等有武装民兵的船返永兴，再带他走！"

何望来火了："我决定了的事情，你头脑一热就改变，专给我为难吗？这样一闹，别人会怎么看？还当我犯了大错误哪！"

阿宝不让步："党的事业第一位，不要处处给自己打算盘。要论错误，你就是错了。这样重大事情，应当让群众讨论，党支部决定；事前你对民兵干部和社员一个信不透，就把他带到这里，真真是给我们制造困难，不该死硬地坚持了。"

何望来一摆手："我没权，我不管了。"

阿宝说："你不管，我们管；等开干部会的时候，我要把你今天的做法、态度全部不留地摆出来！"

何望来吃惊了："阿宝，你太骄傲了！"

阿宝口气依然强硬地说："是你骄傲。摆个长辈的架子，听不进意见！你想怎么看就怎么看吧，反正我们要管，我们要斗，这是党性原则！"

她说着，迈着大步走了。

何望来忍不住地一阵心酸。

草棚那边欢声笑语越发响亮。

26

阿宝跟何望来的争论，从见面时候的傍晚，一直持续到深夜；从个别地批评，到会议上交锋。

黎阿伯以大队委员、金银岛作业队负责人的身份，召开了干部会；他是全力支持阿宝的。

　　阿宝第一个发言。

　　她是那样激烈，没力量阻挡。

　　她是那样坚决，没办法改变。

　　她的见识、理由，又难以驳倒。

　　这一切全都出乎何望来的意料之外。

　　这个抓生产的能手、政治上的糊涂人，心里有一把非常低，也同样顽固的尺子，随便地用来衡量面前这个在阶级斗争的血与火中生长起来的渔家女青年。

　　这把尺子，就是阿宝还记着"旧仇"。因为阿宝妈被害，独眼蟹虽然不是刽子手，却是帮凶。何望来在这点上，对阿宝是理解的，也是同情的。他自信：自己也并没有把这个仇恨忘干净。阿宝在这个问题上不理解他，很使他心酸。他想，"旧仇"终是"旧仇"，解放后独眼蟹并没有新的罪恶活动，对阿宝谦恭顺从、战战兢兢，连一句不中听的话都没有说过。那他何望来这个领导生产、组织劳力的大队长，又该怎么对待独眼蟹这个被改造的对象呢？阿宝把他何望来看成是个没有阶级斗争观念的人，不仅使他心酸，甚至产生了一种隐隐受辱的不满情绪。

　　可是，参加会的干部们，不论老年的，还是青年的，都支持阿宝，都批评他何望来，这使他心酸，不满，又加上了恼火。

　　何望来毕竟是个没有从旧的思想绳绊中解脱出来的何望来，包括他那固有的软弱性。

　　于是，到了会议的末尾，随着斗争的激烈升级，他虽不情愿，又很自然地"节节败退"，不断地让步。

　　阿宝说：决定带着独眼蟹这样的人来金银岛这样敌情严重、复杂的地方，是根本性的错误。

　　何望来承认了。

　　阿宝说：不能让独眼蟹登船出海，只能暂时留在加工组劳动。

　　何望来答应了。

　　阿宝说：这件事情要立刻向永兴岛上的工委领导报告，请示处理办法。

何望来也同意了。

本来这个会议，或者说这场"思想斗争"可以就此结束了。

阿宝却仍不罢休。

她将了将头发，整了整衣襟，换一下坐着的姿式。同时，她的口气也变得有些缓和地对何望来说："阿来叔，我还得给你指出来，你的思想并没通。"

何望来绷起面孔："够了，够了，够了吧！你说一我由一，你说二我随二，还说不通，你还要我如何办？"

阿宝笑笑说："这件事情一定得按原则办，至于思想问题，我可以不急着让你通。"

何望来赌气说："我是不可救药的死顽固头，不要等了吧！"

阿宝又笑着说："不，阿来叔，你终有一日会通。当你弄明白独眼蟹为什么一定要求到西沙来的真心实意的时候，你就通了。"

何望来又把脸一沉："这么说，你会掐算，看透了他另有别的什么真心实意！难怪这样……"

阿宝郑重地说："不是能掐算，是我们有很多很多的历史经验，有用毛泽东思想擦亮的双眼。我自己的水平很低，但是有一条我看透了。"

她环视一下众人，接着说："金银再好，也比不上在那个有房屋、有商店、有机关、有军队的向阳村呆着舒服，办事情方便，住着平安保险；凡是能够到这里来的，都得有自己的志气和心愿，这志气心愿给他力量和勇敢！"

她把话停顿一下，又说："我们共产党员、共青团员、贫下中渔、公社广大社员，为了建设西沙、保卫西沙、巩固南海边疆、支援世界革命，使我们奋斗的最终目标——共产主义早日实现；这个共同的志气和心愿，产生了强大的力量，无畏的勇敢，使我们奔到金银，战斗在金银！"

她突然提高了声音："那么，请问，他独眼蟹又为什么主动要求到金银来呢？这个非常明显的问题，不值得我们想一想吗？这个疑团，不值得我们提高警惕吗？"

这句话，说得众人点头称赞。

这句话，触动了何望来的心。

是呀，是呀，独眼蟹为啥连三并四地找上门来，苦苦要求来金银？

是呀，是呀，这个问题很简单，可是没有摸透，也没办法回答。

何望来心里的酸味解了。

何望来心里的不满消了。

何望来心里的火气息了。

可是，他心里结了个大疙瘩。

西沙的深夜是不平静的。

听，哗哗的涛声。

看，飒飒的树影。

还有那昆虫飞舞，宿鸟啼鸣。

茫茫的大海呀，映着繁星，在微微的、微微地闪动。

……

黎阿伯宣布说："散会了。"

阿宝收拾了钢笔和本子。

人们跟她一起走出草棚。

空气里饱含野花的芳香和鱼腥的气味。

阿宝回头对何望来说："回棚去喝二两再睡吧。"

何望来摇摇头："今日免了。"

阿宝说："少喝一点，睡得安稳些，让自己冷静冷静。你今晚太激动了。"

何望来说："你跟我一起来喝。"

阿宝说："不行，我还要检查一下放哨的民兵；明朝，我还要跟你坐在一起，再好好地谈谈心。……"

她说着，那健美的身影消失在茂密的羊角树丛中。

何望来心头发热：这女仔，处处象她阿爸，对我的情义也是一模一样的深厚。

27

西沙群岛的金银，距离海南最南边的港湾，足有遥遥一百五、六十海里；离着建立了向阳渔村的永兴，也有几十海里。奔这儿来的人，都要经过长途风浪的颠簸，都要饱尝生活的辛苦。

凡是奔这里来的人，都有自己的目的，而且不一般。

这是阿宝从革命前辈壮丽的斗争事迹中认识到的。

这是阿宝从帝国主义及其走狗的侵略罪行中认识到的。

这是阿宝从自己虽然不算长，却十分丰富的生活斗争实践中认识到的。

这个认识，是新一代西沙儿女对西沙光荣革命传统的继承和发扬光大。

这个认识锐利又准确。

独眼蟹常吃金银的鱼和参，却没到过金银。

金银跟独眼蟹既没缘份，也没丝毫的感情。

金银对独眼蟹有了吸引力，他削尖脑袋要往金银钻，有个蓄谋已久的目的。

他想跟上机帆船出海捕捞，拉上几个人，找个适当的时机，把船上的干部杀掉，把民兵的枪支夺下来，把船开到珊瑚岛，投奔南越西贡的伪军，把搜罗的情报送到。

他的梦做得美妙，做得圆满，第一步已经得逞，上了来金银的机帆船，好事成功了一大半。

独眼蟹一上岛，黑心肝就凉了多半截。

他原来以为岛子上是荒凉的，没料到人民公社社员们，已经用双手把宝岛变成一片繁荣的景象。

这里有社员自己平坦的路。

这里有社员自己凉爽的屋。

这里有社员自己种植的菜田。

这里有社员自己栽培的果树。

这里还有社员自己的武装民兵——他们没有埋头劳动，在阿宝带领下，正在一面生产，一面练武。

……

最使他胆战心惊的是，阿宝把一伙青年男女全给团结在身边了，全都学习得精明了，一个个睁着警惕的眼睛，把他紧紧地盯住。

阿宝命令他不能登出海作业的机帆船。

阿宝命令他不许进干部办公的茅草屋。

阿宝把他扣在加工组，出入要报告，不许跟旁人胡扯闲话。

他紧夹着尾巴，强装老实，硬做笑脸，还担心随时被识破真面目。

怎么办哪？

他苦思苦想，打起老中渔郑安的主意，因为这个人又自私，又糊涂。

郑安这个人来到西沙金银岛，也是打着个人的小算盘，另有一番企图。

他过去跑过几十年金银。那时候他自家有一条破烂的帆船。入了社，他就自动"告老"，只在离永兴岛近便的海上活动活动，再不肯远出操劳了。他的男仔郑太平在这里越干越有劲，使他高兴；他见过、听过阿宝很会给群众打算，很能节省过日子，让他赞成。

他这一回奔金银，另有心愿。一是出远海给的工分高，将来分红多，吃饭有补助；这边水产丰富，抽空偷闲搞点自撸，比如捞几只海参，搞一些贝类，让来往跑运输船的人带回海南，就是一笔钱。

他登上金银，要求留在加工组，立刻得到何望来的支持，又得到阿宝的同意。他心里很满足，开始几日干得满欢。

他跟独眼蟹住在一个茅寮里。

晚上，别人冲凉，他就悄悄地提着网往外走。

碰上民兵，故意逗他。

"干什么去呀，阿叔？"

"抓一条鱼下酒。"

"又去搞自撸吧？"

"下了班，时间是自家的了。"

他摇着小舢舨跑出礁盘。

半夜归来，抓了几条鲜鱼。

独眼蟹不辞辛苦，帮着他剖鱼，挂在茅寮的檐下风干。

独眼蟹下了班就往茅寮里钻，连灯都不点。

民兵从外边走过。

"里边有人吗？"

"有。"

"这样早就趴下？"

"困乏极啦。"

"装样！"

"养足精神，明朝好给队里干活呀！"

一天又一天，平平静静。

一天又一天，诸事习以为常。

台风前突击生产，船上岛上都干得顺当。

一船一船鱼货运往海南。

西沙的水产美味，摆在北京的菜市场。

西沙的水产美味，陈列在乌鲁木齐的食品店。

西沙的水产美味，也出现在长城线上、内蒙古大草原。

西沙的水产美味呀，在非洲，在欧洲，在拉丁美洲，也得到国际朋友们的称赞。

这个胜利使社员干劲倍增。

独眼蟹却愁眉苦脸，暗地里，一声长叹，接着一声长叹……

28

阿宝跟大家一样忙。

她除了劳动，还要搞组织工作，比别人更忙碌。

阿宝跟大家一样高兴。

她除了想到今朝作业队的丰收，更想到以后夺取社会主义革命建设的新胜利。

可是，阿宝的行动并没有因为忙碌而混乱，她的头脑也没有因为胜利而陶醉。

一天的紧张劳动结束了。

晚上的干部碰头会开完了。

阿宝肩挎长枪，腰束子弹袋，不声不响地离开草棚，巡视在海岛和岸边上。

浓浓的夜色，笼罩着深远深远的西沙大海。

大海飘动着凉嗖嗖的风。

风儿掀动着银亮亮的浪。

浪花欢跳着，呼啸着，喧闹着，涌到滩头，又退回海底；又涌向滩头，又退回海底……。

礁盘边的港湾里，桅杆林立，渔火一片。

说笑声，歌唱声，从那停泊着的大小渔船和舢舨上，若隐若现地传来。

阿宝朝远远的珊瑚岛方向望了望，不由得皱了皱眉头。

阿宝恨不能率领民兵冲上去，把敌人赶走。

阿宝忍着焦急，盼望那样的日子早些到来。

……

阿宝在小码头上转个弯，往回走。

阿宝在这里遇见放哨的亚娟，向她询问了情况，又接着往前走。

一艘刚刚来到的海军巡逻舰，象一座小岛屹立在海中。

舰上的大炮，象战士那敏锐的眼睛，虎视着大海。

人民海军在护海，人民海军在护渔。

社员们在汪洋大海中的金银岛上劳动，象在向阳渔村一样觉着背有靠山。

阿宝怀着感激的心情朝那里看一眼，又把每一片礁石，每一丛树林察看一番，慢慢地转回来。

渔岛已经睡熟，睡得十分酣甜。

加工棚的窗子闪着光亮，何望来正跟几个老渔民喝酒聊天，同时响着收音机的唱声。

带着咸味的海风和带着野花、果子香味的风，混合在一起，扑着人的脸孔。

阿宝机警地四周巡视，直奔独眼蟹住的茅寮走。

阿宝不会忘记凶恶的敌人独眼蟹，就象独眼蟹不会忘掉阿宝这条革命的根子一样；你死我活，不可调和。阿宝暗地里指示了民兵，在独眼蟹住的地方布了岗哨，自己每夜都要到那边转上两趟。

远远的地方，那间茅寮出现个轮廓，参差不齐的树丛的影子微微地晃动着。

四个民兵匆匆地迎上来：

"阿宝吗？"

"嗨，正要找你！"

阿宝加快几步，到了跟前，小声地问："发生什么情况了？"

一个民兵回答："独眼蟹没在茅寮里。"

另一个民兵补充："开头，喊不应，我们还以为他睡着了。"

阿宝立刻机警起来，一摆手说："留下一个人在这里监守，三个人跟我来。"

四个民兵立刻按命令散开。

阿宝带领三个男民兵，飞一般跑到茅寮前。

阿宝叫民兵用枪督着窗户，她自己敲门。

破门扇虚掩着，一碰就开了。

连声喊叫无人应。

用火一照没人影。

"郑安跟他住在一起，到哪去了呢？"

"他每晚都下海抓鱼去。"

阿宝心一震，眼一亮，手一拍："这里果真有诡计，赶快集合民兵封锁海岸边！"

一个民兵发急地说："哎呀，这个坏蛋跑哪去了？"

阿宝满有信心地说："金银岛布下了天罗地网，渔船、舢舨都安排专人看管，跑不了他。走，咱们快追捕。"

他们吹起螺号，呜呜地响遍了全岛。

他们端起步枪，雄赳赳地向前冲！

29

珊瑚岛上的大南瓜，一天接到三次火急的电报，催他快一些携带情报回岘港交差。

他从电报上边那几行简短的字句里，看到上司焦黄的脸孔，圆瞪的眼睛，还有失掉的美元、情妇和新式别墅。

他一天分上午、下午、晚上，三次派手下的伪军偷偷地开出小船，到海上，到岛边，查访独眼蟹。

他坐在那潮湿、发臭的屋子里，焦灼地等候，除了喝酒、吸鸦片，就是骂人、打人。

他看着半圆的月亮，月亮旁边飘动的云彩，合起双手，祈祷观音保佑，真想大哭一场。

小头目踉踉跄跄地跑进来了。

不知他是跑得过急，还是心里发慌，浑身哆哆嗦嗦，好似筛糠一样，干张嘴，说不出话来。

大南瓜瞪他一眼，气得骂一声，抄过酒杯就朝他头顶上狠狠地扔过去了。

小头目急忙躲闪。

酒杯在他的旁边的墙上爆炸了。

大南瓜暴跳地喊着："没有用的鬼东西，快些给我滚开吧！"

小头目依旧哆哆嗦嗦的，好不容易才说："长官，长官，报告您，您的大喜……"

大南瓜又瞪起眼睛："什么，什么？"

小头目说："找到那个独眼的先生了……"

大南瓜一听，倒傻了眼："什么，什么……"

小头目说："刚才派兄弟出去，在金银岛上，跟那位先生联络上了……"

大南瓜一步蹿上来，两手猛一伸，抓住小头目的脖领子："你个混蛋，你来戏弄我，你来骗我，我要掐死你，我要把你扔到海里去！"

"真的，真的！他在岛上用手电打信号，让我们火速地去接他……"

"快呀，快派船呀！你个混蛋，还等着什么？你高兴得过度了，你要高兴死了！"

小头目又踉踉跄跄地往外跑去。

大南瓜喜狂了，"嘭"地跪在地下，冲着墙壁上那些裸体女人和观音画像，连着磕了三个响头。

大南瓜美死了，"嗖"地跳到桌子旁边，抓起酒瓶子，"咕咚、咕咚"地喝了几口。

大南瓜冲出屋，奔向发报室。

大南瓜用拳头捶着门喊："快往岘港发电，就说情报已经到手，明日早晨返回，亲自送给长官大人！"

大南瓜没等回答，又往台阶下边蹦，哼一声："小子们，我要在中国这个神仙都难下手的西沙群岛创造一个奇迹，让整个自由世界都为之震动！"

大南瓜冲到海边，扯开嗓子喊："等等，我要率领你们去，我要亲手把我们南越西贡的无价之宝接收过来！"

……

不一会，伪装成渔船的汽艇，熄了灯光，在茫茫的涌浪里开动，朝金银岛的方向开动。

大南瓜站在船头，亲自把着代替信号灯用的手电筒，准备朝那边呼应联络。

30

一片高高的椰子林。

一片密密的木麻黄。

开阔的海滩的那一边，是沧沧的大海。

女民兵排长阿宝在金银岛一个偏僻的角落，布置一个搜捕圈：让一个民兵从左侧向右迂回，让另一个民兵从右侧往左弯转；她带一个民兵直插正面的海边礁石丛。

海风在她的枪口上吹。

沙土在她的足底下响。

天空星星闪耀。

岸边树梢摇动。

突然，在远远的珊瑚岛的方向，出现一点微弱的光，一闪又一闪。

阿宝收住步，看了一阵，小声地布置身边的一个民兵："在这里注视那个方向！"

民兵答应一声："是！"

阿宝继续搜索前进。

她听到前方布满礁石的滩头上，传来"哗啦"一声响，有人摔倒了。

她灵活地卧下，注目查看。

摔倒人的地方，有个身影伏地蠕动，又传来"啃吃、啃吃"的声音。

阿宝朝那边匍匐前进，绕着阻挡视线的礁石前进。

摔倒人的地方临近了。她看到一个赤脚的汉子倒在地下，往前爬着，发出"哼哼"的呻吟。

她继续前进，到了跟前，看清是一个渔民，手里又没有武器，只抓着一团鱼网，身边扔着一个盛鱼的篓子；有活着的虾蟹，在篓子里挣扎。

阿宝蹲起身，急问："喂，喂，你是干什么的？"

那个人显然是昏迷了，但他听清了阿宝的呼唤，用很大的力气，才吐出断断续续的字句："阿宝，我，我，我是郑安……"

阿宝这才认出，昏倒在这儿的，是她们向阳大队那个自私的老中渔，就又追问："郑安叔，你怎么啦，快说，你怎么啦？"

郑安继续挣扎着吐着字："快，快，独眼蟹……"

就在这时候，阿宝听到隔着礁石的大海那边，传来击水的声响。

她敏捷地跳起身，扑向礁石。

礁石下边，大海茫茫，一只小舢舨从岸边缓缓地往海水深处移动。同时，手电光冲着珊瑚岛的方向闪动几下。

阿宝又仔细一看，发现海边那个人正在推船，就猛喊一声："站住，舢舨上是谁？"

那个人不回答，抬腿上了舢舨，"哗哗啦啦"地摇动起木桨。

阿宝从那个摇船的人的身态上认出，正是独眼蟹。她联想到独眼蟹最近的可疑表现，还有昏倒的郑安，又立即判断出，这个坏蛋跟珊瑚岛那边的敌人取得联系，杀人夺船，要逃跑投敌。

阿宝大声命令："独眼蟹，站住！"

回答的是更用力地摇船声。

阿宝跃身而起，追上去："站住，站住！"

摇船声变小了。

阿宝已经踏进海水中，潮涌朝她身上扑打。

船声更小了，船影也模糊了。

阿宝不慌不忙地一只手举起步枪，朝海水的深处游去。

……

岸上，螺号声和呐喊声响起，接着跑过来一伙人：几个持枪的民兵；几个端着棍棒和鱼叉的社员。

"出了什么事呀？"

"独眼蟹逃跑了！"

亚娟喊一声："这里倒着一个人！"

何望来惊讶地说："是郑安吧？怎么搞的呀？"

郑太平叫嚷起来："阿爸，阿爸，你呀，又去搞自搂，真丢脸！"

黎阿伯打着手电，伏下身看看，说："他受伤了，头部。快，来几个人，送军舰上请解放军同志抢救吧！"他说着，顾不上具体安排，带着众人，奔向海边。

他们立刻发现，在远远的海面上，有一条舢舨的影子。

"阿宝哪？"

"快到舰上报告！"

"开上机帆船追吧！"

几个青年民兵"噗通、噗通"地跳海了，急速地朝着小舢舨的方向游去。

31

海风，发狂地鼓吹。

海浪，愤怒地暴跳。

在珊瑚岛那个方向，有一团鬼影慢慢地游动，有一股微弱的手电光闪现。

小舢舨，在风里摇，在浪上跳，一直奔着那团鬼影子冲过去。

独眼蟹抬头看，鬼影越来越近，手电信号催他快快靠近。

独眼蟹扭头瞧，金银岛越来越远，没有人追赶。

独眼蟹也喜得发疯了。

他想：千难，万难，总算逃出共产党的手下，总算有了报仇雪恨，恢复二十年前那种旧日月的时机。

他想：顶多再有二十分钟，就能靠到珊瑚岛开来接应的船上了；共产党再神通广大，也没办法我了。

他使劲地摇着桨，汗水顺着脖子往下淌。

……

独眼蟹做梦也不会想到，他仍然在人民的天罗地网里。

众民兵已经下了海。

机帆船已经起了航。

巡逻的海军战舰，也开动了螺旋桨。

反革命分子的死对头、西沙的女青年，已经泅渡到他的舢舨跟前了。

阿宝不声不响地奋力地游着。

阿宝看到小舢舨越行越快。

阿宝看到那团鬼影越靠越近。

阿宝认识到最严峻的考验摆在面前。

阿宝决定要用自己的实际行动，实践自己的誓言。

阿宝有信心取得胜利，决不放走这个死不改悔的反革命分子。

她现在没办法举枪射击。

她打算抓住活的敌人回岛。

鬼影不敢前行，停在那儿，慌乱地打手电信号。

舢舨拼了命地摇动往前赶。

阿宝奋力地游着。

大浪，从她头上打过去。

大浪，把她整个抬起来。

她感到一阵力乏、气短，头目眩晕。

她耳边响起东方红的音乐声。……

她一咬牙，一使劲，冲向前。

她靠近了舢舨。

她抬手扒住船舷。

她一跃身翻了上去。

独眼蟹吓慌了，手电掉进海里。

阿宝举起枪："独眼蟹，往回摇！"

独眼蟹要扑过来。

阿宝"哗啦"一声打开了枪栓。

独眼蟹停住手，让舢舨转了个弯。

阿宝命令："快！不然要你的命！"

独眼蟹扭头看一眼，那团鬼影又在打手电信号。

阿宝又命令："不许回头，摇船，走！"

独眼蟹咬咬牙说："告诉你，阿宝，这地方如今是我们的天下了，你不如乖乖地放我走。要不然，哼，你看不见吗，我们的船，就到跟前了！那上边有军队，有大炮，有机枪。你就算打死我，你也活不回去。"

阿宝大声地说："反革命分子，你莫要做梦啦！这里是我们人民的天下，永远都是我们人民的天下，谁也救不了你的命，谁也改变不了你们灭亡的下场！你想卖国，想恢复旧社会，永世千年也办不到！你只有投降，转回去，才能得到宽大处理！"

独眼蟹浑身打抖，魂都飞了。

阿宝从容不迫，越来越坚强了。

独眼蟹想：我得跑，不跑就算完蛋！

阿宝想：反正上了舢舨，就跑不了他；如果敌人的船追上来，就先干掉独眼蟹，再拼上一死，敌人不会得到任何好处，祖国不会受到任何损失，我的任务也算完成了。

她想到这里，感到特别幸福，特别自豪。

她仿佛面临的不是一场严峻的生与死的考验，而是做一件非常愉快的事情。

独眼蟹一只手摇桨，偷偷地腾下一只手，要从船板上提小包裹。

阿宝眼睛敏锐动作快，一脚踩住了包裹。

独眼蟹只好松手，一翻身跳下海。

阿宝朝着那吞没了独眼蟹的海浪冷笑一声。

独眼蟹潜出好远才钻出头来，换一口气，又拼命地朝那团鬼影游去。

阿宝不慌不忙地稳站在舢舨上，从从容容地举起步枪，推上一颗仇恨的子弹，冲着独眼蟹瞄准。

独眼蟹又一次潜进海水里。

独眼蟹又一次钻出脑袋。

阿宝抓住了这个时机，手指扣动扳机，步枪随着"砰"的一声响。

独眼蟹应声沉进海水里——他的尸首又被海水翻上来，再一次沉下去了。

阿宝这时候才感到心跳，跳得厉害。

这是兴奋的心跳，喜悦的心跳。

她把年轻的面孔，有些发热的面孔，亲切地贴在手中握的枪膛上。

枪膛也是发热的。

浪花在她身边欢跃，要登上舢舨跟她拥抱，或者要跟她亲切地握手吧？

……

几个泅渡的民兵赶到了。

十多双大手一齐扒住船舷。

阿宝抬头看看前边的那团鬼影，已经消失。

两条机帆船开过来了。

人民海军的战舰，到"鬼影"出现的地方转个大圈子，也转了回来。

这时候，东方的天水线上，升起了红亮亮的曙光。

32

曙光照耀着南海。

曙光照耀着西沙。

曙光照耀着金银岛。

礁石在涌浪的撞击中岿然而立。

沙滩在潮水的冲刷下更显得庄严。

羊角树特别翠绿。

野花开得格外艳美。

椰子树高高地站在那里，又热烈地拍着手。

保卫西沙的健儿们，胜利地归来了。

阿宝一迈上那北国瑞雪一般的珊瑚滩，就被社员们包围在中间。

"阿宝，怎么样？"

"把独眼蟹抓回来了吗？"

刚从机帆船下来的何望来和黎阿伯，急想跟阿宝问问斗争情况，可是费了很大的劲，挤不过去，也没办法插进嘴去。

几个民兵摇着两条小舢舨，从礁盘外边的大军舰上，接人回来了。

先从舢舨上跳下一个海军。

阿宝朝他喊一声："海龙哥是你呀？"

符海龙笑着挤过来，握住阿宝的手，说："我来给你庆功呀！"

众人都笑了。

符海龙回头，朝后边跟上来的那条舢舨指了指，说："阿宝，你看那是谁？"

阿宝一看，不由得一阵惊喜。

青年们也喊开了。

"阿亮叔！"

"阿亮叔！"

在红艳艳的曙光里，程亮身上挎着短枪，手里提着一个文件兜，朝大家笑着，从舢舨跳上岸。

阿宝激动地端着步枪，迎着阿爸走了两步，指了指大海说："报告领导，独眼蟹杀人逃跑，还给珊瑚那边开来的敌船打信号……让我一枪给撂在大海里了！"

程亮用力地抓住女儿的臂膀，摇了几下，说："干得好，你代表我们西沙人民，全国人民，惩罚了这个死不改悔的叛国投敌的反革命分子！"

一群青年男女，又欢呼地围上了阿宝。

阿宝让民兵把从独眼蟹手里缴获的包裹交给阿爸。

程亮打开包裹看了一遍，又举到众人面前："你们观看观看，这里边都是什么东西吧。"

包裹里边，是几个已经风干了的米面蒸糕，一双鞋，还有几张偷画的海南地区和永兴岛上的海防工事、岗哨位置，岸上、海上交通路线图。

人们愤怒地议论：

"这坏蛋，真恶毒，要找西贡反动派卖国去，梦想复辟翻天哪！"

"瞎了眼，也瞎了心，我们西沙海岛是钢铁打的，你能得逞吗？"

"又除掉一个祸害，阿宝今天立了战功啦！"

何望来呆呆地站在人群中间。

他想起前几天阿宝对他的那一场斗争，还有一片铮铮作响的话。

这一回，他真的心酸了。

他拉住程亮的手："我现在才彻底地明白了，阿宝她走的每一步，都是对的，都是正确的……我，犯了大错误，不是阿宝，得给党和人民造成多大的损失……"

程亮说："我今日从海南开罢会回到永兴，好多群众都急忙向我反映，说你不该把独眼蟹这样的人带到金银。我们立刻就请了海军同志，赶到这里来了。从雷达上看，珊瑚岛的敌人出动了一条小艇，在远处飘，打信号，发现我们的军舰，扭头逃跑了。可以肯定，敌人一定是接应独眼蟹的；独眼蟹早在被劫持到南越岘港的时候，就跟敌人挂了勾，当了汉奸特务。今日我们干掉独眼蟹，砍断他们的一条鬼线，粉碎了他们的一个阴谋！望来同志呀，这一回，你要很好地挖挖思想根子！"

何望来带着哭腔说："我请求党处分我……"

程亮说："更重要地是接受教训，提高政治觉悟，认清国内、国际斗争的复杂形势，跟上时代。同志呀，我们战斗在西沙群岛的海防前哨，肩上担的是保卫祖国、支援越南人民和全世界革命人民的光荣担子！斗争的道路还长得很，要百倍地警惕呀！"

阿宝听着长辈的话，紧握手中枪，眼睛凝望着大海，胸中满怀战斗豪情。

大海在咆哮，大海在喧腾……

下　卷

1

西沙儿女的汗水，灌溉着西沙。

富饶美丽的西沙，变得更加美丽富饶。

岛、屿、礁、洲似珍珠，红日下闪耀，碧波中生辉——吸引人的眼目，扣动人的心扉，激发着人们对她的爱情，一天更比一天深。

西沙首府永兴岛，是西沙群岛颗颗珠宝中最明亮的一颗。

弧形的防波堤，围护着静如西子湖般的避风港。货轮、渔轮、机帆船在那里停泊，烟囱和樯桅组成森林一样多彩的画面。

坝式的登陆码头，平铺着长安大街一样的货运场。待运的木箱、鱼篓、米包、石料，垒积堆砌，形成一座座连绵的小山。

一排排防台风的平顶建筑物，从伞形枇杷树和高大的椰林的空隙中间显露出来。那是水产研究所、百货公司、加工厂、卫生院、图书馆和粮店。衔接着它们的不是柏油路和花砖墙，而是翠绿的田园，茂密的苗圃。远远观看，简直象肇庆星湖里的楼台亭阁！

一幢新起来的乳白色的三层大楼，矗立在岛的右侧。五星红旗在楼顶上迎风飘扬，革命委员会和人民武装部的牌额上的鲜红大字，在大门两边闪光。

打字机响，电话铃声，从玻璃窗里传出来……

一座钻井高高地插入云天，钻机的隆隆声，跟海涛呼应唱和，给这里增加了从未有过的时代气氛。大庆和大港的石油工人们，从漫天飞雪的北方来到祖国南海落户安家，西沙也要盛开"石油花"！

……

向阳渔业大队，也在前进中变化，变化中前进。

一九七四年元旦后的新春，正是南海西沙渔汛旺发的季节，他们从广州造船厂购来一艘新式渔轮，就要出发到他们的金银岛生产了。

这一天，岸边上，渔村里，格外地热闹。

青年社员们敲锣打鼓。

捕捞队的男女们背起行装。

妇女和老人抱着或牵着仔们，一齐涌到喧闹的海滩上，送行人，看渔轮。

亚娟在人群里挤来挤去，一脸的喜气，又显得有些焦急地左右摆动着脑壳喊："喂，喂，你们看到咱们那位领兵挂帅的了吗？"

郑安冲着亚娟笑。他的头上留下独眼蟹打击的伤痕。那次险些送命的打击，使他清醒了：认识到什么人远，什么人近；什么道邪，什么道正；使劲地追上来。他说："亚娟，你喜疯了。挂帅的不是在那里吗！"

亚娟回头一看，瞧见阿爸何望来正跟挂着拐杖的符阿婆谈话，就对郑安说："你才是喜疯了。我寻的是我们的党支部书记。"

郑安明白过来："哟，哟，你找的是阿宝？"

亚娟自豪地说："不是她又是谁！"

"你看，那不是过来了。"

"嘿，她倒不慌！"

阿宝被一伙青年姐妹们拥着，又说又笑地从渔村那边走过来。

她已经变成一个显得十分成熟的渔村妇女干部了：热情中带有冷静，爽快里包含着深沉。跟她每年两度出远海去金银岛的时候一样，又系上了那条蓝布头巾，上边遮着一顶新的竹帽，右肩上背着步枪，左肩上吊着一个绿帆布兜，兜上挂着毛巾、瓷碗；胸前的绣花围单上边束着武装带；两只手里，捧着一方用粉红纸包着的大镜框。

亚娟迎上她说："要出发了，你不上船整整队伍，又去做什么呀？"

阿宝边走边答："我回屋取照片去了……"

"嗨，真挂心！"

"当然得挂心！"

"我知你会想念，早已替你带上了。"

"你讲的是那个照片？"

"就是你跟海龙哥，还有你们两个的宝贝——小海的合影照片呗！"

"瞧瞧，谁似你这般深的家庭观念。我取的照片，是顶重要的，能给我们鼓劲的。"

阿宝说着，非常庄严地打开罩在镜框上的粉红纸，又把镜框高高地举起来。

众人抬头细看，一张张脸上立刻显露出跟阿宝同样的神情——原来那镜框里镶着一张彩色照片，照片上是一座奇险的山峰，顶端白云之中，挺立着一棵强劲的青松。下方抄写着毛主席的诗词：

　　暮色苍茫看劲松，
　　乱云飞渡仍从容。
　　天生一个仙人洞，
　　无限风光在险峰。

这张照片，是阿宝同符海龙结婚的时候，他们的长辈、党委书记程亮特意选赠的一件纪念品。这样珍贵的礼物，一直悬挂在他们的新瓦屋里，每年都随她一起在金银度过最紧张最愉快的战斗日月，每一日都要看上几遍。每当大家聚在一起，观赏这幅照片，都会因为当时的斗争形势，引起他们一场热烈的谈论，从那屹立于乱云中的青松的雄姿，受到启发，汲取精神力量。

阿宝又把镜框包好，对围着观看的伙伴说："我们要把这幅照片永远挂在我们的新渔轮上，挂在我们的海岛上——南海西沙虽没有昆仑、太行和庐山，却有险峰的，我们要象青松那样生活和战斗。"

众姐妹们同时拍手称好。

亚娟笑着说："还是我们支部书记站得高，想得远。让我来拿，你去整队伍吧。"

她们来到码头上。

老船长黎阿伯已经把队伍整顿好，各个班组的人员早就到齐，船上的准备工作完全就绪。

随行的机帆船队，也排列在两边，等候起锚、扬帆了。

阿宝高兴地向他们笑着打招呼。

满头灰发的程亮也赶来送行。

他对阿宝说："你们先行一步，我把这里的工作安排一下，也跟运输船去看看，把进一步建设的方案再落实一下。"

亚娟替阿宝说："欢迎老书记指导，领着我们再猛劲地大干特干一场。"

程亮说："我去的时候，还准备随船给你们带上一批钢筋水泥。"

亚娟不解地问："带上钢筋水泥做什么？"

程亮说："你们的队里决定在金银岛上建楼房，造加工厂，搞科学试验站，还有气象台，党委讨论批准了……"

亚娟拍手说："太好了！"

程亮的脸上放光地说："好的还在后边哪！年轻人，加油吧，前途广阔了，担子也加重了；越往前走，越要往高处站、往远处看呀！"

青年渔民们立刻围上他们的党委书记，热烈地表示决心：

"我们一定听党的话，走革命的道路，多为人民立新功！"

"我们一定跟阿宝同志学习，永远当一名建设西沙、保卫西沙的战士！"

唯有阿宝没有开口。

她在用心地思索阿爸这些话的含义。

她在认真地衡量肩上担子的分量。

她在暗暗地下定决心。

她见船上等待出发的人们都涌到甲板上，就对老船长黎阿伯说："可以动身了吧？"

黎阿伯吹起哨子，庄严地命令："起锚！"

鼓掌声，欢呼声和锣鼓声，船上船下彼此呼应地轰响起来。

新渔轮乘风破浪，向前飞驰了！

2

大海，鼓动起银亮的碧波。

波浪，催开了梨花千万朵。

蓝天，飞跑着柔软的白云。

云影，又轻轻地轻轻地把海浪和船帆拭抹……

新渔轮一路前进，一路捕捞，一路高唱战斗的歌。

向阳大队的社员每年出海作业，每年要分别在晋卿、琛航、金银这些岛屿上生活半年。

今朝的出发，人们的心情最激动，最欢乐。

因为这一次他们是第一次使用近代化的渔轮。

因为这个捕捞队里除了有一生都在这些地方抓鱼的老渔民以外，还增添了"文化大革命"以后渔家的第一批大学毕业生、自己培养的科学技术人员。

因为他们还要做一番比较广泛的鱼情勘探，把黎阿伯这些人，在西沙积累的丰富实践经验，总结、继承、大发扬，所以有意把航线拉长，多转一些地方。

这一天夜晚，他们在晋卿岛抛锚，把在这里设点的机帆船留下，渔轮要在第二天去琛航岛，转几日就到金银岛去，早些赶到他们的家。

晚饭后，渔轮上的人员冲冲凉，都按规定的时间集中到甲板上，开始了小组会。

突然，党支部书记阿宝从舱房里大步走出来。

她的手里提着一个半导体收音机。

"同志们，现在有重要的广播。请大家快些到舱面上集合，一起来收听！"

大家听到她的喊声，都急忙地奔过来，坐的，站的，静静地等候。

阿宝把收音机扭开，放在众人中间。

收音机的音响非常宏亮、真切，和着大海的涛声，字字句句送到人们的心里。

先唱了一支祖国颂歌。

又唱了一段革命样板戏。

接着，新闻广播节目开始了。

从祖国的心脏——首都北京，从伟大领袖毛主席的身边，传来了高亢的声音：

"各位听众，现在播送我国外交部发言人发表的声明……"

大家一听，全都振奋起来，坐着的直起身，离着远的，朝前凑凑，等待往下听。

"中华人民共和国外交部发言人声明

一九七四年一月十一日

不久前，南越西贡当局，竟悍然宣布，将中国南沙群岛中的南威、太平等十多个岛屿，划归南越福绥省管辖。这是对我国领土主权的肆意侵犯。

南沙群岛正如西沙群岛、中沙群岛、东沙群岛一样，历来就是中国的领土。近年来，西贡当局对南沙群岛和西沙群岛的一些岛屿加紧侵占活动，多次叫嚷它对这些岛屿享有主权，甚至在岛上竖起所谓'主权碑'。西贡当局公然又把南威、太平等十多个岛屿划入自己的版图，这是企图永远霸占中国南沙群岛的一个新步骤。西贡当局的上述行动，不能不引起中国政府和中国人民的愤慨。

中华人民共和国政府重申，南沙群岛、西沙群岛、中沙群岛和东沙群岛，都是中国领土的一部分。中华人民共和国对这些岛屿具有无可争辩的主权。这些岛屿附近海域的资源也属于中国所有。西贡当局把南沙群岛中的南威、太平等岛屿划入南越的决定是非法的、无效的。中国政府决不容许西贡当局对中国领土主权的任何侵犯。"

外交部这个声明播完，余音未了，好几个青年就愤怒地跳起来了：

"真是岂有此理，南越西贡当局在说疯话！"

"就是呀，南沙群岛跟咱们这个西沙群岛一样，明明是中国的领海、领土，怎么变成他们的了！"

226

亚娟笑着扯扯黎阿伯的袖口："你不是生在南沙太平岛吗？亲自去问问西贡当局，你算哪一国的人？"

黎阿伯推她一把说："莫开玩笑，莫开玩笑。告诉你们，不光是我出生在南沙太平岛，我的阿公、阿婆的骨头还埋在太平岛上；那里的每一粒沙子我都认得出的，谁能夺得走呢！"

亚娟郑重起来，说："他们错打了算盘，中国人民的铁拳头是好吃的吗？"

年青人摩拳擦掌地呼喊起来：

"咱们马上开到南沙去！"

"对，支书你快写个信请示！"

阿宝好久没有说话，看看激动的人们，心里象大海的浪涌那样翻腾不息。

岛上的灯光，一点又一点。

海上的船影，一片又一片。

许许多多的往事，带着强烈的声音和色彩，一齐涌现在这个年轻的党支部书记的面前。

金银岛上的椰子树、甘泉井。

黄沙土里的古铜钱、花瓷盘。

日本侵略者的枪声。

西沙先烈的鲜血。

十五年前南越西贡劫持我们渔船事件。

这以后，特务独眼蟹的手电光、情报本……

黎阿伯见阿宝深思，就说："你对事情看得远，想得宽，快给我们讲解讲解吧！"

众人一齐停住吵嚷。

阿宝把思绪拉回来，对大家说："我要跟同志们一起学习讨论，深刻领会。我初步地认识到这是一场非常复杂的政治斗争和外交斗争；我们这些在西沙劳动工作的人，将会面临着一场新的考验……"

亚娟听阿宝这样说，耐不住地插了一句："西贡小丑，还敢来碰碰我们？"

阿宝接着说："一切反动派，总是错打算盘。去年在党的十次代表大会上，周恩来同志的政治报告中讲的一段话：中国是一块肥肉，谁都想吃。但是，这块肉很硬，多年来谁也咬不动。'超级间谍'林彪垮台了，更难下手。……这番道理讲得非常正确，非常深刻，我们应当很好地深思细想，跟今日的事件结合起来看。"

她这么一说，好象在众人心里点上了一盏明灯。他们那满腔的怒火立刻化成豪迈的力量和坚强的信心。

阿宝进一步给大家鼓劲说："同志们，外交部今天的声明，说出了我们中国人民、南海渔民的心里话。我们中国人民最早来到南沙、西沙、中沙和东沙，《史记》、《汉书》上有记载，岛上的碑文说得清，当地出土的大量铜钱、瓷器是最好的证明。我们每个人都有亲身的经历，每个人心里都有记忆。我们中国人民不仅祖祖辈辈在这些地方打鱼，在这儿生，在这儿长，而且，我们曾用鲜血和生命保卫了它！无产阶级取得政权以后，我们西沙军民，又在毛主席的革命路线指引下，用青春和汗水建设了它！这些都是任何人改变不了的钢铁事实。我们坚决拥护外交部的正义声明。我们要认真地观察形势发展，等待上级的指示，用抓革命、促生产的实际行动支持外交部的声明！"

众人一齐回答：

"对，我们多抓鱼，多捞参，用实际行动支持外交部的声明！"

"我们还应当快一点把金银岛上的楼房、仓库造起来，气死帝国主义反动派！"

……

阿宝对众人的高昂情绪很满意，忍不住激动地想：干部和群众的政治觉悟普遍提高了，这就是我们能战胜一切妖魔鬼怪的力量。

她又跟大家谈了一阵，收了半导体，说："太平，你帮我放下一条舢舨吧。"

郑太平一边动身一边问："你做什么？"

"我到各个机帆船上走一趟，检查他们收听声明没有，再听听他们的反映。"

"我跟你去！"

"好吧。亚娟同来。"

三个人登上了小舢舨。

阿宝又接着深思起来。

大海在不安地骚动着。

渔火在紧张地闪烁着。

她的眼前，又一次出现金银岛上滴着鲜血的野花，耳边又一次响起站在先烈面前发出的誓言。十五年后的今天，她又一次想：退学回西沙，关键的一步走对了！……

习习的海风吹拂着她那发热的面孔，星光下的波涛在她身边激烈地跳荡。

3

迎来一个早晨，又是一个早晨。

西沙的海面起了风。

西沙的天空布了云。

在西沙生产的人们，把胸中的怒火变成力量，提前下海作业了。

机帆船拖着一串小舢舨，飞驰到各自的渔场上。

向阳渔轮，又是一路前进，一路捕捞，一路高唱战斗的歌。

临近金银岛的洋面上，如同大森林里起了风暴，千万片树叶在飘落。

老船长黎阿伯拍着手掌乐，大声说："向左，向左，那边有鱼群！"

年轻的技术员笑着问："你长了千里眼？"

黎阿伯伸手指着说："你没看见鲣鸟正在那儿捕食吃吗？它们是渔民的导航员、侦察兵呀！"

技术员要搞个虚实，打开了鱼探器，只见荧光屏上闪动着点点亮光，对这个老渔民信服地笑笑，又忍不住高兴地对众人说："果然有鱼群！"

"加速前进！"

"准备捕捞！"

社员们各就各位，紧张地行动起来。

每个人的脸上都洋溢着喜悦。

在驾驶楼上了望的阿宝，两眼紧紧地注视着前方，忽然对众人喊一声："同志们注意，从金银岛那个方向开来一艘大军舰！"

黎阿伯说:"是不是南海公社的渔轮,每年他们都是赶这个季节来这里的。"

阿宝又用望远镜仔细地看看,说:"肯定是军舰,直奔咱们这边开来了。"

亚娟要过望远镜看一眼,连声说:"是军舰,是军舰,咱们海军又来巡逻护渔!"

阿宝摇摇头:"不是,不是。我看那副怪样子,好象南越西贡的军舰!"

亚娟不由得一愣,说:"这就出奇了,他们的军舰跑到我们这里有何事要干?"

阿宝说:"不管有何事,得小心他们。亚娟赶快把这个情况通知舱里的同志们。"

黎阿伯说:"对,对,此时不比往时哟。"

阿宝又下命令:"升起国旗!"

五星红旗飘扬在祖国的蓝天之中,碧波之上,显得格外庄严,特别威风。

阿宝想了想,再传命令:"照直走,试探试探他们来干什么,再下对策!"

渔轮原速前进。

舱面增加了复杂的气氛。

西沙海域附近是国际航线,在西沙捕鱼的社员,对这种相遇本来是习以为常的。西沙又是帝国主义和走狗们馋得流口水的肥肉,因而社员们从来都是加倍警惕的。特别是前几天的晚上听了外交部声明,积极分子们越发多一些考虑,进一步提高了警惕性:

"你看,他们这次不回避,冲着咱们开来了!"

"不错,船行的速度没减,好象还加快了!"

"瞧瞧他这葫芦里装的什么药吧!"

"哈哈,这回可真有意思,真好玩啦!"

人们精神抖擞,豪情满怀。

渔轮好似飞起来。

只有见过这种世面的郑安,显得很紧张。

他观观这个人的面色。

他又听听那个人的话音。

他的心里直敲鼓。

他的两条腿不由自主地往后缩。

他跟阿宝一样，也想起十五年前的那件往事。

真是无巧不成书，那一次的遭劫，也是在这个洋面上。那一次，他被拖到岘港。他遭拷打、受暴晒、挨饥饿，差一些把性命丢在异国的监狱里。这些年，他跟着众人走路行船，他学着众人进步向前，渐渐地把这场灾难忘到脖子后边。今朝，这件事情，对他说来，实在太突然，消去的隐痛又复萌，摸不着边底——有些害怕了！

他又偷偷地给儿子使眼色；儿子不理他，急得他一个劲地搓手掌。

郑太平不仅不理他阿爸，好象得了喜事一样，跟伙伴们又说又笑。

不是他不知道利害，是他在西沙的生产建设中流了汗水，受到了锻炼，真正的进步了。

阿宝敏锐发现了郑安的情绪变化，此时来不及跟他细谈心，就问他："郑安阿伯，有些紧张吗？"

郑安也懂得说出真情实感是羞耻的，只是"啊啊"，吐不出声音。

阿宝给他开心鼓劲说："你不要紧张。今时跟往时的时代不一样了，人也不一样了。我们的南海西沙，真正成了铁壁铜墙，你就看看她有多么坚不可摧吧！"

渔轮在这声音中，勇猛地劈涛斩浪地冲向前。

4

大海，猛劲地扬波。

白云，速快地飞渡。

敌舰象一只野兽，越看越清楚，哼哼唧唧地朝着向阳渔轮扑过来了。

大炮，伸着长脖子。

信号灯，不住地眨巴眼。

一伙高矮不齐、瘦弱不堪的士兵，有的松松垮垮地站着，有的无精打彩地坐在甲板上。

几个当官的，歪戴帽，邪瞪眼，手上攥着枪，嘴上叼着香烟。

……

这是一副装腔作势的群丑图，让向阳渔轮的社员们"欣赏欣赏"，开开眼。

阿宝稳坐在驾驶台。

黎阿伯直立在船头。

社员们，一齐涌到舱面。

前进，前进，向前进！

信号员向阿宝报告："敌人打信号，让咱们的渔轮从这里躲开！"

阿宝立即回答："警告他们，这里是中华人民共和国的领海，让他们立即走开！"

敌舰上的一个帽沿都遮不住瘌痢头的军官，一见渔轮不让路，有点出乎意料，眨巴眨巴眼，下令："先给他们来个下马威，直冲！直冲！"

旁边一个小个子军官连忙提醒他："舰长先生，共产党的普通渔民也是不好惹的……"

瘌痢头说："撞撞运气再说。"

敌舰和渔轮越来越近，就要相撞了。

士兵们吓得往后闪。

当官的比他们躲得又快又远。

小个子语不成声地说："长官，长官，不行，不行，要撞上了！"

瘌痢头顾不上端架子、装样子了，有气无力地打了个后退的手势。

敌舰立刻急刹车，忙转向。

渔轮照直冲过去。

突突的马达声。

哗哗的激水声。

猎猎的红旗声。

还有社员们对敌人的嘲笑声。

阿宝高高地站立在驾驶台上，怒视敌人，机灵地判断着敌人的动向和企图，以便开展有力的斗争，最后战胜敌人。

敌舰转个大圈圈，从快到慢，又死皮赖脸地跟过来，围着渔轮转圈子。

信号灯一闪闪眨巴眼。

癞痢头扯开破锣一样的嗓门喊：

"渔民们，快到别处捕鱼吧！"

"渔民们，快离开这个地方吧！"

渔轮跟敌舰周旋一个回合，在驾驶台上的阿宝，已经看出敌人一点眉目，也摸到一些底细。

她左思右想，认识到敌舰这次闯进中国领海，不是一般的捣乱。

她前后权衡，看出敌人这样干扰渔轮作业，不是来劫持渔船、掠夺财物。

她预计到敌人一定有野心，不会轻易地善罢甘休，一场复杂的政治、外交斗争已经在西沙、在他们的面前开始了。

于是，她发动社员们对敌人展开了政治攻势。

社员们都赞同她的看法，个个斗志更旺盛。

渔轮自动地靠近敌舰，摆开一个进攻的阵势。

社员们屹立在船头，一齐朝敌人喊话：

"这西沙群岛是中华人民共和国的领海，你们的舰必须快一点走开！"

"你们偷偷摸摸地闯进中国领海，是对我们主权的严重侵犯！"

敌舰上的癞痢头军官，慌乱一阵以后，也指使士兵里面会广东话的人朝这边对喊：

"这里是我们西贡的地方，你们走开！"

"你们在这里抓鱼，是侵略行为！"

渔轮上的黎阿伯挤在众人前边喊："上推几千年，我们世世代代、祖祖辈辈在这里抓鱼，在这里生活，怎么舌头在嘴里一转，西沙就成了你们的呢？"

敌人你看我，我看你，答不上来。

亚娟也逼着敌人问："你睁开眼看看，西沙群岛上，有我们修的路，有我们盖的屋，我们好多人生在这里、长在这里，你们都是在哪里养的！"

敌人更加张口结舌。

癞痢头见此光景着了慌，把士兵一推，呲牙咧嘴地喊："你们抓鱼的不懂道理。我们总统说西沙是我们的，就是我们的！"

黎阿伯说："他是说梦话！"

亚娟骂一句："那是放屁！"

社员们"哗"地笑了。

瘌痢头还要喊。

阿宝不让他开口，"嗖"一声跳出驾驶台，冲着无精打彩的士兵说："你们这些当兵的都上当了，是当官的、有钱的人骗了你们。从一千多年前，我们中国人民就在西沙群岛抓鱼生产，祖祖辈辈生在这儿、长在这儿的都是中国人；中国的地图、许多外国印的地图，从来都是把西沙印在我们国界里的。这就是说，南沙、东沙、中沙和这个西沙是中国领海领土，是被世界人民承认的。帝国主义头子们，想制造混乱，浑水摸鱼，唆使他喂养的狗到这里乱咬乱窜，梦想破坏我们的社会主义建设，又把你们赶来当炮灰。中国人民不是好欺的。这一点，我想你们是知底的。快点撤出我们的海域是正道。不然，你们可后悔也来不及了！"

瘌痢头又跳又叫："不要听共产党的宣传，西沙就是我们的，西沙就是我们的！我们的军舰来到这里，这里就应该属于我们的了！"

渔轮上的社员们气愤地骂起来：

"癞皮狗！"

"不要脸！"

"快走开，误了我们生产，你们要包赔损失！"

渔轮继续往前行。

敌舰照旧围着转。

渔轮牵着敌舰的鼻子，走到哪里跟到那里，好象杂技团耍大狗熊的一般。

太阳渐渐落了海。

大海慢慢变颜色。

敌舰上的小个子军官跟瘌痢头嘀咕起来：

"时间不早了，不能再呆下去。"

"唉，没想到小渔船这么难对付。"

"退吧。"

"回去怎么交差？"

"请求长官另作安排吧。"

"妈的！"

敌舰在渔轮上的社员们的怒骂声里，狼狈不堪地转向了，滚回去了。

渔轮上，又爆发起胜利的欢呼。

阿宝没有笑，也没有开口，直立在船头，两眼直视着敌舰消失在金银岛的那一边。

海风，吹拂着她的短发，吹拂着她的衣襟，吹拂着她那因为激动而发热的面孔。

她的心里，仔细地判断着敌情，分析着斗争形势将会发生的变化，预计着可能出现的不利局面。

她的心里，反复地思考着新的战斗部署，准备各种对策，以便克敌制胜。

她感到肩上担子的沉重。

她决心要把这沉重的革命担子担起来！

黎阿伯凑到阿宝跟前，问："根据眼下这个样子，咱们直奔金银登岸合适吗？"

阿宝将了将头发，抻了抻衣襟，精神一抖地，说："敌人来者不善，善者不来，定有诡计在后头；今朝跟他们周旋几遭，只不过是斗争的开台锣鼓。我的意见，咱们靠滩抛锚，马上开党团会和社员民主会，大家齐动心思，一块讨论战斗计划！"

渔轮往羚羊礁迂回前进。

桔黄的云朵在聚拢。

蔚蓝的大海在抖动。

5

云朵渐渐地变黑，遮闭了天空。

大海慢慢地转暗，掩护了船影。

舱室里闪着明亮的灯光。

甲板上游动着机警的哨兵。

海风吹起来了。

浪涛拍打着船舷，"哗，哗，哗，"一声又一声。

向阳渔轮党团员和干部的"作战"参谋会，开得简短、明确。

党支部书记阿宝最后站起身，两手捧着笔记本，作了个小结：

"我们今天这个会议开得非常好。对我有很大的教育。参加会的同志们，经过对敌情的分析研究，对形势的看法完全一致，对以后的做法，意见也完全统一。

"大家一致认为，西贡当局悍然派来军舰窜到我国海域，是企图吞并我国领土西沙全盘阴谋诡计的一个组成部分，是无视我国外交部一月十一日严正声明的最坏的表现，是对我国强盗式的侵略行为！

"大家一致表示，我们是社会主义的新渔民，是社会主义新西沙的建设者，也是保卫祖国领土领海的战士；头可断、血可流，祖国的一寸土地、海域不能丢！我们要坚决地进行斗争，既不示弱，又要考虑斗争的复杂性，做到有理、有利、有节！

"大家一致同意，立即采取三项措施——第一、派船往永兴岛革委会送信报告情况；第二、为了知己知彼，放下几条小舢舨，用抓鱼、捞参做掩护，到甘泉和金银上摸摸情况，侦察一下敌人在那里有没有活动，好考虑下一步对策；第三、渔轮继续作业，牵制敌人，迷惑敌人，跟他们周旋到底！同志们，还有什么漏掉的？"

众人回答："齐整了！"

阿宝又征求："同志们还有什么补充？"

众人回答："没有了！"

阿宝合上本子，说："好。大家再回到群众小组会去，发动群众，按计划贯彻执行！"

党团员和干部们一个个精神振奋，龙腾虎跃般地出了会议室，奔到住舱和舱面，投身到群众中间去了。

阿宝拉住亚娟："你等我一块走吧。"

她说着，伸伸腰肢，冲着舷窗吸了口新鲜空气，又掠一下被风吹起的头发。

亚娟望着阿宝严肃的面孔，说："支书，对我有什么话说吗？"

阿宝轻轻地拍着亚娟的手掌说："我希望你特别地珍惜这一次难得的锻

炼自己的机会。"

亚娟点点头："你放心，我决不会给我们新中国的青年和妇女丢脸！"

阿宝说："我希望你象黎阿伯团结老渔民那样，把青年同志们带动起来。"

亚娟又点点头："我知道。斗争的胜利得靠群众的力量，靠我们自己的团结。"

阿宝又深情地说："我估计，更严重的考验在后边。希望你在火线上为祖国立功，在保卫西沙大海的重要时刻，为光荣地加入我们无产阶级先锋队创造条件。"

亚娟心头一热，眼圈红了。

阿宝放开她的手，说："我相信你。去吧，按照我们的决议，步调一致地去斗争！"

亚娟激动万分地走出舱门。

阿宝迅速地整了文件、笔记。

她要防止万一，保住党和国家的一切机密，不能使敌人在这里得到任何好处。

她要让自己再冷静一下，把决定了的事情再仔细地推敲一番。

她思索着，从盆子里捞出毛巾，拧干了水，擦了擦发热的脸。

她抬起头，两眼立刻被悬在舱壁上的那幅"庐山劲松"的照片吸引住了。

苍茫的暮色。

飞渡的乱云。

巍然挺立的强劲的青松。

她的浑身立刻增添了无穷的力量。

她心里默默地说：亲爱的党，放心吧，用毛泽东思想哺育成人的西沙儿女，一定为您增光争气！

她精神抖擞地出了舱。

亚娟未走开，站在那里听什么，直朝她摆手。

舵房的一旁，一个民主小组会正热烈地进行。

郑安父子俩正在争吵。

儿子喊："你这是又落后，又反动的思想！"

老子叫："你还有多大的帽给我戴？"

"外国侵略者来抢占咱们的海，你为何说躲开一些好呢？"

"鱼不能抓，有枪又不让打他们，白白在这里耗时间有何用？"

"如今还是政治斗争，他敢打咱们，咱们就打他乌龟狗种们！"

"别吹大话，人家好大的舰哟！"

"小船斗大舰，这才显中国人民的英雄气魄！"

"不吃亏吗？"

"大家说得好，宁可前进一步死，也不能后退半步生。你这种躲避论，就是卖国……"

"我的天，躲一躲就是卖国？别看我有一点点自私，有人卖国，看我拼不拼！"

郑安这句话引起好多人哈哈大笑。

这是好意的笑声。

阿宝对亚娟小声说："你看，我们的社员们会越斗越强的，包括郑安这样的个别人在内。他们都是热爱社会主义祖国的呀！"

亚娟点点头："所以也要很好地团结他。"

两姐妹说着，走到热情洋溢的群众中间。

6

黎明，吹拂着海风。

渔轮旁翻卷着大涌，一排追着一排。

渔轮上撕裂着云团，一块推着一块。

渔民们几乎一夜都没合眼，一齐动手，做好了迎敌的战斗安排。

阿宝见时间已到，指示照计划行动。

他们同时放下四条小舢舨。

一条奔南。

一条向北。

一条朝西。

一条往东。

阿宝见四条舢舨渐渐走远，立在船头，举着望远镜，盯着昨日敌舰出没的那个方向的动静。

早霞，从云彩的空隙中撒下来，给海水涂抹一层十分奇异的色彩：突出的浪顶是玫瑰红，凹进的浪波如同矾石一样蓝澄澄。

阿宝发现远远的天水线上出现了两个黑点。

敌舰又扑过来了。

阿宝马上吹起警报的哨子。

一阵急促的刷刷的脚步响，社员们整整齐齐地列队在甲板上。

阿宝下达命令："各就各位，准备战斗！"

武装民兵隐蔽起来。

捕鱼的社员整理网绳。

阿宝在驾驶台指挥。

黎阿伯在船头出面应付。

站在各部位的社员们，怒视着敌舰模糊的影子，议论加嘲讽：

"加了码，昨日一条，今朝来两条！"

"贼人胆虚，找个做伴的呀！"

"再周旋几天哪，说不定把西贡老窝都端来了！"

"哈哈哈，真有意思呀！"

敌舰越来越明显，看到船上发抖的破旗，倾斜的炮管，又看到船头激起的水沫，还有尾后拖着一条一条长长的、歪歪扭扭的航迹。

阿宝指挥："把定航向，加速前进！"

黎阿伯也喊："准备作业！"

渔轮又奔渔场开去。

两条敌舰也跟着转向，分两路朝渔轮包围上来。

渔轮上的人按计划不理睬，追着鱼群，从从容容地动手要下网。

敌舰慢慢减速，在一百多公尺的地方停了俥。

社员们奇怪了：

"这是什么鬼把戏？"

"来参观吗？"

大家的话犹未了，又发现从一条敌舰上边放下一只小艇。

小艇上坐了几个人。

小艇颠颠簸簸地朝这边开来。

小艇上的人全是一副怪样子：头顶大沿帽，胳膊兜着黄袖章。

社员们严阵以待，要看看这些坏家伙们，还有什么新鲜货色往外抖落。

小艇靠近了，一个人站起来，用广东白话喊："喂，喂，你们是哪国人？"

黎阿伯骂道："废话！这是中国的西沙大海，当然是中国人！你们是哪一国的仔？窜到这里来干什么？"

那个人又喊："我们是南越海关人员，要上渔轮检查检查！"

阿宝在驾驶台上开口了："我们中国的渔民在中国的海上作业，你无权检查，快走开！"

社员们一齐喊：

"你没权检查！"

"快点滚蛋！"

那个人又喊："必须检查，必须检查！"

他喊着，又让小艇往渔轮跟前靠近。

阿宝对社员说："他们敢上船，就把他们打到海里去，给点厉害的吃！"

社员们全都憋了一身劲，鼓了一肚子气，就等这声命令；呼呼啦啦，一阵跑动。

这个拿来木棒。

那个拿起鱼叉。

亚娟把剖参的刀子抱出来，分给了大家。

黎阿伯抄起水烟筒当武器，举在手里。

"你们敢挨我们的船，我们就打！"

"有种的上来试试吧！"

那个喊话的敌人推他旁边的人，让别人打头阵。

小艇上的坏东西们，一个个面面相觑，缩脖子，翻白眼，谁也不敢再往前边凑。

那个喊话的人急得只冒汗，一阵风，把他头上那顶大沿帽子吹掉，飘到海里。

亚娟眼尖，立刻认出这个人："嗨，闹了半天，你是那瘌痢头呀！"

大家被提醒了，发出一片嘲笑声。

"你这戏演得太差，化装欠功夫！"

"真不知羞耻，快滚蛋吧！"

瘌痢头气急败坏地骂了几句什么。

小艇转了头，灰溜溜地走了。

渔轮上又是一阵开怀的大笑。

保卫西沙的渔民们又取得一个大胜利。

……

那个瘌痢头刚回到船上，就得到电报。

"不好了，右方一条船，载着共军的大型炸药包，要上甘泉岛！"

敌舰立刻全速往甘泉岛方向开。

瘌痢头拿起望远镜，左瞧瞧，右瞧瞧，还没看清目标，又得到报告。

"不好了，左方一条船，载着共军的新式武器，要登金银岛！"

另一条敌舰立刻又全速往金银岛方向跑。

这时候，两条敌舰都得到报告：又有一条共军的船，要攻占珊瑚岛。

这可不得了啦。

两条敌舰东扑西撞团团转，好似两条被人追打的落水狗。

两条敌舰上的人，全都吓掉了魂。

当他们发现受了骗的时候，阿宝派出的四条小舢版上的全体战士，已经胜利完成侦察三岛敌情的任务，平平安安地回到渔轮上。

众人高兴地在舱面跳起来。

可是，一个意外的消息，又使他们震惊，也使他们满胸怒火浇了油：

侦察敌情的战士们报告，西贡当局已经运来大批匪军，侵占了我们的珊瑚、甘泉和金银岛，正在那里修工事、造地堡，梦想长期赖着不走。

阿宝却能使自己镇静，因为敌人的这一着，她已经有所估计；同志们巧妙地摸到情报，对于上级制定反侵略的作战计划是十分重要的。

她说："同志们干得好，我要为你们请功。立刻再派一条渔船去永兴，向上级详细报告敌人的罪恶行径。我们要继续保持高度的警惕、顽强的战斗力，准备敌人再扑来，对付敌人的新手段，等候上级命令！"

7

又是一个云密、涌大的早晨。

西贡当局的两艘大型驱逐舰又跟踪向阳渔轮，追到作业的洋面上捣乱破坏。

他们经过一番搜肠刮肚的策划。

他们妄图施展一套自以为最厉害的手段。

他们不再打信号。

他们也不再喊话。

象野兽发了疯，朝渔轮这边冲过来。

那个恼羞成怒的瘌痢头军官，站在船首，故意挺着肚子，鼓着腮，两手插着腰。

那些被弄得晕头转向的士兵，一个个强打精神，横眉瞪眼，做着凶恶的样子。

渔轮上警报的哨声响起，正要撒网的社员，立刻停止生产，进入了紧张的战斗准备。

阿宝又高高地稳坐在驾驶台上。

黎阿伯又挺挺地站立在船头上。

亚娟和社员们，又把劳动的工具变成战斗的武器，紧紧地握在手上，威威武武地并列在黎阿伯的身旁。

船上的吊杆撕碎了乱云，一片一片，满天扬。

船下的推进器剪断了涌浪，一缕一缕，两边抛。

渔轮好似一颗出膛的炮弹，嗖嗖地射向敌舰。

瘌痢头军官压住心里惊恐，眼一瞪，象被踩着脖子一样，嘶哑地喊叫一声。

敌舰上的士兵一阵手忙脚乱。

几门大炮急速旋转，炮管伸向向阳轮。

几十条步枪竖起，一齐对准向阳轮上的渔民。

渔民们横眉冷对，目空这一切。

向阳轮不偏不倚，正线航行，浪花愤怒地飞射到敌舰上。

癞痢头一面抹着溅在脸上的水珠，一面跳着脚叫嚷："你们快快离开这西沙群岛的海面；要不然，我们可就不客气了！"

黎阿伯指着他的鼻子回答："这西沙是中国的领海，不允许乌龟仔来横行霸道，你们快点滚蛋！"

癞痢头气得脸焦黄，突然从腰带上掏出手枪，又呲牙咧嘴地乱喊乱叫。

士兵也跟着他的样子做势，"哗啦、哗啦"地压子弹、推枪栓。

驾驶台上的阿宝已经看出敌人外强中干，想要来一次最后挣扎，妄图以死来压倒渔轮上的人，达到他们两天来要尽了手段都没有达到的目的。

她当机立断，决定以牙还牙，把敌人的气焰压倒。

她跃身而起，准备见机而行，下达对付敌人的行动命令。

就在这一瞬间，船头上的黎阿伯，瞪起眼睛，猛朝前跨一步，"嚓"地扯开衣襟，向敌人挺起宽阔的胸膛。

"唰"的一声，亚娟和社员们，也都冲上去，一个个都象黎阿伯的样子，面对刀枪不示弱。

癞痢头不由得吸了口冷气，又使劲地把手枪一晃："你们再不后退，我们就开枪！"

黎阿伯大手"啪"地一拍胸："乌龟仔，打吧，有胆子的，朝着这儿打！"

癞痢头举枪的手直颤抖："你，你，你们这些老百姓，真，真，真不怕死吗？"

阿宝一步迈到人群的最前边，向敌人庄严地宣告："为保卫祖国西沙，不怕苦，不怕死，这就是我们西沙渔民的气魄！你们开开眼吧！"

癞痢头又威胁说："我们的手指头一动，你们后悔可就来不及了……"

阿宝微微一笑，向敌人提出最后的警告："最后失败的、后悔的，将是你们这些侵略者！如果你们利令智昏，敢动我们一根毫毛，全中国人民、全世界人民决不会饶恕你们！你们一个也不用想着回老窝！"

癞痢头脑门冒冷汗，手不能动，嘴不能言。因为他们只有这最后一张王牌了，又不肯死心收摊子。

渔轮上的战士们，在较量中，擦亮了眼，壮大了胆，看清了面前纸老虎的本质，有信心战胜敌人，分毫不相让。

敌我双方，就这样对峙起来。

是幻觉呢，还是注意力过分地集中？在这一刹那的时间里，分分秒秒都是喧闹沸腾的西沙，变得静极啦！

海不啸。

云不动。

轮机不鸣。

人群无声。

就连飞翔的鲣鸟也仿佛停滞在空中。

瘌痢头的脸越来越黄。

士兵们的手越来越抖。

阿宝啊，阿宝，党组织给了她智慧，身边的革命群众给了她力量，面前现了原形的、束手无策的敌人，增加了她满怀的豪气。

一个无产阶级的战士多么光荣！

一个社会主义的渔民多么威风！

这一场捍卫祖国领土领海、维护祖国民族尊严的激烈搏斗的场景，是多么壮丽辉煌！

她已经率领群众压倒了敌人，掌握了主动权，想怎么斗就怎么斗了。于是，她轻蔑地看一眼呆痴的敌人，用宏亮的声音命令舵手："开船吧，在我们祖国的大海上，自由自在地航行吧！"

轮机呼喊，浪花飞，渔轮继续向前进。

敌舰如同昏厥了许久，才苏醒过来，摇摇晃晃地在后边追。

老郑安透了口气，看儿子一眼，悄声说："我冒了一身汗……"

郑太平一听这话，十分反感，瞪了他阿爸一眼，质问："为什么呀？"

"真紧张……"

"你害怕？"

"不，不，从今以后，再不害怕了！"

……

敌舰还在后边盯着。

渔轮故意在洋面上自由驰骋。

癞痢头唉声叹气，直搓手。

几个军官嘀咕一阵，吵嚷一番。

两条敌舰又打旗语，又发信号。

他们开足马力，追上来了。

一条舰靠近渔轮的左舷。

一条舰挨近渔轮的右舷。

渔轮微微一颤，船头被撞坏了。

社员们端起鱼叉！

社员们举起剖刀！

"拼哪！"

"拼哪！"

阿宝愤怒地指着癞痢头抗议："狗强盗们，这是你们的铁的罪证，一定要跟你们清算！"

突然，信号员一声高喊："同志们，快来看哪，我们的海军来了！"

在渔轮的背后，掀起了层层巨浪的山峦。

哗哗哗，大海爆起千束礼花。

哐哐哐，大海鸣响万声欢呼。

人民的年轻的海军，驾驶着巡逻舰来到了。

他们来捍卫祖国的南海西沙！

他们来保护祖国的西沙渔民！

两条银灰色的战马，在海峰上飞，在浪谷中钻。

两条敌舰上的侵略者，发现中国人民的战舰，突然呆住了，又慌乱起来；紧接着，两条舰连忙掉转了屁股，各不相顾地猛逃窜，不一时就象被滚滚浪涛吞掉，没了踪影。

人民海军的舰艇，靠近了渔轮。

渔轮上的社员们跳跃、呼喊。

激动的热泪呀，遮住了他们的眼睛。

亲切慰问的信号，往渔轮这边频频传来：

"渔民同志，我们来到了！"

"渔民同志，你们受惊了！"

信号员又向阿宝报告："舰上首长请渔轮民兵的负责人，上舰开会交流情况。"

阿宝闻声而起，对信号员说："立刻回答，向阳大队民兵连长坚决执行命令。"

几个年轻民兵动手往海里放舢舨。

阿宝对众人说："你们在船上作好一切准备，等我回来传达上级指示。"

众人腿一并，胸一挺："是！"

阿宝又对黎阿伯和亚娟说："走，跟我同去。"

浪涌很大，涛声喧哗。

黎阿伯坐在船头。

阿宝和亚娟一坐一立，伙摇着一支橹，使小舢舨在波浪中迅速行进。

他们眼睛盯着军舰，心里边估计着新的形势和任务，浑身有一股力量在鼓动着。

8

小舢舨在银波中穿行，顺着风向走，转个圈，又朝着大舰靠拢。

两艘银灰色的人民海军军舰，在这蓝铮铮的万里海疆上岿然而立，乘坐小船的人，临到近边，仰望它的时候，立刻产生一种登临万里长城的感觉；它雄伟壮丽，给人力量，使人昂奋。

小舢舨渐渐转向军舰跟前靠拢，让人越发感到大涌浪激烈地起伏颠簸。

因为这个庞然大物的阻隔，浪涌的声音更大更响，如雷鸣雨啸。

涌浪把小舢舨托起，跟军舰的栏杆齐平了。

涌浪又把小船投下，低到军舰的吃水线了。

按照指示，他们要到"劲松号"上开会。

阿宝双手提着绳缆，两腿扠开站立，等候涌浪再一次把舢舨托起的机会，投到舰上去。

不少水兵战士挤到栏杆前面，一齐伸出手来，准备接绳索。

绳子飞起来了，没投中，随着舢舨跌到浪谷里。

绳子又飞起来了，没抓住，又随着舢舨跌到浪谷里。

一个身材很高的战士蹿过来，把旁人推开，面向舰下，做一副从容又有把握地接应姿式；当绳索又一次象闪电似地从小舢舨飞上天空，又如长蛇往下卷落的时候，他探出九十多度的身子，一把扯住了。

战士们紧张地喊：

"快拉住！"

"往前摇！"

连接着舢舨上的绳索，被水兵们紧紧抓住，等候时机。

当舢舨又一次被涌浪托起的时候，立刻跟军舰连接在一块了。

那个高个子战士非常有力气，胳膊一伸，把黎阿伯抱上了舰。

黎阿伯冲着他"嘿嘿"一笑，算是对他的感谢。

两个女民兵跃上舰舷。

阿宝走在甲板上，好象登上了高高的五指山巅，使她心胸顿然开阔，非常激动。

她眺望大海。

大海深沉莫测，似一锅将开未开的水，不平静地鼓动着。

几个水兵擦拭着主炮，一个个神态是那样的庄严。

几个水兵搬运着炮弹箱，一个个动作是那样的迅猛。

有的水兵伏在栏杆上激愤地交谈着敌情。

有的水兵趴在战位上疾写着请战决心书。

这几位曾经跟入侵敌舰英勇周旋的渔民的来临，吸住了年轻战士们的眼睛和他们的心。

他们热情地围上来：

"渔民同志，你们真勇敢哪！"

"渔民同志，你们辛苦了！"

阿宝、亚娟和黎阿伯朝他们笑呵呵地打招呼。

那个高个子的水兵举起粗胳膊高呼起来："向渔民同志学习！"

水兵们齐声应和，把涛声压下去了。

阿宝大声说："我们应当向解放军同志学习！听毛主席的话，做革命的渔民，就应当有骨气呀！我们做点事，都是应当做的；要不是你们的军舰赶到护渔，我们在这会儿还得周旋哪！"

高个子水兵带着歉疚的神情说："我们要是早知道消息早赶到，就不会让你们受气了……"

阿宝连着摆手："经经风雨，见见世面，受受锻炼，到哪儿请这样的反面教员去。凡是反动的东西，你不打他就不倒，西贡当局这只千疮百孔的纸老虎，还想往强大的中华人民共和国身上撞几下试试，不把纸虎当真虎打行吗？"

高个子水兵拍手说："对，对！"他发狠地攥攥拳头，"他们欺人太甚了。刚一见到他们，我把炮弹都推上了膛，真恨不能一排打出去，全把狗日的们轰到海里去！舰长阻止我们，不让开第一枪。急得我浑身冒火！"

阿宝笑了。

高个子水兵仔细地看她一下，想一想，说："这位女民兵同志，我认识你。你是海南琼涯镇的？对不对？"

阿宝一面告诉水兵，她过去在琼涯镇住过，后来常去那里开会办事情，一面辨认着，心想：这个一口东北口音的青年，并不是"劲松号"上的老战士，何时见过呢？

高个子水兵说："一九六七年春天，革命大串连，我们学校的长征队，到了海南岛，住了好几天。你那会，也在琼涯镇跟走资派做斗争。……"

阿宝想起来了："噢，噢，你是那个年纪最小、个头最高的、爱画画的战士？"

高个子的水兵点点头说："说我爱画画，不如说我热爱祖国的大好河山更确实一些。"

阿宝笑笑，说："你画的那张大海、海鸥、军舰的画，至今还在我家高足屋的墙上挂着。"

高个子水兵不好意思地摆摆手，说："不行，不行，我画得很幼稚。"

阿宝说："我不是喜欢画，是喜欢你的心意。你爱咱们祖国的大海。记得，你说过，你阿爸也是渔民，在乌苏里江捕了多半生鱼……"

愤怒的气色又一次出现在年轻战士那张通红的脸上："珍宝岛事件，我爸爸牺牲了！是苏修社会帝国主义者的罪恶子弹夺走了他的生命！"

站在一旁的黎阿伯听到这里，忍不住地接过来说："苏修和西贡反动派是一路货！都不安好心，两眼盯着我们中国这块肥肉流口水！"

阿宝点头说："他们是大丑和小丑，一唱一和。"

高个子水兵说："不管是谁，胆敢来碰碰中华人民共和国，钢铁的拳头等它吃！"

阿宝说："对极啦。人不犯我，我不犯人，不听警告硬来干，一定要在这里落个惨败的下场！"

亚娟也在一旁插嘴说："中国人民解放军是人民的靠山、国家的柱石，保卫西沙主要靠你们啦！"

高个子水兵胸脯一挺说："同志你放心。我姓李，叫虎林，年纪不大，个子高，大家都叫我大李。把我记住吧。这回如果不把入侵的狗杂种们一个不剩地赶出去，回来，你就往脸上唾我！"

亚娟忍不住嘻嘻地笑了。

李虎林跟前一个小战士说："大李，你这话太片面。舰长经常教育我们，战胜敌人得靠人民战争，得靠群众支持当后盾，你别独自包打天下。"

李虎林哈哈大笑："小张说得对，小张说得对。"他又推小张一把，介绍说："我们这新战士是运弹手，入伍才半年，上舰才三个月，棒极啦！运炮弹是优等……"

小张打了他一拳，红着脸跑了。

周围的人都哈哈地笑起来。

阿宝带着亚娟和黎阿伯，一边观看着崭新的战舰，观看朝气蓬勃的战士，一边往驾驶舱那边走。

在通道上，他们迎面碰见一个战士。

这个战士小个子，细眉细眼，显着文静而又淳朴。他从头顶戴的帽子，到脚穿的胶鞋，浑身上下全是油泥，手里提着个很沉重的油桶。

阿宝忙着靠里边让路。

小个子战士忙着向外让路。

阿宝说："你先走吧！"

小个战士微笑一下，还是往船舷那边靠。

阿宝怕他掉下去，急着说："你先过去吧。"

小个战士只笑不动。

亚娟也喊："同志，你快点走呀！"

小战士依旧不肯动。

阿宝挺为难。

这时候，李虎林从后边跟过来。他看看三位渔民，又看看战友，就对阿宝说："这位操舵手叫梁峻峰，是全舰有名的大老蒿，是我性情的对立面；话不多，主意正，他想着对的，谁也劝不动。……"

梁峻峰瞪着眼制止他，见止不住，终于开口了："我怕同志们身上蹭着油。"

李虎林连忙说："好，好，由着你，请渔民同志先过去吧。"

亚娟说："这位同志真有意思！"

黎阿伯说："不用问，打起仗来，准勇敢！"

阿宝朝那个被大家说得有些不好意思的梁峻峰笑着点点头，就先走过去了。

9

人民海军的战舰上，处处是一片紧张的、乐观的战斗气氛。

象一团火苗，烤人的脸。

似一股热流，暖人的心。

这三个渔民的老少民兵干部，尽管遇到的都是一些不相识的新战士，仍象回到家里一样亲切；尽管不远的地方就有敌舰游弋，面临着将是一场更艰巨的斗争，却如同登上永兴岛码头一样心情安逸和清爽。

他们在入舱门口遇到好几个熟人——当年的新战士，今时的新领导。

亲切的招呼包围了他们：

"嗬，阿宝同志！"

"黎阿伯你好哇？"

"嗨，亚娟也来了！"

舰政委万德侧身让他们："请到会议室坐坐吧，抽烟、喝茶，休息一下。"

阿宝说:"我们是来听候命令的!"

万德说:"大队首长还没有过舰来,到会议室里等一下,聊聊天吧,不用急。"

观通长问:"舰长呢,去拿海图吗?"

航海长说:"放到会议室里,他又走开了。"

就在这个时候,后甲板有一个象水鼓一样的舱口盖子被顶开了,从里边钻出一个壮壮的汉子。

他头戴大沿帽,上穿白军衣,下穿蓝军裤;红红的脸膛,黑黑的眉毛,密密的胡子茬,亮亮的大眼睛——朝他们这边笑嘻嘻地看着。

观通长说:"舰长,都等你哪!"

航海长说:"你看谁来啦?"

亚娟先喊开了:"喂,海龙哥!"

符海龙一只手拿个笔记本,一只手里托着一叠子大小不等的纸片,大步地跨过来。

他把笔记本装进衣兜里,先向黎阿伯敬个礼,又跟亚娟握手,最后,朝阿宝点头笑笑。

万德开起玩笑:"请大家评评,舰长对我们民兵连长同志是不是太没礼貌啦?"

旁边的几个干部也帮腔:

"是呀,不敬礼,也应当亲切地握握手呀!"

"对,对,重来一次吧!"

符海龙不顾跟他们搭调,把手里的纸片朝阿宝面前举举,说:"这都是我们战士们写的请战书,决心书!一个个都憋足了劲头啦!"

阿宝微笑地说:"我们也是来请战的。"

符海龙一摆手,说:"别急。你先帮我们搞搞鼓动工作,再把油加个足足的——我马上集合战士,你们三位,给大家讲一讲南越西贡当局侵犯我们西沙、破坏渔民生产的罪行吧……"

亚娟故意说:"你倒会抓官差!"

政委万德也插一句:"他这一抓,连我的政治工作也被他抢走啦!"

众人一阵哈哈大笑。

符海龙依然严肃地说:"我们接到护航护渔的命令,正要启航动身,又接到命令,说你们渔轮自动地派了民兵,摸到敌人的底细,他们偷偷地占领了我们的甘泉岛和金银岛!这个情报十分重要。你们的功劳可不小。"

黎阿伯咬咬牙说:"这不行!敌人占了我们的岛子,我们绝对不能答应。我们把这个情况报告给上级,就是为了让上级派海军同志来,跟我们民兵一起快点把岛子夺回来。常言说,养兵千日,用兵一时。阿海,这回,到了我们为保卫西沙出力的时候了。你如今是舰长,得代表我们向上级请战呀!"

符海龙攥着拳头说:"放心,不论他是个什么样的侵略者,都不用做梦在西沙捞点油水走。祖国的一寸土地也不能丢失。中央首长在我们海军基地就曾指示过:把侵略者赶出去!这是毛主席的声音,党的命令,是全国人民的心愿,也是我们每一个海军战士的钢铁誓言!"

阿宝听了,深情地看看符海龙,点着头,心里边更加激动。

政委万德带头往里走:"快到会议室坐吧,一会首长就过舰来了。等开了会,再留下阿宝这几位同志,给咱们上一堂课。"

几个干部往里推让客人;因为怕碰着老人的头,有的搀扶,有的用手遮挡顶上的铁门框。

阿宝走在后边。

符海龙跟在最后边。

这个空隙是暂时的,但是十分难得。

阿宝低声地对符海龙说:"我真没想到,这次上级派你们这条舰来。"

符海龙含笑地说:"巧吗?不能这样看。我和你,都是应当来的呀!"

阿宝点点头:"对,对,因为西沙是我们的,我们是属于西沙的。……"

符海龙接着阿宝的话说:"西沙永远需要我们,我们就应当永远在这里战斗下去。"

阿宝又悄悄地告诉她的爱人:自从十一日晚上听了外交部的声明以后,她一直处于非常的激动状态,吃不下饭去,也睡不着觉。

符海龙说:"身体是斗争的重要条件,要搞得强强的、壮壮的!"

阿宝说:"我准备为这场斗争的胜利交出我的身体和生命,因为我牢牢地记着我和你在烈士韦阿公墓前的誓言。现在,是我们用行动实现的时候了！"

符海龙精神一抖，说："对，对，我也是这样决定的！"

这夫妻两个，在甬道里，悄悄地、紧紧地握了握手。

10

南越西贡两条海盗舰只，一路高速往回跑。

瘌痢头脸色黄黄地问："到什么地方了"

"羚羊礁！"

瘌痢头使劲喊："加速！"

"是，加速！"

瘌痢头又探头探脑地问："到什么地方了？"

"过了金银岛。"

瘌痢头又喊："再跑一节！"

"是，再跑一节！"

小个子军官在一旁说："咱们登上岛的人，打信号，请求咱们别走远……"

瘌痢头一摆手："我保护他，谁保护我呀？不理他，跑咱们的！"

跑一节，又一节，一直跑到看不清岛屿的影子，他们才不得不放慢速度，最后停住飘泊。

瘌痢头还不放心："雷达、声纳一齐开，查查共产党的舰追过来没有？"

"据探查，没有追过来。"

瘌痢头透一口气，说："往岘港发报，把今日的战绩报告报告……要把共产党的兵力说得大一点，把情况说得神秘一点，把我们的难度说得严重一点。"

小个子军官连连点头，赶忙去发报。

没有丢下性命，又交了差，瘌痢头安静一下，让手下听差取来毒品，贪婪地吸了几口，又要来啤酒倒了一杯，猛劲地喝了几口。

小个子军官踉踉跄跄地转回舱里，冲着瘌痢头说："报告长官，收到岘港的回电。"

"念念我听。"

"……总统对你等一再延误时间，一再失掉战机，十分地不满意……"

"什么，什么？我给他来冒险，我给他来卖命，我还延误了他的时间？我还失掉了什么战机？我们是抢地方来的，什么是战机呀？"

"……总统认为，此次之战，本是突然偷袭，本应出其不备，把渔轮夺下，把渔船赶走，把海岛全部地占领，把海面全部控制下来，把……"

"哼，说得倒轻巧，让他自己来试试，让他自己来尝尝！中国的渔民是好惹的吗？我的天哪，不要说他们的男子汉，就连妇女都是那样的厉害，都是那样的不好对付呀！"

"……目前，总统正与高级参谋们磋商，拟命你等再运兵夺抢琛航、晋卿、广金三岛；决心已定，只是时间和手段；你等应尽速部署，候命而行……"

瘌痢头听到这里，气得脸如灰土。

他又把身子往床铺上一扔，冲着头顶上飞转的电扇，喊屈叫冤："妈呀，妈呀，这个混帐命令，不是明明白白地让我去送死吗？我还想活着吃喝玩乐哪！"

小个子军官先吓得往后退缩，而后又试试探探地凑过来，小声说："长官，总统的脾气，你是知道的呀！他要想抢夺到什么心爱的东西，是不惜代价的……"

"我看哪，这回就算把咱们的全部家当都搬到这里来，也一定夺不到手。人家的军舰开来了，……对，对，再报告，就说中国来了五条大舰，一条顶咱们三条……"

"长官，那就成了四千多吨位一条，说得太多了。"

"啊，改成大两倍吧。"

"还有，船数，也不能夸张太多。"

"行，改为四条。另外，把敌方的火力也报得厉害点，就说估计，有冥河式导弹装置……"

"这成吗？"

"信不信由他，咱们必须这么说，要不然，你我就得一块儿去见上帝呀！"

小个子军官无可奈何地拟了个稿子，让痫痫头过过目，又照他的指点，改了几个词，去发送了。

痫痫头独自倒在舱室，听着外边士兵们酗酒的喊叫声，发疯的咒骂声，哼哼唧唧的"亲呀""爱呀"的小调声，从兜里掏出他的情妇的照片，细观细看，又在心里暗暗地祈祷：

"老天保佑，总统先生收回他的贪心，别让我这鸡蛋往中国这巨大的礁石上撞……"

电扇机械地转着，发出低微的"呜呜"声响，好象哭泣。

11

阿宝在军舰上开罢会，回到渔轮，把各机帆船上的全体民兵和社员代表召集到甲板上，传达上级的指示。

她先传达了上级领导对斗争形势，特别是西贡当局侵犯我西沙群岛罪恶目的的分析和看法，又布置了部队首长的战斗部署。

她说："我们的立场、态度和政策是一贯的，坚定不移，非常清楚：西沙群岛自古以来是我国不可分割的一部分；西贡当局开着军舰来偷偷地运兵登岛，干扰渔民正常生产，是不折不扣的侵略行径，一定让他们赶快离开……"

郑太平忍不住地插了一句："他们要是死赖着不肯走呢？"

阿宝说："我们要尽力地克制，坚持说理斗争，让他们收起侵略的魔爪；如若还不走，世界人民一定会有公断，我们中国人民一定坚决、彻底地把他们赶走！"

这一天已经有些扬眉吐气的郑安，也学男仔的样子，挺起胸膛。他说："支书，我今朝多嘴，劝你们当领导的，赶快下决心打。我吃过南越西贡乌龟蛋们的苦味道，他们什么屁都拉得出来。咱们舰小，他们舰大，别冷不防地干咱们一家伙呀！"

阿宝说："他们的这一手，部队首长早就有估计。我们还是那条原则——人不犯我，我不犯人，人若犯我，我必犯人。他们要是打我们，敌人的枪声，

255

就是命令。中国人民是强大的，我们西沙的全体军民，都是打击侵略者的战士，西沙的大海，就是埋葬他们的坟墓！"

亚娟拍手说："好，好，这样做我拥护。反正不能袖着手让他们欺辱！"

黎阿伯也说："这样的对策，才显出我们中华人民共和国的气度。我更拥护！"

社员们热烈地议论起来，对这场斗争的真相摸了底，对敌人怎么应付心里有了数，对于取得最后的胜利更是信心十足了。

阿宝接着说："部队首长特别强调指出，我们每一个干部、社员，都要提高警惕，准备打一场海上的人民战争。革命战士，一定要加强纪律性，一切行动听指挥——现在部队首长给了我们任务，非武装民兵，留在船上，渔船变成运输船，往各岛运送淡水和物品；武装民兵，立即上琛航岛。因为敌人已经运来大批的伪军，占了前方的珊瑚岛、金银岛和甘泉岛，预计他们还会对我们的其它岛屿进行窜犯。我们这边，各地来的渔民虽然早就自动地登上晋卿岛、广金岛和琛航岛守岛了，可是琛航岛上的人力不够，要加强一些，以防敌人来个狗急跳墙，用武力抢占。同志们，对这样安排有意见吗？"

众口同声回答："没意见！"

阿宝说："好。黎阿伯！"

黎阿伯象战士那样一挺胸膛："到！"

阿宝说："你来负责运输船，一切听那边首长统一指挥。"

黎阿伯答应："是！"

阿宝又说："武装民兵排，列队集合！"

一声口令，那男男女女青年一大群，雄赳赳地站在甲板上。

阿宝用激动的、深情的目光，检阅着队列。

他们每个人的表情都是庄严的。

他们每个人的心境都是神圣的。

阿宝跟他们心心相通，阿宝最了解他们的心。

他们自从进入渔村第一所小学，念第一课书，唱第一支歌，学第一篇作文的时候起，建设伟大的祖国，保卫伟大的祖国的决心，就已经播种在心田啦！

今时，在祖国这富饶美丽的西沙，经过与敌人面对面周旋的风雨考验和锻炼，就要开花结果了！

民兵和社员们立即执行命令，迅速地行动起来。

渔轮和机帆船上的人进行仔细地检查准备。

民兵开始乘舢舨登岛。

阿宝坐在小舢舨上，望着大海的波涛，心里想："帝修反只闻到肥肉的香味，看不到用毛泽东思想武装起来的中国人民的力量，他们注定要失败的！"

12

海风掀起滔滔大浪。

大浪撞击着岛边上的礁石。

钢铁般的礁石丛中，爆开硝烟般的浪花，响起雷鸣似的呐喊。

晚霞映红的珊瑚沙滩，迎接舢舨靠近。

野草掩盖的小路，带领民兵登岛。

阿宝没顾上喘口气，让民兵在树林里休息，就急忙带上亚娟和几个民兵干部，查看了他们负责守卫的这一段区域的地形。

她要确定在什么角落构筑单身掩体。

她要确定在什么部位挖掘交通战壕。

她要确定在什么方向架起了望台。

她还要确定在什么地区搭帐篷、垒锅灶。

……

许许多多的事情，都要马上落实、尽快地完成，赶到敌人的前边。

这个岛子的面积，跟金银岛差不多大小，地形却比金银岛复杂。

羊角树和西沙藤占去大部分平滩的面积。

礁石平卧着，一半在海里，一半在滩头。许多大大小小的碎礁，风化在上面，好似给它刻出各种花斑。

海滩上的珊瑚沙独具特点，粒大、坚脆，仿佛长着棱角，踩上去发出一种强烈的金属声音。激动的潮水，在那里滚上滚下。

南海公社建筑的加工场、砖屋和草寮，在一个朝阳的湾子上，绿荫半遮，野花簇拥。

……

西沙的岛、屿、礁、洲数不清，各有特点，别具英姿，不管走到那里，都会使你产生对它的爱情，都会激发你对生活、斗争的热烈响往。

海风，在这里也是独树一帜的：微带着海的咸味、花的香气，酒一样醇。尽管西沙渔民是"海量"的，今日闻一下也染上几分醉意。

……

阿宝大步地走着，尽兴地观赏着。

她情不自禁地想起，这会儿在敌人铁蹄蹂躏下的金银岛，心里象刀绞一般的痛苦，恨不能驾小船，冲上去，跟他们拼一场。可是，她必须抑制自己，不让同志们看到她的痛苦，带领同志们在首长指定的岗位上，很好地完成守卫海岛的任务，实现上级的全盘的战斗部署。

突然，从一道珊瑚沙坡那边蹿起一个十五、六岁的少年，大喊一声："哪部分的？"

阿宝他们一惊，提起枪，没有回答。

从那里又站起一个高个子老人，按了按少年的头。他雪白的头发，黑紫的脸色，礁石一样结实。

他对阿宝他们笑笑，说："你们是永兴岛向阳渔轮的民兵排，对吧？"

阿宝赶紧点头说是。

老渔民呵呵地笑着说："晓得是你们的，不然，哼！"他说着，掂了掂手里的船桨。

阿宝看看老人手里的船桨，又看看他们站身的那自然掩体，还有掩体上端堆积的礁石块、马蹄螺的壳，会心地笑了。

亚娟说："你们的武器不错呀！"

老渔民用大手拍拍胸膛说："我的主要武器在这儿哪，你们知道吗！我象我这个二孙孙这么大的时候，到这儿来抓鱼，倒让日本鬼抓了我，逼我到珊瑚岛上给他们开鸟粪；我不肯替他们干，跟他们硬拼！"

阿宝立刻联想起小时候，韦阿公和阿爸在金银岛上谈论过的类似事情。

老渔民继续说："看看，比鲨鱼还凶狠哪！乌龟王八们砍了我一刀！"

阿宝这才发现，老渔民那皱纹纵横的脑门上，有一道深深的伤疤。

这伤疤象公函介绍信上的一颗红色的钤记，不仅立刻博得青年民兵们的信任，还受到他们尊敬和爱戴。

他们亲切地围上了他。

老渔民本来就是激动的，这时候更加激动，滔滔不绝地接着说："我们一直在西沙抓鱼，早先是一年一趟，住四、五个月；解放以后，一年两趟，呆八、九个月，只有闹台风那一段日子，我们到海南岛避一避。恋这个地方呀！这一回，我们照例是奔到这儿给公社抓鱼的。可是，敌人来了。南越西贡小狗，要夺我们的海，占我们的岛，说是他们的。真是天下奇闻！不能答应他。我们要放下网，打敌人！大家派我当代表，去找海军首长请示。首长说，我们没武器，不好给任务，他们是护渔的，得保卫我们；他让我们把船停在避风港，等着把敌人赶跑了，我们再接着抓鱼……这可不行。冲锋不顶用，我们守岛嘛！首长又说岛上派了武装民兵，里边有你们。我说，好吧，我跟武装民兵们请求，拨出一块阵地给我们，保证丢不了。看我坚决，他同意了。"他说着，哈哈大笑一阵，又冲阿宝点点头，"你是干部吧？你不能打击我们的积极性吧？你看，我们十三个人自动联合起来，就守卫这个小角落；有我这个老民兵——今天正式入伍的老民兵，挂帅带着他们在这儿，你们就不用操心了。怎么样呢？"

阿宝很受感动，就笑着说："首长都同意了，我们当然支持……"

老渔民高兴地说："你这个女干部路线觉悟高，看得起我这老民兵！"

少年抢着说："还有我这小民兵哪！你们也应该看得起的！"

阿宝看看这边十几位自动守岛的渔民，觉着他们热情高，决心大，也很会利用地形地物，就说："你们想得好，做得对。就这样办吧。我们要跟你们紧密配合。你们要小心地监视着这边海面和岛子，有什么情况，我派武装民兵来支援你们，好不好？"

老渔民从自然掩体中蹿出来，对阿宝行了个军人礼："坚决服从命令！"

亚娟和那个少年都嘿嘿地乐了。

阿宝带着民兵干部，沿着岛边转了一周，拐回他们主守的阵地，立即指挥民兵们在一棵麻枫桐上搭了瞭望哨，又跟大家一起搭帐篷。

她把余下的人带到选定的地方，动手挖工事。

锹镐的嚓嚓声，在岛上喧闹起来。

晚霞越烧越红了。

涌浪越跳越高了。

威武的战舰，在海面上巡回游动。

轻巧的渔船，在小岛之间往来奔忙。

阿宝跟民兵同志们一起用力地挖掘着沙土，汗水滴滴往下滚落。她的脑子里忍不住地转悠着那个头带伤疤的老渔民豪迈的神态。

她想：我们有强大的海军、陆军和空军，又有这样的人民群众，南海西沙就是真正的铜墙铁壁，任何敌人都莫想在这里捞到好处！

13

敌舰在远远的洋面上飘泊了一夜。

舰上的敌人，一片惊慌和混乱。

士兵们唉声叹气。

长官们骂骂咧咧。

西贡的老窝，频频地往这里发电报，下命令，吹牛打气，加上封官许愿，让他们设法把中国的海军和渔民挤出去，让已经占领珊瑚、甘泉和金银三岛的敌人站住脚，同时，再耍个手段，运送一群步兵，强登晋卿、琛航和广金三岛：把中华人民共和国的永乐群岛一口吞！

电报上说：只要岛上有了西贡的人，西沙就是西贡的了；那时候，对参加这次行动的上下人员，全部都给升官晋级的嘉奖。

已经尝到了中国渔民勇敢的敌人，对这道命令都是表面上麻木，内心里嘀咕。

当官的故意装高兴，把它当成喜帖子，向士兵们乱吹。

当兵的顾不上装样，把它看作丧钟。甲板的角落，坐舱的暗处，不少人在烧香、磕头，求观音保佑。

天没亮，从岘港又开来两条装备最强的大型的军舰，来这里助威；西贡当局拼了命，下个大赌注。

过一会，敌人的指挥舰派出一个参谋长官，坐着小艇，登上癞痢头指挥的"十"号舰上。

于是，这条敌舰就跟另外三条舰，按照梦想制定的诡计，偷偷地启动，两条舰绕个大弯子，伺机偷登东部三岛；两条舰试试探探地朝中国人民海军的抛锚地开来。

海色暗。

雾气浓。

舰船首尾一片怪叫声。

癞痢头陪着他的长官在甲板上视察游动。

这个已经被一只小小的渔船斗得落花流水的坏蛋，因为怕露馅，把昨晚上那副嘴脸藏起来了，跟上司一边讨好，一边献策，同时用这些给自己壮胆子。

他说："长官，您不用提心吊胆的了。他们没来大舰，就这几个小玩艺，连一门大炮也没有，不敢碰咱们，一吓唬，就得跑。"

长官很胖，又穿上了救生衣，更象一个大南瓜了。他的心理状态，跟癞痢头猜想的完全是两回事。他是西沙人民的老对手。十五年前，他接应独眼蟹的情报那件事，吃了个大败仗，记忆犹新哪！他哼哼唧唧地说："你可不能轻易地下判断呀！共产党海军发展得特别快，自己都能造最大最先进的军舰了；从武器方面说，他们连原子弹都能造，什么样的炮没有？得小心。"

癞痢头说："据我的经验，中国人说话算数，咱们不动手，他们不会先开炮打我们。"

大南瓜瞪了他一眼："你真是废话连篇！咱们不动手，怎么把他们赶出去，这个地盘怎么夺过来，回到岘港，你我怎么交差？总统说了，正大光明地宣战，肯定我们要遭个大惨败，必须跟他们使暗劲，耍手段！"

癞痢头点点头，小声说："我明白了。咱们给他来个袖里藏刀，脚底下偷着使踠，对不对？……"

大南瓜愣住眼，咧嘴笑笑。

癞痢头进一步说："不等他们大舰赶到，就把这两条小艇全部打沉；咱们扭头就跑……"

大南瓜眯起眼，点了点脑壳。

癞痢头又说："长官，要是这样，我一定真干。这个便宜要不拣，那可太傻了！"

"你估计，咱们能拣上吗？"

"我保险——咱一条舰的吨位，就顶他四条舰大；咱一门大口径炮的威力，顶他们那小炮五、六门。"

"这倒是。"

"还有一条极重要——先下手为强！"

"有道理。"

"长官，这个便宜一拣上，你就又飞黄腾达了；我们也跟着沾了光呀！"

"嘿嘿嘿！"

"请下命令吧！"

大南瓜按了按头上的钢盔，紧了紧身上的救生衣，摸了摸衣兜里的保养药，最后说："好吧，这回，豁出去，撞撞运气！"

癞痢头装出一副十分高兴的样子。

于是，大南瓜带着他的部下，在甲板上转一圈，想看看打仗的准备，再看看士气。

这里从当官的到当兵的，为了自己保性命，各种武器倒准备得不错。

大南瓜很满意。

只有一样，从当官的到当兵的，都扒了军装，正在抢救生衣，急急忙忙往身上穿；还有的从箱子里偷压缩食品，悄悄地往腰包里藏。

大南瓜开口就骂："混帐们，哪有一点军人味，真丢人！没开火，就想着跳水逃命了？"

士兵们点头哈腰。

大南瓜压压气，扭头一看，又皱了眉头。

原来，跟在后边的癞痢头也从一个士兵手里夺过一件救生衣，慌慌乱乱地往身上穿。

大南瓜要怒斥他："你这种行为……"

瘌痢头陪笑脸:"我,效仿长官的表率。"

大南瓜低头看看身上的穿戴,脸黄了。

瘌痢头又急忙解嘲:"长官,保住命才有一切,小心不算多余。"

大南瓜不再说什么,扯开嗓子下令:"全速前进,给共军一点颜色看!"

敌舰行成一字编队,晃晃悠悠地冲过去。

14

人民海军战舰,严阵以待,停泊在蓝澄澄的大海上。

他们护渔、护航,监视敌人的动向。

……

指挥所发出一级战斗警报。

铃铃铃的声音,从舰首响到舰尾。

铃铃铃的声音,从甲板响到舱室的每一个部位。

铃铃铃的声音响彻辽阔的大海,响到高远的蓝天,响在每一个指战员火热的胸膛。

这是党的号召!

这是祖国的命令!

这是人民群众的愤怒声!

我们年轻的海军,绞链起锚,驱使着战舰,劈涛斩浪地前进了。

轮机呐喊。

海水咆哮。

战舰,象出山的猛虎。

战舰,似闹海的蛟龙。

战舰,如穿云的雄鹰——

勇敢地冲向入侵的敌人。

舰长符海龙威风凛凛地站立在"劲松号"指挥台上,机警地眺望着大海。

海风吹着他那发烫的脸颊。

浪花溅在他那举着望远镜的手上。

他看到象发了疯一般朝这边逼过来的敌舰。

他又看到敌舰上的敌人在混乱的蠕动。

就是这些野兽，蓄谋已久，侵犯我们祖国领海，强占我们祖国的宝岛，侮辱我渔民，撞坏我渔船，如今还赖着不滚，又来挑衅！

他感到南海在愤怒的抖动。

他感到宝岛在痛苦的挣扎。

他怀念起南沙太平岛上的串串古钱。

他怀念起西沙金银岛上的蓝花瓷盘。

他怀念起高大参天的椰子树。

他怀念起明亮如镜的水井甘泉。

他怀念起"火种"阿叔高亢的声音。

他怀念起韦阿公慈祥可亲的笑脸。

……

这一切，又使他联想起跟西沙渔民并肩创业，兴建码头、高楼、灯塔的日日夜夜，还有跟阿宝同坐在舢舨上的一次出自肺腑的交谈。

这一切，又使他的心，飞到伟大的首都北京，天安门前，金水桥边，来自祖国天南地北的英雄和四大洲国际朋友们中间；在那幸福的时刻，他仰望着敬爱的领袖毛主席，默默地立下要用生命和鲜血保卫祖国的誓言。

联想起这一切，战斗的豪情，好似烈火在他的胸膛里燃烧。

他恨不得立即下令开炮，把逼到眼前的敌舰打个稀烂、埋葬海底！

他极力地按着怒火，心里重复着上级对这场斗争的战略和政策。

他想：面前这场斗争既是一场十分特殊的军事斗争，又是一场复杂的政治斗争和严重的外交斗争，必须谨慎从事，争取主动。

他想：要牢记毛主席的教导，不但要敢于斗争，还要善于斗争。自己的责任，一方面要丝毫不能动摇地执行上级命令，坚持政治说理；另一方面又要做好准备，敌人一旦向我开火，就能立即还击，就要克敌制胜，就要给敌人最严厉的惩罚。

敌舰越来越接近了。

海水翻卷着愤怒的浪花。

符海龙虎虎地注视敌舰，命令："信号，警告敌人，这里是我中华人民共和国的领海，你舰迅速离开！否则，由此引起的一切后果，由你们承担！"

信号兵攀登在信号台上，灵巧地操作。

信号灯一闪一闪，那银色的光芒，象一支支射向敌人的利箭。

敌舰信号灯也打开了："这里是我们的，这里是我们的，你们走开⋯⋯"

那一眨一眨的微亮，一如同猫头鹰的眼。

"劲松号"猛冲直进，寸步不让。

测距兵报告："距离敌舰一千米了！"

符海龙高声地命令："把定航向！"

操舵班长梁峻峰用话筒响亮地回答："是，把定航向！"

我们的信号灯再一次提出警告。

敌舰的信号灯又一次无理耍赖。

测距兵又报告："五百米！"

符海龙再下令："原速！"

三百米！

一百米！

五十米！

敌我两舰激起的水沫浪花接连汇集。

象突然倒下来的两座山峰，压在一起，又压在一起，哗哗地往彼此的船舷上扑打拨撒。

四周的海面也受到牵动，被挤裂开无数波沟涛谷，急速地散开，又刻上旋转的花纹。

此情此景，美丽、壮观！

人民海军精神抖擞。

敌舰匪兵胆战心寒。

大南瓜早就钻进保险舱。

瘌痢头吓黄了脸，一边往后退一边喊："快，快，停俥；快，快，倒俥！"

敌舰哆哆嗦嗦地调船头。

"劲松号"威威武武地直线冲向前。

15

人民海军旗开得胜。

符海龙说:"越是胜利,越要戒骄戒躁!"

他命令各部门长严格检查各战位的准备情况,一丝一毫不能马虎松懈。

政委万德说:"敌人是纸老虎,可是我们要把纸老虎当真老虎对付!"

他利用这个空隙,从前甲板到后甲板,从舱面到舱里,给党团员们布置政治工作,给战士们作鼓动宣传。

水兵战士们,一个个越发长了精神:

"敌人来势汹汹,见硬就回,闹半天果真是纸糊的、泥捏的呀!"

"敌人是棒打的落水狗,剩下一口气还要蹬蹬腿,得小心他上岸咬人!"

"哈哈哈……"

胜利者们放怀的笑声似海涛。

……

敌人一出门就撞了颗硬钉子。

敌舰在风波浪里打哆嗦。

大南瓜本来就作贼心虚,摸不着中国海军的底,这么一接触,更感到难以对付。

癞痢头试试探探地说:"长官,下个回合,您怎么指挥呀?要撤就往远一点地方撤,要干就快一点动手;不然,等他们的大军舰开来,咱们可就完蛋了!"

大南瓜故意装沉着:"不要急躁。要多兜几个圈子,我们要先虚张声势,从精神上压倒他们,再寻个有利的战机,冷不防地猛开炮打他们……"

癞痢头摸摸花瓜似的脑壳说:"不论怎么打,您得设法保全咱们的性命呀!"

大南瓜说:"放心,我不会打吃亏赔本钱的仗。这一回,我要让他们来不及还手,就沉进大海!……万一,他们还几炮,咱们掉头猛逃,咱们当官的又呆在保险地方,也打不着……"

癞痢头有了这个底,就点点头,忙去下命令。

敌舰转了一个圈,又追赶"劲松号",企图跑到前边切断航向。

符海龙看出敌人花招，决不让敌人逞威风。他一声命令："原速、直开！"

"劲松号"不偏不弯，继续向前。

各战位的战士们，都按着原来部署，高度警惕，作好开火的准备。

推进器猛烈的轰响。

舰头刺开翻滚的涌浪。

舰尾掀起急骤的大雨。

一百米。

五十米。

敌我两舰又一次相遇了。

"劲松号"的航向仍然不偏。

敌舰上的官兵，一见用虚张声势没有压倒对方，手忙脚乱，又一次来个急转向。

"哗啦"一声响，敌舰的前锚挂住"劲松号"右舷上的栏杆。

人民海军战士一个个气红了双眼。

炮位上的炮长立即修正了瞄准点。

甲板上的战士在枪膛里推上了子弹。

符海龙掏出腰上的手枪。

敌舰上的官兵，一个个被中国人民海军英雄的气势惊丢了魂，吓破了胆。

有的往甲板上趴。

有的朝舱里钻。

有的爹呀妈呀地乱叫唤。

人民海军的战士们，眼盯着敌人，耳听着命令，齐声发出请战的呼喊：

"舰长，快下命令！"

"为什么还不打？"

"狠狠地打狗种们吧！"

符海龙啊，符海龙，在这短促的时间里，心里如同南海起风暴，翻翻滚滚，最严重的考验，摆在这个年轻指挥员的面前。

片刻中，他强压一腔激烈燃烧的怒火，警告自己：政策和策略是党的生命，是战胜一切敌人、取得胜利的保证；一定要沉住气，一定要服从命令听指挥，一定要按着舰上党支部的作战方案行动，不中敌人的诡计。

敌舰害怕这样明枪明炮地开火干起来，就慌忙地打起手旗信号，向"劲松号""道歉"：

"我舰操作失灵！"

"我舰操作失灵！"

海军战士们一齐大声怒骂：

"鬼话！你们是有意挑衅！"

"这是你们的铁的罪证！"

"快快滚开！"

敌舰再一次灰溜溜地转了向，退开了。

符海龙对仍然怒火不息的战士们说："同志们，刚才这一个回合，都表现得很好。我们一切行动听指挥，一举一动都要让毛主席和全国人民放心！"

战士们愤愤地议论起来：

"我真想来一梭子，把这群混蛋都干掉！"

"真是纸老虎，见软就欺，见硬就怕！"

符海龙告诫大家说："敌人是狡诈的，是靠阴谋诡计过日月的，这样转来转去，定有他们的罪恶用心。我们要做好战斗准备，小心他卷土重来，再耍新花招！"

战士们齐声答应。

这时候，我们的另一条战舰，也把敌人的一只野兽赶跑了。

战士们怒看远去的敌舰渐渐被云水吞没。

大海哗哗卷狂澜。

乌云团团满天翻。

为捍卫祖国西沙的健儿们，劲更足，志更坚，在惊涛骇浪里，跃进着矫健的战船。

16

阿宝和她的民兵排，坚守在祖国西沙的海岛上。

他们欣赏着海上的奇观：

人民海军牵着敌舰的鼻子来回乱跑。

人民海军指挥敌舰东扑西撞、转圈圈。

阿宝紧握手中枪，两眼凝神地看着。

西沙的海风吹着她的衣襟、黑发和闪亮的刀尖；乐观的笑容，象彩云一样，不断地掠过她那红润的脸颊。

她仿佛看到军舰上英雄的战士们，威威武武地屹立在舰舷上。

她看到李虎林喊叫着装压炮弹。

她看到梁峻峰灵巧地旋动着电舵盘。

她看到万德正用毛主席的教导开展政治鼓动工作。

她也好象看到符海龙高高地站立在指挥台上，按着毛主席的军事路线，下口令，斗顽敌，在惊涛中，自由地驾驶着银灰色的战舰。

……

这一切，都给她鼓了劲，增强了信心。

郑太平拾了一抱干柴回来。

小伙手巧，用礁石块垒了一个小灶。

他把小锅架在上边，点着了干柴。

青烟升腾，火苗燃烧。

亚娟从树底下提过来一只水桶。

这个女民兵性子急，忙用茶缸往锅里舀水。

热锅一沾水，"嗤"地一声响。

这响声惊动了沉思的阿宝。她一转身，急忙喊："喂，亚娟，用水做什么？"

亚娟回答："大家挖了一夜战壕，又渴又饿，煮些稀饭，给他们吃。"

阿宝走过来，看看水桶，又看看锅，说："不要煮稀饭，烧米饭吃吧。"

"我征求意见了，都要吃稀饭的。"

"煮稀饭费水。现在正准备打仗，水送不来，泉找不到，必须节约用水。"

亚娟点点头，添了半锅水，加上米，来烧饭。

日晒，火烤，加上米饭干焦的味道，越发使人觉得的口渴舌燥了。

阿宝抬头看看天空，俯首看看大海，用舌尖舔舔干裂的嘴唇，又问亚娟："咱们还有多少水？"

亚娟说："只剩下两桶水，烧饭用半桶，还有一桶半水了。"

阿宝说："拿来我看看。"

郑太平到树丛中又把另一桶水提了来。

阿宝看看这只桶，又看看那只桶；掂掂这只桶，又提提那只桶。

亚娟和郑太平不知其中缘故，相互看了一眼。

阿宝好似拿定了主意似地说："你们把三个班的班长都找来，咱们开个碰头会。"

亚娟和郑太平分头跑去，很快就把班长们找来了。

三个小伙都赤着臂，顶着树枝帽，帽影中，是一双双熬红了的眼睛，是一张张干渴的嘴巴。

阿宝说："同志们，党和人民交给咱们民兵排的任务，是团结一起，带动渔民，保卫这个岛子。上级这样安排，定有艰巨的任务等我们。可是，仗还没打，缺水的困难跟我们挑战了……"

三个小伙连声说：

"支书放心，渴一点压不倒我们！"

"慢说眼时还有点水喝，就算一滴没有，我们也能战斗！"

"我们班的同志都表决心了，再加上点困难，也不会怕的！"

阿宝点点头："好的，好的。可是，同志们，我们民兵排都是年轻力壮的人，又经过训练，是能熬苦的。这个岛子上，还有另外一批同志，就是从船上转来的渔民呀！他们有老有小，能象我们这样熬苦吗？"

亚娟和郑太平听到这里，才明白阿宝刚才反来复去地看水桶、掂水桶的原因了。

亚娟接着阿宝的话音说："把我们的水匀一点给渔民同志们用吧。"

郑太平说："渔民的人太多了，这一点水，就怕不能解决多少问题。"

阿宝说："我同意亚娟的意见，我也是这样想的。水当然少，因为少才珍贵；不能彻底解决干渴问题，定会给他们鼓起精神力量！"

三个班长一齐说：

"照支书想的方法做吧！"

"我们是兵嘛，应当爱护群众。"

阿宝说："大家都同意，就这样做。那么，眼下有一桶半水，是把哪一桶水留下分给民兵们喝，把哪一桶送给渔民呢？"

五个人几乎同声回答：

"把满桶的给渔民！"

"把满桶的给渔民！"

阿宝点点头，又对亚娟说："把你和我的水壶拿过来，从那半桶里舀水灌满，留下用；其余的部分，等吃饭的时候，分发给民兵同志们当汤喝——吃饱饭，润润喉咙，准备迎接战斗。"

亚娟答应一声，就去草棚取水壶。

阿宝又对郑太平说："帮我抬着那一满桶水，给渔民同志们送去。"

一切安排就绪，阿宝非常满意地跟着郑太平抬起水桶，往岛子的另一侧走。

头上的日光，象火一样烤人。

脚下的沙土，象锅底一般发烫。

阿宝渴得厉害，喉咙如同在冒烟，又干，又苦。这时候，那怕有一滴水放进嘴里也很好呀！

她朝四周看看，想找一点野果子吃。

琛航岛没有金银岛那样大的野海棠树，就是有，如今也不是结果子的季节。

她想到金银岛，想到此时在这里艰苦奋斗，就是保卫西沙，就是要夺回金银，周身增加了力量，把干渴忘到一旁。

他们穿过一片羊角丛。

他们经过一块黄沙地。

他们走进林立的礁石丛。

"他们听到那边有人说话：

"阿公，干渴死了！"

"仔，今朝就是生死搏斗呀，渴也要忍下！"

"不能找些水喝吗？"

"都是急匆上岛的，谁也不会有水啦。仔呀，要是遇上民兵，可不能说个渴字呀！"

"为什么呢？"

"他们会自己不喝，把水让给你的……"

"我不要！"

"对的。他们拿着枪，保住这个岛得靠他们！"

"阿公，我不干渴啦！"

"哈哈哈！"

……

阿宝听到这里，心里越发激动，转头看看郑太平。

郑太平的眼里涌出泪水。

他们绕过礁石丛，大步地走到那个脑门上有伤疤的老渔民和少年跟前。

阿宝快活地说："老同志，运输船送水来啦！"

老渔民从自然掩体里站起身，看看阿宝，看看郑太平，看看他们抬着的水桶，说："不对吧，没见到有船靠咱们这个岛子呀！"

阿宝说："船是从那一边靠岸的，你在这一边，怎么能够看到呢？"

"真的送水来啦？"

"不假。只是少一些，匀着用。"

少年拍手乐："太好啦，太好啦！我正干渴呀！"

老渔民拦住孙子，叮问阿宝："你们民兵留足了吗？你们可是重要的！"

郑太平赶忙接过来回答："我们都留足啦。这一桶，分给渔民同志们润润喉咙；等再运水来，再多分给你们。"

老渔民这才放下心："够了，够了。"

阿宝给他们灌了一葫芦水，告辞到别的渔民那里去。

当她走几步，扭头一看，见少年正抱着葫芦甜蜜地喝着水的时候，心中涌起一股非常幸福的满足。

17

阿宝和郑太平把一桶水分发给岛上的渔民以后，转回自己的战位上。

民兵们都吃过了饭，都分了水喝，都又到战壕和掩体中去守卫了。

亚娟把水桶里剩下的一点水给了郑太平，又把一只水壶给了阿宝。

郑太平吃了一碗饭，搬着水桶喝了几口，故意留下一些，给一个在瞭望台上放哨的民兵送去——他那里最晒，也最干渴呀！

阿宝没吃饭，她吃不下。

阿宝没喝水，她舍不得喝。

亚娟正在劝她吃饭喝水，只见郑太平转回来了。

郑太平气喘吁吁地跑过来："报告，岛背后的海面上出现一条敌舰！"

阿宝从掩体中跳出，问："敌舰往哪边开？"

郑太平说："好象要奔咱们守的这个岛！"

阿宝气愤地说："真狡猾。理没得讲，跟海军斗不过，来这么一手。他们既然是偷偷地绕着来的，一定有个鬼算盘，我们必须百倍警惕！"

亚娟着急地问："怎么办呀？"

阿宝沉着地说："办法是现成的，那就是靠毛主席的一贯教导，靠一个战士对祖国的忠诚，对敌人的仇恨！同志们做好战斗准备，一班的同志跟我来！"

亚娟和郑太平，带上一班的民兵战士，跟在阿宝的身后，迎着敌舰行驶的方向，从羊角树丛斜穿过去。

树枝愤怒地抖动。

砂石不平地呐喊。

他们刚刚穿出树丛，就发现一条没曾见过的、新开来的敌舰，已经停泊在礁盘外边，同时放下一只小舢舨。

舢舨上载着十几个南越西贡的侵略军，正朝岛子这边偷偷摸摸地划过来。

阿宝一步登上礁石，高高地举起手，大声地朝那边喊："这里是中华人民共和国的领海、领土，你们无权上来，赶快走开！"

小舢舨上的敌人，没估计到岛上驻守着民兵，猛然相遇，有些害怕，又不敢违犯上司命令，缓慢片刻，接着加快了速度。

阿宝跳下礁石，一边迎着往前跑，一边高喊："走开，走开，不许登岛！"

小舢舨已经靠岸，几个伪军象乌龟蛋一样从上边滚下来，迟迟疑疑、萎萎缩缩地往岛上爬。

阿宝带着民兵战士，继续迎着敌人往前冲，边跑边喊："站住，站住，你们这是强盗行为！不听警告，由此引起的一切后果，你们要承担！"

　　敌人一见这边的人端着枪，威风凛凛地冲过来，吓得停了一下。他们忽然发现领头的是个妇女，互相咭咕几句鬼话，又打起精神，继续往上爬；接着举起枪来，压弹、推栓，冲着民兵们恫吓。

　　阿宝根本不把这一切放在眼里，还要往前赶。

　　亚娟扯住她说："当心，当心！"

　　阿宝说："决不能让他们上来！"

　　亚娟说："干脆，打这些乌龟蛋！"

　　阿宝摆摆手："再看看，我们尽可能地坚持说理，不开第一枪！"

　　她说着，飞快地迎上敌人和敌人的枪口，并大吼一声："再迈一步，我们就开枪了！"

　　敌人一见没吓住这些民兵，倒象潮水大浪一般涌了过来，一张张瘦脸都变得焦黄，哆哆嗦嗦地朝后边倒退几步，站住了。

　　阿宝带着民兵，一直逼到敌人的跟前，指着鼻子怒斥道："你们不晓得这里是中华人民共和国的神圣领土吗，你们为什么要强行登岛？"

　　敌人中间的一个小个头伪军，不懂中国话，就用手指头指指远处飘泊游弋的军舰，又拍他的胸，又用手掌敲敲脖子。他的意思是说：登岛是舰上的大官们的命令，如不听从，就会被杀头的。

　　阿宝用眼一扫，这群匪兵里边好象没有头目，就手一摆地说："回去对他们讲，西沙是中华人民共和国的领土，这是铁的事实；你们这样胡作非为，完全是侵略行动，如果不马上离开，中国人民要严厉地惩罚你们，到时可就后悔莫及了！"

　　小个头的伪军明白了阿宝的话，又害怕回去没法跟上司交待，就咭咕咕咕地跟他旁边的人说一阵，转过身，点头哈腰地对阿宝比划，希望阿宝给他写个条子带回去，好跟敌舰上的指挥官报帐。

　　亚娟说："不理他，再不走就打！"

　　几个民兵也气愤得不得了，一劲嚷打。

　　阿宝说："真理在我们这边，光明正大，应当利用一切机会说明咱们的严正立场，写个条子有何不可。郑太平，你给他写！"

郑太平身上带着笔，却没有一片纸张。

伪军怕讨不回条子，不敢在这儿久停，又吓又急，伸着手掌，用乞求的目光看着民兵；那副可怜相，再不答应，立刻就要跪在地下了。

阿宝朝他那肮脏的手掌看一眼，又对郑太平说："写在他的爪子上！"

郑太平一笑，拿出钢笔，命令伪军："伸过手来！"

伪军赶快伸出手掌。

郑太平提起笔来，在他的手心上，大义凛然地写下："中华人民共和国的领土不可侵犯，你们赶快滚蛋！"

伪军如获至宝，举着手掌，吆喝着旁边的伪军，慌慌张张地转身往回跑。他们一边跑，一边转头看。

他们是作贼心虚呢？还是想再看看中国人民的尊严、中国妇女的英姿呢？

敌人的小舢舨被赶回去了。

每个民兵的心里都升起一股胜利者的自豪。

阿宝含笑地盯着敌人的小舢舨靠了敌舰，又见伪军上舰后跟迎着他们的人比比划划地说什么。

亚娟喊了一声："快看，那个伪军挨打啦！"

大家仔细一看，那边敌人的兵舰上果然正在狗咬狗，都哈哈地大笑。

18

民兵们的笑声，只是一阵，很快就停止了。

他们的喉咙太干，心里边乐，不能再笑出声。

他们饭后分些水喝，刚才那么一奔跑，一发怒，一冒汗，水气全都消耗光了。

阿宝早已经估计到这一步，这时候，对大家强忍干渴的样子，看得更清楚。

她站在众人中间，严肃地说："同志们，刚刚那场斗争，只是一个开场戏。我们一定要发扬艰苦奋斗精神，保持高度警惕。敌人既然企图登陆占岛，定是他们总头目的阴谋诡计，决不会这样一讲道理就缩回去，也决不会从此善罢甘休死了心！"

众人一听，都点头同意这样的估计；同时也都象阿宝那样警觉起来。

阿宝又下命令："一班的同志留在这个地方，立刻动手构筑工事，准备对付敌人反扑过来。"

众人同声回答："坚决执行！"

阿宝又对亚娟说："把你的水壶拿给我。"

亚娟从肩上摘下水壶，递给阿宝。

阿宝摇摇水壶，从声音里听出，里面的水还有多半壶，就说："把它留下，不到紧要关头不准用。"

亚娟接过水壶，点头答应"是"，又背在肩上。

阿宝摘下自己肩上的水壶，对亚娟说："你现在执行我的第二个命令——从这一班开始，每个同志喝上一口，再传到二班去，还是每人一口。"

亚娟看阿宝一眼，接过水壶，摇了一下，又摇了一下，不由自主地喊一声："啊，这水，你一口也没喝呀？"

阿宝手一摆，制止她说下去。

亚娟不再开口，双手捧着水壶，举到郑太平嘴边："喝吧，喝一口……"

郑太平推推水壶，挺挺胸说："我不渴的！"

一班的民兵们都象郑太平那样挺起胸，齐声说："我们不渴的，我们不渴的！"

阿宝朝前跨一步，说："这是任务，这是纪律，必须得喝！"

亚娟又把壶举到郑太平嘴边。

郑太平不肯接壶，也不肯喝水。

阿宝严厉地说："你是干部，为什么不带头？把三大纪律八项注意念一遍给我听！"

郑太平为难地说："我不渴呀，真的不渴呀！……"

阿宝说："不渴也要喝，这是命令！"

郑太平见阿宝那样坚决，只好伸手接过壶。

十几双眼睛都盯着他的嘴。

他心里翻滚着涌浪。

他知道，眼时同志们都渴极了。

他知道，眼时同志们喝一口水，就能坚持下去。

他知道，自己带头喝一口，同志们才会喝下这口水。

他知道，党支书记阿宝希望他真心实意地喝下这第一口水……

他一咬牙，嘴唇贴在壶口上——壶中的一口水流进喉咙，眼里的泪水落到了手背上。

阿宝高兴地说："好，大家都要照这样子，坚决、勇敢地完成任务吧！"

水壶，从一个人手里传到另一个人手里。

水壶，从一个班，又传到另一个班。

水是不多的。每个人都尽力把这"一口水"的数量缩得小小的，只是喝小半口，润一润喉咙。

水是珍贵的。每一滴水落进肚里，都生发出无穷无尽的精神力量。

民兵们又跟着他们的党支部书记、民兵连长阿宝，动手构筑新的战斗工事。

铁锹在舞动。

沙土在飞扬。

一个个单身掩体很快地成形了。

阿宝是多么高兴啊！

她忘了渴。

她忘了累。

她越干越有劲！

就在这个时候，岛子的右侧，突然传来一排"砰、砰"的步枪响声，震得鸟飞尘起。

阿宝机警地放下铁锹，说："留下半个班，另外半个班跟我走！"

民兵们"嗖嗖"地从掩体里跳出来。

阿宝又对郑太平说："快通知二班，从左边进入右侧阵地，配合我们战斗！"

郑太平应声跑去。

阿宝带着半个班民兵，弯着腰，穿过密密的树枝，往响枪的地方跑去。

19

阿宝飞跑在最前边。

脚下的砂石暴躁地发响。

身边的树枝紧张地颤动。

他们越过一块野花点点的平地。

他们翻上一道金沙闪闪的坡岗。

他们首先看到远远的海面上游弋着另一艘刚开到西沙的敌舰。

他们又看到，礁石丛下，有一条棺材形的小橡皮舟，不安地跳动。

他们前跑几步，看到十几个南越西贡的伪军，正端着枪、弯着腰，象一群老鼠似地往岛子上爬行。

阿宝立刻发现，敌人企图占领的角落，正是那伙临时上岛的渔民们把守的阵地；而那些本来是撒网垂钓的渔民们，个个都是手无寸铁的。

她想到这里，不顾一切地往前飞奔。

一股火药气味扑了过来。

一片硝烟在空中散落。

渔家少年头上淌着血，两只小手里举着两块大礁石，怒眉立目，正要朝敌人冲去。当他发现了阿宝，就喊："民兵同志，他们开枪杀人了！"

阿宝转头一看，在自然掩体的外边，在那一丛仙人掌的跟前，头带伤疤的渔家老人躺下了，两手紧紧地攥着木桨，胸膛流着血……

敌人还在疯狂地往上冲。

千仇万恨涌上阿宝的心头。她高喊一声："同志们，为渔民报仇，朝敌人狠狠地打！"

她打响第一枪。

一个敌人应声倒下。

这是她自从在那曙光照耀的演兵场上，从阿爸手上接过人民发给她的这支新步枪以后，打倒的第二个凶恶的敌人！

在阿宝的枪声里，一排仇恨的子弹朝敌群发射过去。

象风扫落叶，敌人倒下一片。

活着的伪军吓丢了魂，慌成了团，一边继续开枪，一边寻找礁石做掩护，准备顽抗。

阿宝灵活地带领民兵们卧倒在沙窝里，继续射击，同时，考虑最巧妙有效的战术。

她摸摸腰上插着的手榴弹，立刻有了主意，就对旁边的亚娟说："暂停射击，先放敌人上来，靠近以后用手榴弹消灭他们！"

亚娟赶快向民兵们传达阿宝的命令。

大家迅速地掏出手榴弹，打开盖，拉出弦，摆在面前，等候敌人来享受。

这边的枪声一止，敌人以为民兵被压住，就神气起来，试探地露出脑袋，往上爬。

亚娟小声问："扔手榴弹吗？"

阿宝又把一枚手榴弹的盖子用牙齿揭开，用手指拉出弦，眼睛盯着敌人，说："沉住气！"

敌人已经临近了，都能看清前边那几个怯生生的贼眉鼠眼。

亚娟急着问："扔吗？"

阿宝说："再近点！"

敌人越爬越近，企图起身射击。

阿宝喊声"打"，先投出一颗手榴弹。

手榴弹在敌群爆炸。

沙飞石舞，烟雾一团。

接着是一片哭喊声。

阿宝一跃而起，"冲啊"，带着民兵，勇猛地冲进烟雾中的敌群。

这时候，郑太平带领二班的民兵战士赶到了，从侧面向敌人打过来。

敌人被打得连滚带爬，仓皇逃命。

一个顽抗的伪军，又被打翻在地；没断气，动了动，往海边爬去。

子弹在礁石上迸起火花，在海面中激起水柱。

没有送命的敌人上了橡皮舟。

阿宝命令："停止射击！"

亚娟愤怒地说："一定打翻了他们的船，一个也不能让他们活着回去！"

阿宝说:"只要他们后退,我们就可以让他们带着一口气走开。"

几架敌机,象苍蝇一样飞来。

敌机把罪恶的炸弹投到了岛上。

阿宝正待组织对空射击,敌机已经跑没影了。

……

阿宝带着民兵们,站到头额上有伤疤的老渔民身旁。

鲜红的血涂染了西沙的土地!

鲜红的血铭记下侵略者的罪状!

阿宝把那悲愤的少年拉到跟前,高高地举起拳头说:"同志们,敌人留下的血债,一定要血来偿!我们更勇敢起来,踏着烈士的血迹前进,誓死保卫我们祖国的每一寸神圣领土!"

铁拳举起,象西沙岛上的麻枫林。

誓言响起,象西沙大海的波涛。

少年扯住阿宝的衣襟,两眼含着泪水,声音发颤地说:"阿姨,我一定听你的话……"

阿宝抚摸他的头:"好仔!"

少年伸出两只小手:"给我一支枪吧,给我一支枪吧!"

阿宝心头一热,深情的目光,在那张稚嫩的脸上停了好久。

海涛一声接着一声地吼叫。

涌浪一排追着一排地跳跃。

阿宝从肩上取下枪,双手托起:"拿起来,战斗下去!"

西沙渔家的少年,接过了打击侵略者的钢枪!

在暴风雨般的掌声里,民兵们的脸上啊,升起红色的曙光!

20

琛航岛经历了一场激烈战斗之后,又呈现一种暂时的宁静。

南海西沙独有的强劲的海风,驱散了硝烟和火药的气味。

小鸟又啼叫了。

野花又飘香了。

阿宝坐在麻枫桐的树荫里，给那个受了伤的渔家少年包扎好创伤。

少年受伤了，是西贡强盗打的，那伤痕，在脑门上，跟他的阿公一样。

阿宝压抑着心里的悲愤，眼望着苍茫的海水，预测着形势的变化。

海面上滚动着一排排巨大的涌浪。

涌浪里停泊着严阵以待的舰艇。

舰艇上的海军官兵们，各就战位，注视着大海西南的远方。

远方的岛屿在波涛中隐现，几条敌舰在那里，象鬼影似地闪动。

阿宝想：人民海军的军舰把横冲直撞的敌舰阻住了；守岛的民兵把企图侵占岛屿的敌军打回去了，这些强盗们会不会马上退出中国的海域呢？

阿宝想：毛主席教导，捣乱，失败，再捣乱，再失败，直至灭亡，这是一切反动派的逻辑；他们总是错误地估计形势，一定还要顽固地挣扎，我们必须准备迎接更复杂、更激烈的斗争。

阿宝想把少年留在这里，自己去找党团员碰碰面，再分头去鼓动民兵和渔民群众。

"你在这里休息休息吧……"

"不，我在这里替你站岗！"

她看了看少年通红的脸，笑了，就又走到战壕里问亚娟："咱们还有水吗？"

亚娟说："只有那一壶了。"

"哪一壶？"

"就是你说的，要留到万不得已的时候再用的那一壶。"

"拿来吧。"

"怎么？"

"给他喝几口。"

亚娟从肩上摘下水壶，小心地拧下盖子，举到阿宝的嘴边，说："我请求你，你也喝一口吧！"

阿宝推开她的手，说："我不渴的。"

亚娟说："你莫要说不渴了。上岛几天，你喝了几口水？"

阿宝说："大家都一样呀！"

亚娟使劲一摆手，说："不对，带来的水，你都让大家喝了；我们挖工事，你也挖工事，我们换班休息了，你还要游动、查哨，连续几天几夜这样苦干，再要干渴着，这怎么行？……"

阿宝轻轻地拍着伙伴的肩头，低声说："亚娟，如今我们为保卫祖国领海领土冲锋、战斗，准备献出生命，一定要发扬一不怕苦，二不怕死的无产阶级革命精神，干渴一点算得了什么！你莫挂心，我不要紧。"

亚娟坚持说："你是要紧的。你是领导，如果敌人再打上来……"

"你放心。我们是在苦难中摔打出来的，是在这斗争中锻炼出来的，应当经得住一切考验！只要我的鲜血不干，生命不止，就能继续战斗下去！"

"我不明白，一口水，又有什么大紧呢？"

"亚娟，缺一口水是死不了人的。你刚刚说了，如果敌人再打上来，有的同志要是受了伤，这一口水，可就顶了大用呀！"

亚娟终于被说服了。她沉默了片刻，把壶盖拧上，放在少年的身边；为了不使阿宝看到她就要流出的激动的眼泪，转身走出战壕。忽然，她的眼前一亮，拍手喊："嗨，嗨，运输船来了，咱们的渔轮来了！"

阿宝手扶树干，急忙地张望。

她瞧见，在海湾的地方，不仅有黎阿伯掌管的渔轮，还有他们大队的运输船。

她想，不用说，向阳渔村的大队又补充人来，力量更强了，守岛更有把握了。

几个民兵一齐狂欢地朝海边跑去。

亚娟揉揉眼，也追着大家朝前跑。

她听到背后"咔嚓"一声响，转身一看，大吃一惊。

刚刚站起身的阿宝，走了两步远，感到一阵晕眩。她决不让自己摔倒在地。她扶住一根树枝。

树枝被她压折了。

亚娟慌着转回来，扶住阿宝。

阿宝的嘴唇起了泡，冒着血珠。

亚娟急忙拿过水壶，把壶嘴放在阿宝的口上。

阿宝摇摇头，使劲推开水壶："亚娟，不，这水一定要留下！"

民兵们拥着船上的人走来了。

"阿宝，阿宝！"

"她怎么啦？她怎么啦？"

阿宝抬起头，看到的第一个人是黎阿伯；看到的第二个人是她的阿爸程亮；后边还站着何望来和郑安，还有向阳大队一群青壮年男女社员。

黎阿伯后悔地说："我早估计到，这边的吃水成了大问题，可是阿亮……"

程亮说："我也估计到，阿宝他们会挺住的。我们运来水，应当先给别的岛上送呀！"

民兵们围上阿宝，一齐劝她快喝些水。

程亮疼爱地看着女儿，说："你节水的任务，到此完成了，我们运来了大批的水。喝吧，喝吧。"

何望来招呼郑安说："快跟我走，快些往岛上运水给大家喝呀！"

郑安追在何望来的后边，走几步，不由得扭转头看阿宝一眼，无限感慨地跟何望来说："如今这一代人，真的了不起呀！"

何望来点点头："是呀。一代比一代强，咱们两个得猛追赶。"

几个民兵也跑上前去帮他们担桶。

阿宝一见几个塑料桶装着满满的清水，这才肯把亚娟壶里的水喝下去。

多么甘甜的水呀！

她立刻感到胸口很舒服，身上也爽快了，就向黎阿伯问了运输的情况，又向阿爸问了后续来的社员中有没有武装民兵。

黎阿伯摆动着大手说："阿宝我一句话告诉你，全渔轮的人，积极性都极高，没有一个给咱祖国、给咱社会主义新渔民丢脸的！"

程亮说："永兴岛上的各行各业的人，听到南越伪军侵略咱们的西沙，都气愤的不得了，连夜抢着报名要到前线来，请战书、决心书堆了我一桌面，一再催我下命令，答应他们来。我们的人多得很哪！我们又从永兴开来两条军舰，我和你阿来叔就是乘军舰来的。"

阿宝满意地笑了。

何望来也报喜信说："海军基地的领导，来到了永兴，亲自指挥我们斗争。你们的渔船跟敌人大舰英勇地周旋的事迹，向中央首长报告了。大家都说你们是英雄，西沙的渔民都跟着你们光彩！"

突然间，大海的那一边发出战斗警报。

民兵们又跳起来：

"军舰拉笛了！"

"快看，敌人的兵舰又转来，多了，整四条，都是大个的！"

大家看到，在远远的地方，四条大型的敌舰，象四只野兽一样，摇摇晃晃地开了过来。

我们的巡逻舰立刻起锚，迎上去了。

阿宝吹起螺号。

民兵们迅速地进入了战壕。

何望来眼盯着海面细端详，不由得说："哎呀，敌人的舰那么大，咱们的舰这么小呀？四个对四个，咱们的四个加在一块儿也不顶他们的一个大呀！"

这话正说到郑安的心病上："是呀，海南岛港湾里有那么多的大军舰，为何不开出两条来呢？"

何望来说："当然啦，打仗不能光靠武器。"

程亮和一伙刚上岛的社员拥到刚挖好的环形工事里，观望海上的形势。

阿宝登上高高的了望哨，一手握枪，一手举着望远镜。

她看到我们的四条舰艇列成威武的长队，勇猛地摧开涌浪，向前冲去。

她看到跑在最前边那条艇，正是符海龙指挥的那一条"劲松号"。她仿佛看到符海龙豪迈地站立在指挥台上，怒视着迎面扑来的敌人。

大涌一排赶一排。

浪花一丛逐一丛。

矫健的海鸥追着战舰飞翔……

21

在敌舰被迫撤退以后，我们的军舰接着指挥所的命令，停止追赶，返回原来的锚地待命。

符海龙通过话筒向指挥所报告了"劲松号"跟敌舰英勇斗争的情况，受到上级表扬。上级让他们再接再厉，继续严密地注视敌人动向，做好战斗准备。

他又立刻跟万德一起召集了党、团员会和干部碰头会，分析了敌情，进一步研究了战斗准备措施。

最后，他让副舰长在指挥台坚守，就亲自到各战位仔细进行检查。

他看了前主炮，又看了后主炮。

他从弹药库又走到主机舱。

各战位的准备都是合格的。

各战位的战友们都是情绪昂奋的。

大个子装填手李虎林，从炮位上探着身子，举了举又黑又粗的胳膊，操着东北人的口音朝他喊："舰长，我攒了二十一年的劲头，从沙角训练团开始，我练装炮也三年整了，就等着到西沙来使的，你可不能让我再憋着回去！"

符海龙仰起头来，对他说："憋憋长大个子，到了该用的时候，那才足哪！"

全炮班的同志都大笑起来。

李虎林拍了拍乌黑的炮管，装作很严肃地说："咱们讲究民主，都有表达意见的权利；我这个老伙计，见西贡小丑一个劲地耍无赖，气得直哼哼，它要求跟那个大南瓜对对话！"

符海龙也让他说笑了："咱们的大炮要求发言这个问题，得请西贡小丑来批准哪！"

全炮班的同志开始没听明白，愣一下，领会了，又爆发起一阵放怀的大笑。

在机舱里，操舵班长梁峻峰正弯着腰擦拭机器，好久才发现身边的舰长。

他直起身，腼腆地呲牙笑笑，用胳膊抹抹脑门上的汗水，又要接着擦机器。

这个少言寡语的人，一天都难得开口。他的话，就是他的行动。

符海龙问："机器怎么样？"

梁峻峰简短地回答："一切正常。"

"注意随时检查。"

"是。"

"轮机、舵房是战舰的两条腿，你这个部位可是追打敌人的关键哪！"

"舰长放心，只要我们的心脏还跳动，咱们的舰就一定要按照命令行动！"

符海龙听到这句话，心头一阵发热。

他对这样的豪言壮语，没有表扬，也没有鼓励，只是用他的手掌在梁峻峰那淌汗的背上轻轻地拍了几下。

这是他最满意的表示。

梁峻峰的脸红了。

当符海龙在弹药库口，跟运弹手小张这个新战士谈心的时候，战斗警报又响起来了。

战士们迅速地归到战位。

符海龙急忙登上指挥台。

副舰长报告："指挥所通知，敌舰四艘，又摆开新的队形，从珊瑚和甘泉之间向我锚地进犯，命我迎敌！"

符海龙立刻下令："起锚，前进！"

锚链响，马达鸣。

大海又愤怒地跳动。

敌舰摆开单纵队，一个对着一个，张牙舞爪地朝我舰冲了过来。

又是老对手，逼近"劲松号"的还是瘌痢头的那个十号舰。

还是老套子，碰上硬的以后，又调转船头，急急匆匆地往回返。

炮位上的李虎林第一个骂开了："狗杂种，跟大爷闹着玩来了？"

"真憋气！"

"打沉了它们多省事！"

符海龙立即朝战士喊："同志们，不要松劲，严密监视敌人，做好战斗准备！"

战士们立刻又精神抖擞。

炮栓拉开了。

炮弹吊上来了。

装填手都把炮弹抱在胸前。

敌舰先快后慢，倒退到千米以外的地方，一条舰升起白旗，突然，四条舰一齐转向。

"轰""轰"，一排炮弹朝我舰发射过来。

南越西贡当局在中华人民共和国的领海西沙点起了战火！

大海愤怒了，浪涛发出抗议的呼啸！

岛屿震惊了，丛林举起自卫的刀枪！

中国西沙的每一滴海水，每一块礁石，将永远地刻记下敌人的罪恶！

······

八亿英雄的人民，克制是有限的，我们忍无可忍了！

符海龙在敌人的第一声炮响里，大喊一声："打！瞄准敌舰，狠狠地打呀！"

凝结着仇恨的大炮"发言"了，怒吼了！

颗颗的炮弹，向敌舰射去！

海上硝烟弥漫。

弹道象一条条白线在空中划过。

弹落敌舰上，冒起一团团烟火。

李虎林手疾眼快有力气，刷刷刷地猛装填，嘴上还不住地连声喊："快，快，不让敌人喘气！"

他回身接过举起来的炮弹，扭过头来就往炮膛里猛装猛填。

他一接一装，忽然发现送来的炮弹比刚才低了许多；注意地往下一看，运弹手小张，鲜红的血从脖子往下流，手托着炮弹，咬牙用劲地往上举。

李虎林忙说："你负伤了！"

小张一摇头："没关系。"

李虎林说："你赶快去包扎……"

小张挺着胸膛说："不，我要坚守岗位！死也要死在咱们的战位上！"

李虎林的心通着战友的心。他的心头是热的；热，变成了杀敌的勇敢和力量。他再没说二句话，就接过炮弹飞快地装进炮膛。

用炮弹讨还血债！

用炮弹教训敌人！

用炮弹维护祖国的尊严！

用炮弹捍卫祖国西沙这片神圣的领海！

这一炮打得准，不偏不歪，正击中在敌十号舰的指挥台上。

那个指挥台应声碎裂、坍塌了！

符海龙连声高喊："打得好，打得好！同志们，狠狠地打呀！"

炮声轰轰。

硝烟滚滚。

22

"劲松号"和兄弟舰紧密配合，猛攻猛冲，打得敌舰溃不成军：

有的起了大火。

有的成了"哑吧"。

有的只顾自己逃命。

我舰越战越勇，迅速地分成两路编队，乘胜追击，惩罚敢于进犯的顽敌。

不停歇、不断声的炮火，真是"象满天冰雹朝敌盖，如密集雨点把敌淹"！

也就在这个时候，敌人发现那艘被他们突然袭击下中了弹的"劲松号"起了火。

这一下，走入绝境、不甘心灭亡的敌人，如同捞到一根救命的稻草，好似打了一针强心剂。

瘌痢头爬到大南瓜跟前，哆哆嗦嗦地说："指挥舰上的长官命令，咱们舰不要急着走，要挣扎一下。长官说，那个'劲松号'已经瘫痪，要把它打沉，多少捞上一把，又突个缺口，再逃命……"

大南瓜哭丧着脸说："你快回报，就说咱们自身难保，只有快些跑了！"

瘌痢头说："长官许下愿，他那条指挥舰要配合我们，来个左右夹攻……"

大南瓜摇摇头："咱们刚才靠舰大、火力强，都没打过人家；如今，舰都垮了，士兵也都怕了，他们这个计策能成吗？"

瘌痢头说："长官说，共军这回是被咱们逼着打的，并没有充足的准备，已经把力量消耗尽了。况且，共军打仗，一向是越战越勇、直前不后的。只要咱们舰把他们那个'劲松号'诱到夹击点，咱们的战术就算成功了。长官说，如若不这样干一下，大家都逃不脱……"

大南瓜听到这里，不断地用手摸脖子。最后，他又无可奈何地咧咧嘴，说："不听他的命令，也有逃不回去的可能，逃回去也得杀头；听他的命令，照样九死一生。唉，事已至此，只好听天由命了。你快仔细地看着指挥舰的行踪，看他是真配合还是让咱们当替死鬼。"

瘌痢头浑身哆嗦着，赶紧点点头："您言之有理，不能上当。"

两个心怀鬼胎的头子，一边指示操舵的兵放慢速度，一面观察指挥舰的动向；见指挥舰果真慢慢地朝他们这边靠拢，这才决定照上峰的计策行事。

十号舰又打起精神，掉转头来，开始用最猛烈的火力攻打"劲松号"。

敌人指挥舰在远远的洋面上伺机行动。

……

23

符海龙稳稳地站立在"劲松号"的指挥台上。

烈火熊熊。

火光映照着他那钢铸石刻一样坚毅的脸孔。

浓烟滚滚。

烟雾乱卷在他那泰然挺立的高大的身边。

他在冷静地判断敌情。

他在仔细地考虑战术。

他想：面前的敌人，自以为舰大炮火强，才胆敢如此疯狂；以劣势的装备战胜优势装备的敌人，是我军光荣的传统；打仗靠毛泽东思想，靠指战员一不怕苦，二不怕死的革命精神；因此，应当近战，使敌人的大舰变成沉重的负担，使敌人的大口径炮不能发挥力量；这样，我们的舰虽然中弹着了火，仍然发挥歼敌制胜的巨大威力。

他主意拿定，一面指挥灭火，一面下令："把定方向，加速前进，靠近敌十号舰！"

"劲松号"带着火，拖着烟，象一只勇猛的雄狮，冲向敌人十号舰。

也就在这个时候，符海龙发现那艘敌人指挥舰偷偷地从另一侧靠了过来。

他立刻识破了敌人的阴谋：如果继续前进，就会进入两条敌舰之间，陷入两面受敌的被动地位。

他朝远处望望。

我们的几条舰，正集中火力打一条准备远逃的敌舰。

他机动灵活，又下令："全速后退！"

"劲松号"又如同一只前扑的猛虎一样，机动灵巧地向后蹿回。

企图夹击"劲松号"的两条敌舰，扑了空，差一些撞到一起。

符海龙趁敌人蒙头转向之际，喊一声："集中火力，打十号！打，打，打！"

前主炮和后主炮，一齐开火，炮弹象冰雹一样，泼到十号敌舰上。

敌人那个增援的指挥舰上的军官，见势不妙，命令扭头转向，还想摆开阵势。

我们的另一条舰靠过来，阻住了它的去路，猛打猛轰。

增援的敌指挥舰也着了火，丢下十号舰，转身逃跑了。

符海龙抓住这个有利的战机，下令："加速，靠近十号舰！"

"劲松号"又如雄狮往上扑。

十号敌舰妄图拉开距离，边打炮，边逃跑。

符海龙下令："加速，追，追！"

操舵兵突然报告说："舰长同志，发电机中弹了，电舵失灵！"

符海龙大声喊："用车钟发信号，使预备舵！"

操舵兵又报告，预备舵房也被破坏。

符海龙没有听清，正要问，只见一个满脸汗水的战士跑到指挥台下。

这个战士是操舵班长梁峻峰。

梁峻峰说："舰长，请下达命令吧，我们操人力舵！"他喊着，朝后甲板跑去。

他飞快地跑着。谁也不曾见过这个慢性子的战士这样飞跑过。

他打开舱口盖，跳进后舵房。

他抓住离合器，用力地扳。

受到弹片破坏的离合器，用手扳不动。

两个战士跟他后边跳进来，跟他一起扳。

离合器象铸在上边，仍然扳不动。

梁峻峰抓过一把铁锤，抡圆了，猛力敲。

离合器终于被他敲开了。

他大吼一声："操人力舵！"

六只年轻的大手，一齐把住了舵盘。

军舰前进，掀起大浪。

大浪把海水抛到甲板上。

暴雨般的海水，"哗哗哗"，从舱口往人力舵房里一个劲地猛灌。

这时候，一伙战士按照梁峻峰的主意，一个挨一个地站立在甲板上，从指挥台一直通到后甲板。

符海龙又下令："加速！"

航海长急忙把口令传给指挥台下边的一个战士。

指挥台下边的战士又把这个口令往下传。

这是一条用人组成的传话线，迅速而又准确地下达着命令：

"左五度！"

"右七度！"

"把定！"

我们的战舰，机动灵活而又飞快地追逐着左弯右拐的十号敌舰。

大南瓜见势不妙，扯开嗓子喊："快，快，跟他们拉开距离，好打他们！"

瘌痢头赶忙传令。

吓掉魂的匪兵，手忙脚乱，机器不听使唤，速度越发显得慢。

大舰成了笨蛋！

大南瓜怕得要死，吼吼地叫："快，快，猛开炮，猛开炮，打！"

瘌痢头伸出手枪逼着小个子军官亲自打炮。

小个子军官又用手枪逼着炮兵开炮。

趴在炮位上的兵，战战兢兢地打起炮来，颗颗炮弹落在"劲松号"远远的后边。

大口径的炮，不能打近，只能打远，成了废铁一摊。

大南瓜绝望地说："再不跑开，我们真要完蛋了！"

瘌痢头陪着哀鸣："他们咬住我们不松口呀！"

小个子军官吓得连话都说不上来。

……

符海龙精神倍增，鼓励战士："加油，再加油，靠近，再靠近！"

距离四链了！

距离三链了！

……

跟敌舰都靠在一起了。

符海龙在指挥台，高高地举起手枪，呐喊一声："同志们，用机枪、手榴弹打呀！"

一颗颗手榴弹投过去了。

一排排子弹扫过去了。

敌舰处处开火花。

甲板上的敌人，死的死，爬的爬。

小个子军官就地断了气。

瘌痢头象一条干鱼挂在栏杆上。

大南瓜的头在舱门里，屁股留在舱门外。

十号敌舰在密集的炮火中完全失去控制，在原地打转转。

没有死的敌人，好似被惊吓的疥蛤蟆，劈里叭啦地往海里跳。

中国人民海军的另一艘舰赶上来配合，用猛烈的炮火朝十号敌舰轰打。

敌舰摇摇晃晃。

慢慢地、象有点不情愿，又无可奈何地沉入了海底！

其余的三条敌舰，全部带着烟火，四处逃跑。

我舰猛追猛打。

胜利的欢呼声，从战斗的舰艇上，一直响到宝石般的海岛。

24

岛上的民兵，登上了舢舨，飞一般地奔向着了火的"劲松号"。

如同群星把明月围绕。

上舰，帮着灭火！

上舰，抢救伤员！

上舰，祝贺胜利！

"海军同志们，你们打得好！"

"海军同志们，你们打得好呀！"

阿宝兴奋地在人群里挤。

她抬头看一眼舰长符海龙。

符海龙向她行了个军礼。

她转身看一眼炮手李虎林。

李虎林朝她咧着嘴巴笑。

她紧紧地握住了万德政委的大手：

"感谢你们，感谢你们！你们给人民报了仇、雪了恨！你们打出了军威，打出了国威，打出了咱们西沙儿女的威风！"

在浓烟滚滚的后机舱里，一幅壮丽的奇景，展现在人们面前：

三个操人力舵的战士，站立在淹到腰深的水里，水里渗着鲜血。

那个少言寡语的梁峻峰，昏迷地伏在舵上，嘴里还不停地喊："听口令，操舵，不要管我……"

阿宝第一个跳进舱里，惊讶地问："进这么多的水，你们为什么不关住舱口盖呀？"

一个战士回答："关住就听不到传口令了！"

阿宝又问："小梁怎么啦？"

一个战士回答："敌人开第一排炮，他的腹部就受了伤，我们刚知道。"

阿宝又心疼，又着急地说："受了伤，就快些下舰去包扎抢救吧，不能再泡在水里了。"

战士们回答她：

"我们班长不肯离开战位，政委都劝不走他！"

"这舵主要靠他带着我们操纵的，技术不熟练真不行呀！"

阿宝在岛上看着这场海战奇观的时候，她曾为我们海军战士的英勇顽强感动，也曾为我们战舰的机动灵活赞叹；当"劲松号"中弹起火以后，她更为它担心：唯恐机器受损伤，不能运转。当她组织了民兵，集中了舢舨，准备闯过来救护接应的时候，"劲松号"又出人意料地活跃在战场上的炮火、硝烟和水柱之中了。

她现在才真正弄个明白，靠什么，使我们的战舰象雄狮前进，似猛虎后退，如海燕在浪中灵活地穿飞！

靠的是人力操舵！

不，靠的是我们人民海军战士对党，对祖国人民的赤胆忠心、非凡的勇敢！

阿宝感动得说不出话，和几个女民兵一齐抱起梁峻峰，要接他上舢舨，登岛救护。

梁峻峰醒过来了，推着民兵的手："同志，同志，我不能离开战斗岗位！"

一群身强力壮的民兵和青年渔民，围在他的身旁，同声回答：

"同志，我们补充你的战位！"

"放心，我们替你干！"

在这群青年里边，就有向阳大队的操船能手郑太平。

梁峻峰朝众人信任地点点头："要坚守岗位，这里是战舰的两条腿……"

……

战士、民兵并肩展开一场灭火战：

用水龙头浇。

用沙土盖。

用衣服扑打。

人多势众，勇敢的人多，西沙的人都勇敢，水火再无情，也能把它彻底地战胜。

火，终于灭了。

烟，渐渐地散了。

"劲松号"在舰长符海龙那惊天动地的命令声中，又开动起来：

你是出山的猛虎。

你是闹海的蛟龙。

你是穿云的海燕——

不，你是中国人民年轻海军驾驶的战舰！

飞呀，飞呀，又跃上前去，要把南越西贡侵略者追歼！

25

胜利的喜悦，保卫祖国神圣领土完整的胜利喜悦，洋溢在南海西沙。

这种喜悦，在一个曾经遭受过近一个世纪的帝国主义侵略、蹂躏，吃尽了国破家亡、山河碎裂苦头的中华民族来说，是何等的高尚呀！

这种喜悦，在这些曾经在过去的年代，用鲜血和生命保卫过这块领水、领土，在当了国家的主人之后，又以辛勤的劳动和汗珠灌溉了这块领水、领土的人民群众来说，是何等的宝贵呀！

这种喜悦，从西沙自卫反击战的第一声炮响的早晨，一直持续到繁星满天的深夜。

潮水也被喜悦鼓动起来了，哗哗地喧响不息；恰似无数组管弦乐器、打击乐器、民族乐器和西洋乐器，一齐吹吹打打。

各种类型的船只，象穿梭一样往来奔忙。

运输物资的渔轮。

补充给养的汽艇。

传送消息的舢舨。

琛航岛避风港里，众多的大小渔船，星罗棋布地围绕在两艘刚刚开到的巨型的驱逐舰的周围，飘飘荡荡，宛如翩翩漫舞。

人们热烈地议论着：

"好大的舰哪，赛过两座大楼！"

"早上要是在这里，敌人的舰艇一个也休想跑掉！"

"这回只不过是给西贡当局一点颜色看，哪里跟他们动真的啦？"

"对的。这叫小试锋芒，让他痛一下，看以后还敢不敢张嘴巴！"

"说来也真有趣。西贡敌人也要往这块肥肉上咬一口，不料想锛掉了牙齿！"

"哈，哈，哈！"

这时候，有几条小舢舨，从琛航、广金和晋卿几个岛的方向开过来，把那上边的人送到大军舰上。

军舰上正召开紧急会议。

各路英雄都欢聚在一起了：各舰艇的指挥员，各岛驻守民兵的干部，还有几名刚刚随舰赶到的海军指挥所的领导和陆军作战部队的领导。

阿宝走进会议室的时候，看到总指挥身边坐着的阿爸程亮。

阿宝找个位子坐下的时候，又看到对面正望着她微笑的符海龙。

在这样的场合，许许多多想要交流的感想和话语，不方便，也不可能表达完全。

他们只用一个简单的眼神，交流了复杂的一切，而且仿佛立即被彼此领会了。

前线总指挥首先传达了中央军委和国务院对参加这次西沙自卫反击战的海军和民兵嘉奖令。他又表扬战士和民兵们打得勇敢，打得顽强，打得有理、有利、有节；评价这次自卫反击战打出了军威，打出了国威，打出了国防力量的新水平。

最后，他向大家传达中央军委的命令：立即收复被南越西贡当局侵占的珊瑚、甘泉和金银三岛，给侵略者以严正的惩罚！

这是多么振奋人心的消息呀！

热烈的掌声代表了人们坚决拥护的心意。

阿宝高兴得差一点跳起来，情不自禁地又朝符海龙看一眼。

符海龙那紫红的脸上放起光芒，两只大眼睛显得更加明亮。

阿宝又转身看阿爸。

程亮正跟海军指挥和陆军领导小声地交换意见。

陆军领导布置了具体安排：拂晓前由海军舰艇把登陆部队送到前线。

程亮代表地方政府发言了，他的声音是那样的宏亮：

"我首先代表西沙的渔民，感谢人民海军同志！你们保卫了我们西沙领海，保护了我们公社社员的生命财产。我再代表全体守岛的民兵、驻岛的渔民，表示坚决拥护中央军委收复我国三岛的命令。我最后提一条建议，西部这三个岛子，我们都是熟悉的，礁盘太大，水的深浅度很不相同，涌浪又急，军舰根本不能靠岸。这就给步兵登岛带来了困难。安排不当，还会造成不应有的伤亡！"

总指挥插言说："你的看法很正确！"

程亮继续说："我们今天海战打的是人民战争，明日收复岛屿，也应当打人民战争！"

阿宝听到这儿，猛地站起身，大声说："我有一个具体建议。明日，我们民兵用舢舨运送解放军同志登岛，这样又快又保险哪！我们一定保证完成任务，请首长们答应我们的要求！"

程亮听女儿一说，先哈哈大笑起来。

他是因为女儿把那种渔家青年妇女直爽的脾气带到这样的会场上来了，还是因为女儿跟他想到的办法完全一样而发笑呢？

阿宝被笑得不好意思了。

参加会的人，全体都支持阿宝的意见和要求。

散会以后，阿宝登上返回琛航岛的舢舨，一边摇着橹柄，还忍不住地笑。

这种笑里，不仅带有更多的兴奋和满足，尤其是，对即将来临的新的战斗的热烈期望。

岛边的礁石上，有一盏红灯给她引航。

灯光象一条金丝线，长长地投在水面上，激动地颤抖不停。

黎阿伯、亚娟带领一群民兵和社员，在这里等候她多时了。

七、八只手把她拉上岸。

十几个人把她围在中间。

听不清几张嘴同时在问她的话：

"怎样，有何新任务下来？"

"快些讲，等急了我们！"

"晓得根底，早些准备！"

阿宝又接上了她从会场带来的笑。

黎阿伯懂得事体，就对众人说："莫要再叮问了，这是军事秘密；该让大家知道，支书会传达的。"

亚娟逗趣说："我问个非军事秘密吧。"她说着，扯住阿宝的手，"看到咱们那位英雄舰长了吧？"

阿宝一边走着，一边点点头。

亚娟不放松地追问："你对他说什么了，表扬呢，还是祝贺？"

阿宝继续走着，又摇摇头。

亚娟还是不肯罢休："他对你说什么了，夸奖呢，还是感谢？"

阿宝再一次摇头。

亚娟故意生气："哟，这也不能告诉我们一句，都成了军事秘密吗？"

阿宝终于开口了，半玩笑、半认真地说："在这样祖国领海、领土是完整还是欠缺的关键时刻里，我们一个革命者，心里想的，嘴里说的，除了斗争、斗争，还能有什么话呢？"

所有的人都笑了。

笑得很热情，很庄严。

因为这句话，把西沙的老一代，还有西沙新一代儿女们的心，都给打动了。

笑声一路，通向战斗的坑道，传到每一个战位上。

26

西沙的拂晓，天水一色，使人难以分清是飞行在空中，还是游弋在海上。

遥远的东方，有几条新丝网一样的淡淡的光线，有几片海鸟羽毛般的细薄的云彩，把这里的景色点缀得更加奇妙多姿。

波涌呈现各种形状，在跳动的水面上自由地豪放地滚动着，压下来，又倒下去，再鼓胀壮大，喷吐着泡沫。

经过冲刷的人民海军的战舰，象一匹匹铁青色的骏马，在海涛象交响乐一般的轰响的欢腾中，运载着雄赳赳的步兵战士，起锚前进，直奔珊瑚三岛。

渔船、舢舨，如群星点点，似山花朵朵，在那些背着步枪、插着砍刀的民兵和渔民的操纵之下，紧紧地追在舰艇的后边，又象一群贴水而飞的鲣鸟。

阿宝和亚娟这两个女将伙摇一只舢舨，带领着向阳大队民兵排的几只舢舨，跟随在大舰的后边，赶到了金银岛的前沿阵地。

军舰在礁盘外停侪，渐渐赶到的渔船、舢舨围绕在它的四周。

军舰的甲板上，挤满了待命的战士，绿军装，红帽徽，披挂着新式武器；一个个憋了一身劲头，满面怒气，不住地摩拳擦掌。

阿宝深情地望着这些可爱的战士们。

她觉得，虽然都不曾见过面，却都是十分熟悉的。

她想，这些战士，有的可能来自遥远的小兴安岭，有的可能来自万里长城线上，有的可能来自湘江岸边……保卫祖国的共同目标，使大家走到一起来了。

她想，陆军在海上作战，尤其需要人民群众支援；我们民兵负责往岛上运送战士，这副担子是非常重的——顺利地登岛，就是胜利呀！

她想，我们一定要出色地完成党和人民交给的光荣任务！

她又转头看看金银岛。

她的两眼紧紧盯着隐约可见的那棵大椰子树，树上挂着一面外国的旗子。她恨不能插上翅膀飞上岛，把那旗子扯下来，撕个粉碎。

……

战斗终于在人们焦急的等待中开始了，舰上的炮管一齐对准岛上敌人的工事，炮弹"轰隆、轰隆"地在那里爆炸开花。

小岛暴怒起来了。

炮声中升起团团浓烟。

浓烟中喷射起暴雨似的沙粒。

沙粒中树木的折枝碎叶在飘舞、坠落。

一颗炮弹正巧穿透了那面破旗。

……

在炮火的喧腾声中，舰上的步兵战士们的心里，也燃起了火焰。他们斗志昂奋地行动起来，迅速地放下橡皮舟，或是登上民兵的舢舨。

数百条舢舨和橡皮舟，象五彩缤纷的礼花，在激动的蓝汪汪的海浪上散开，又勇猛地朝着远远的岛边礁盘上冲去。

阿宝见几个战士把一挺重机枪抬到舰舷上，就对亚娟说："咱俩运那个机枪班，它对夺岛子重要！"

亚娟点点头，往那边摇舢舨。

阿宝朝舰上抬着机枪的战士大声地喊："同志，上我们这个舢舨吧！"

机枪班长操着山东的口音问："我们这家伙分量重，小船经得住压吗？"

阿宝说："没问题！请上吧！"

班长又说："我们要绕到左边去靠岸，好掩护尖刀班从小码头上登岛……"

阿宝说："我明白！"

机枪班的战士们很信任这两位女民兵。他们喊着"快呀，快呀"，就一齐动手，先把机枪吊放下来，随后，一个个跳上舢舨。

阿宝和亚娟一齐用力摇着橹，让舢舨冲进涌浪中，朝着不易靠近的险要地方划行。

27

金银岛象一头暴怒的大水牛抖动着，要把盘踞在身上的侵略者甩到大海里去。

侵略者象牛虻一样，死死地叮住宝岛，不肯松口。

他们早已做出抵抗的准备。

他们妄想熬时间，等待主子按照诺言，派飞机来掩护，派大舰来接应。

他们利用了一切地形和物资，构造了许多明的和暗的碉堡，封锁住岛边。

炮弹在岛上爆炸。

硝烟在岛上弥漫。

侵略者钻在洞里，受不到杀伤，却能对准靠岸的船只开火。

……

西沙的军民们，面临着一场艰巨的战斗。

西沙的军民们，个个都是铁打的汉，决不会被困难吓住，也不会被敌人压倒。

他们奋勇地向岛子的跟前冲。

舢舨和橡皮舟刚开到礁盘上，岛上的敌人就用机枪朝他们疯狂地扫射。

枪弹激起水花，泼到船上。

阿宝和亚娟合力摇橹，让舢舨灵活地左弯右转，躲避枪弹。

他们绕过敌人火力集中的小码头，要奔向一个偏僻的角落登岛。

海水触到岛下的礁盘，形成大涌。

大涌一排又一排地压过来，好象带着强大的弹性，迫使舢舨不能前进。

小舢舨划上去，被推开，划上去，又被推开。

战士们帮助她俩摇，用尽力气往上冲。

这条舢舨上，人太多，武器重，左右摇晃，前俯后仰，怎么也不能靠岸。

阿宝满头浑身汗水淋，握橹的手刀割一样疼痛。她想：如果不尽快地上礁盘，转过去抢滩上岸，被右边的敌人发现，把火力引过来，舢舨就会有被打沉的危险；自己是共产党员，是支前的民兵，责任重大，一定要闯过这道难关。

她焦急地朝右边看一眼。

那一边，舢舨和橡皮舟上的军民们，正进行艰险的搏斗。

涌浪很大，枪弹很密。

敌人见解放军被涌浪阻截在礁盘下面，更狂了，机枪、步枪一齐发射过来。

英勇的解放军战士们，不畏艰险，"通通"地跳进海水，跃进涌浪，朝岛上游去。

阿宝想：自己驾驶的这条舢舨上，运载的是重机枪班，单个战士游上岸，不能立刻发挥战斗威力，一定要把他们全部人员和武器都一齐送上海滩。

她急中生智，就大声喊道："亚娟掌好橹，我来推船！"

阿宝说完，就跳下水，双手扳住船舷往前推。

班长一见这个女民兵如此勇敢机智，也跟着跳进水里。

机枪班的战士们，一个跟一个，都"扑通，扑通"地从船上跳下来了。

班长拉住一个战士说："你不会游水，快到舢舨上去！"

那个战士说："我扶着船，沉不下去，减少它的重量，快一些。"

阿宝听到这句话，心里热呼呼，浑身更有劲，跟战士们一起，推着舢舨，勇猛地向前闯。

　　大涌掀起来，横在前边一堵墙。

　　他们托着舢舨，越过去！

　　大涌扑上来，压在头顶一片云。

　　他们猛劲推舢舨，冲过去。

　　制服一排涌浪，又制服一排涌浪。

　　避开一阵弹雨，又避开一阵弹雨。

　　载着重机枪的小舢舨，在他们同心协力的搏斗下，终于靠上了礁盘，临近了海滩。

　　战士们一个个虎跃般地要往岸上冲杀。

　　就在这个时候，迎面的黄沙丘上，突然伸出一只乌黑的枪口。

　　班长首先发现了："注意，前边有敌人的机枪！"

　　阿宝一挥手："快，朝左边推呀！"

　　大家扭头一看，左边的海水中，突出地竖立着几块大礁石。

　　众人一齐用力，把舢舨飞速地推到礁石的后面。

　　沙丘上的敌人刚把机枪架好，想要发射，却不见了舢舨。

　　他们狠狠地乱扫了一阵，最后发现舢舨躲藏的地方，只能拿礁石出气，再不能发挥杀伤的作用了。

　　解放军战士们又气又急，他们喊起来：

　　"班长，得上岛呀！"

　　"我们不能光躲着呀！"

　　"拼命冲吧！"

　　班长说："我们要想个巧妙的办法，尽快地抢上去……"

　　阿宝说："同志们先在这里隐蔽好，我去拔掉敌人的机枪！"

　　班长说："让我去！"

　　阿宝说："你莫要争。这岛子我最熟；危险小，成功的把握大；我干成功了，你还要领着全班同志登岛，让咱们这个机枪发挥威力呀！"

　　班长不肯听，硬要往岛上冲。

　　阿宝拉住他："同志，先让我去执行这个任务。如果我牺牲了，你再来！"

她说着，一缩身，潜进海水里了。

海水旋转成一朵花，又滚起涌，又翻起浪。

28

大海茫茫，白浪滔滔。

岛上硝烟弥漫，连接着空中飞渡的乌云。

烟云，在树木和草丛中滚动。

烟云，在滩头和沙丘上翻卷。

潮涌，猛烈地冲上海滩，又急速地退下去。

退下的潮涌，留下白的，红的，绿的珊瑚碎粒，还有花的，形状很奇特的贝壳和海螺。

退下的潮涌，留下一个人，一个在这里生长、壮大的，西沙大海的子孙——阿宝！

阿宝在海水里潜了一个弧形的大圈子，绕到一个无人注意的地方，靠了岸。

她抬头一看，心里不由得猛烈一动。

这个地方，正是当年阿爸背着她，战台风，闯海浪，投奔救星共产党，登岛的地方！

这个地方，正是当年阿爸带着她，守宝岛，保甘泉，翻掉侵略者的舢舨，杀敌的地方！

现在呀，阿宝来到这个地方。

阿宝要开辟一条冲锋的道路，登岛歼敌，保卫社会主义祖国领土完整，为人民立功劳！

她象一支利箭，穿过白玉般的滩头。

她象一只飞鸟，翻上黄金似的沙丘。

烟云把她遮住了。

绿树把她掩护了。

她在树木的空隙和西沙藤的棚架下匍匐前进。

她看看大海。

大海里，舢舨和橡皮舟上的人民解放军战士们，正为抢滩登岸，英勇地搏斗。

她看看宝岛。

岛子上，顽固的敌人，正为阻挡登岛的军民，疯狂地挣扎。

她看看那挺封锁海滩的敌人的机枪。

两个敌人躲在掩体里，正朝着海水中的礁石扫射，不让礁石后边的舢舨划出来。

她继续前进，靠近，再靠近。

她神奇地插到两个敌人的背后。

她跃身而起，大吼一声："交枪不杀！"

两个敌人吓掉魂：

"共军上岛了！"

"妈呀，快跑！"

他们丢下机枪，抱着脑袋，往树丛里钻去。

阿宝跳进掩体，抓住机枪，刚要呼喊舢舨上的同志快抢滩登岸，忽然发现一桩意外的变故。

右侧，又出现一挺机枪，朝着礁石后边的舢舨凶恶地开火了。

舢舨不能再行动！

舢舨上的同志非常危险！

阿宝灵机一动，掉转机枪的枪口，对准右侧敌人的机枪，"哒哒哒"，子弹雨点般地扫过去。

敌人的火力被压住了。

解放军的机枪班长抓住时机，指挥众人，推出舢舨离开礁石，朝海滩飞奔。

就在这个时候，两个丢下机枪逃跑的敌人，发现上了当，又喊叫着，朝阿宝反扑过来。

阿宝扭头看他们一眼，继续沉着地朝右侧敌人的机枪阵地猛烈射击。

人民解放军勇敢顽强地上岸了。

两个反扑过来的敌人跳上掩体了。

阿宝不顾他们，依然不停地射击，压住右侧敌人的机枪。

人民解放军迅速地把重机枪架起来了。

两个敌人已经扑到阿宝的身上。

右侧敌人的机枪又还了魂，叫起来。

阿宝一面跟敌人夺机枪，一面朝解放军战士们喊："狠狠地打呀，不要管我！不要管我！"

人民解放军的机枪开口了，复仇的子弹，象风雨一样，盖到敌人的机枪阵地上。

敌人的机枪被打哑了。

"冲啊！"

"冲啊！"

英勇的健儿们，冲上了金银岛。

阿宝仍旧紧紧地抱住机枪不松手。

一个敌人跟她夺枪。

一个敌人掐住了她的喉咙。

机枪班长冲上来了。

几个端着步枪的战士也冲上来了。

两个敌人，象两只鸡婆一样被抓住。

阿宝跃身而起，对班长说："快，快，用这挺机枪，朝小码头那边的地堡打，好让尖刀班的同志从码头上登岛！"

班长激动地架起机枪，朝小码头跟前敌人隐蔽的碉堡猛打。他抓个空隙再看阿宝的时候，她已经没了踪影。

阿宝又冲回海滩。

阿宝迎上了亚娟。

"阿宝姐！"

"快，快去给同志们带路！"

"阿宝姐，你已经受伤了，看衣服上的血……"

"听指挥，去带路！"

"你去做什么？"

"我用舢舨去接应游水的同志，帮他们快些登岛！"

阿宝说着，就冲向浪花飞溅的滩头。

她在滩头跳上颠簸的舢舨。

她把舢舨又开进山峦般的大涌里。

西沙的大海，大海的西沙，此时更加欢腾，用最大的声响，为它的英雄儿女助威风！

29

冲锋号在金银岛上响起来了。

解放军战士们飞奔的脚步伴随着密集的枪声。

枪口喷射着火光。

枪口喷射着仇恨。

枪口喷射着正义的呐喊！

地堡在冒烟。

地堡在飞沙。

地堡坍垮了！

"冲啊！"

"杀呀！"

他们迈上小码头的栈桥。

他们踏上那北国瑞雪一样白的珊瑚沙。

他们登上那江南早稻一样黄的黄沙丘。

他们钻进茂密的羊角树丛。

他们穿过粗壮的野海棠林。

枪弹在他们身边呼啸，打碎的叶子，在他们的头顶上纷纷地飞舞。

亚娟从后面追上来。

亚娟从队伍的旁边绕到前面。

她大声地喊着："同志们，这个岛子我熟悉，我给你们带路当向导！"

她带领着围歼敌人的英雄队伍，踏上一条可以环行全岛的路上。

这条路是西沙儿女们，怀着无限的爱与恨，用心血和汗水开辟的。

小路已经被敌人的兽蹄践踏得不成样子了。

路上挖了沟。

路边扔着罐头盒，破布片，裸体女人的照片，还有摔成两半的佛像。

路边倒着毁折的树木，烧塌的茅寮，砸碎的坐凳，还有啃过的野果。

亚娟看到这一切，愤怒的心胸里又好象加了油。她更勇猛地往前冲。

……

郑太平跟搬运子弹箱的一支队伍，从他早就为这次战斗准备好的小码头登岛上岸，很顺利地跑过来了。

他老远就喊："亚娟，亚娟，看到阿宝姐了吗？她受伤了，你应当照管照管她呀！"

亚娟想起刚才在滩头跟阿宝相遇的情景，心里又一热，不回答郑太平，直奔甘泉井那边冲。

一个解放军战士忽然窜上来，猛地把亚娟按倒在沙土地上。

"砰！砰！"两声枪响。

子弹"嗖嗖"地从亚娟的头顶上飞穿过去。

那个解放军战士又一跃身蹿进树丛。

树丛里，一个伪军，靠在一棵野海棠的树桩上，正往枪膛上推送第三颗罪恶的子弹。

解放军战士大喊一声："交枪不杀！"

那个伪军被吓得浑身一抖，连忙丢下枪，跪在地上，把两只污脏的手举起来。

亚娟红了眼，顺过步枪就要打。

解放军战士拦住她："敌人已经交枪投降了，咱们的政策是宽待俘虏。"

亚娟气扑扑地停住手。

这时候，冲锋的队伍都跑远了。

战士说："你押俘虏，我去追队伍！"

亚娟说："我们支书给我当向导的任务，我得坚决地执行呀！"

战士说："好多民兵同志已经接替你的工作了。把这个东西交给你啦！"

他说完，转身就跑。

呐喊声在四周响着：

"杀呀！"

"杀呀！"

战士们一个个象猛虎一样，迅猛地朝着敌人藏身的工事、丛林冲去。

亚娟很不情愿地押着俘虏走出树林。

她想，阿宝现在怎么样了呢？是在海里搏斗，还是冲回岛上？

她想，阿宝是西沙儿女的好榜样，一生一世都要按照阿宝的脚步走。

她越想这一些，越急着要去冲锋。

她听着枪声、喊声从四周传来。

她看见了阿爸何望来。

何望来端着枪，跟一队解放军战士，朝着草棚那边冲过去。

她又看见了黎阿伯。

黎阿伯跟一伙渔民同行，手握一把砍刀，瞪着两只愤怒的眼睛四处搜索。

她刚要喊，又看见了郑安。

老郑安提着一把木桨，从后面追上来了。

她高兴地喊："郑安阿伯，你快些过来帮我看管这个俘虏吧！"

郑安停住步，朝那个丢魂落魄的伪军看一眼，说："我想亲手抓一个呀！这些坏东西，可恨极啦！当年在岘港，我挨过他们的鞭子。这回，要不是海军大舰，解放军的队伍来，岛子丢了，性命也难保！看起来呀，不拼不斗是不行的；我再停在这里，岛子立刻解放，我就捞不着拼杀了！"

亚娟动员他说："看俘虏这个任务极重要。你把他押到小平地去，我们再抓着俘虏就送给你，不让他们跑掉，以后也就不能再害人了。"

郑安觉得管上俘虏，是他平生没有干过的大事情，也是很威风的，就朝前跨一步，对伪军大吼一声："走，走！你要老老实实地给我走！不然，我可是不好惹的！"

亚娟笑笑，端起步枪，向屹立着椰子林的地方冲去。

当她登上一道沙丘，两眼不由得一亮。

椰子树下，小盆地上，烈士韦阿公的墓旁，这时候是金银岛最热闹的地方。

从四面八方冲上岛子的解放军战士，民兵和渔民们，都涌向这里汇合了。

党委书记程亮冲到那里了。

党支部书记阿宝冲到那里了。

向阳大队的老年一代和青年一代，都冲到那里了。

……

亚娟也飞一般地往那里冲。

她赶过一串被民兵押送的俘虏。

她赶过一队抬运战利品的人。

她看到一个英姿勃勃的战士，奔向一块高地。

高地上竖着一根杆子。

战士非常熟练地爬到杆子上，把西贡的伪国旗扯下来，摔到地下，把一面鲜红夺目的五星红旗悬挂在顶尖。

……

一声巨大的鸣响，从蓝空上传来。

人民空军战士，驾驶着银燕，在祖国的宝岛上，闪电般地盘旋。

穿过硝烟的白云。

擦过椰树的梢头。

飞吧，飞吧，给鏖战的健儿们助威！

30

收复珊瑚三岛的战斗胜利了。

阿宝这时候才顾上看看自己的肩头。

她的肩头上染着一片鲜红的血迹。

她激动地望着那猎猎飘扬的红旗，心头是炽热的，是满足的。

高阔的蓝天。

灿烂的骄阳。

飘舞的云朵。

浩翰的大海。

珍珠般的宝岛。

翡翠似的森林。

明镜样的泉水。

金子的沙土。

银子的珊瑚。

······

宝岛上的一切一切，都因她的英雄儿女们正义斗争的胜利喜悦，而展现了如此多娇的新容。

打扫过战场，在阳光普照的金银岛上，登岛的陆军和民兵们举行了战地祝捷大会。

他们集合在粗大的野海棠树下。

他们坐在开满鲜花的草坪上。

他们喝着岛上的清泉水。

他们谈论着珊瑚、金银、甘泉三岛已经全部收复的胜利。

他们畅谈着这些海岛的历史、今天和未来。

谈论宝岛的历史，谁又能比阿宝了解得更彻底更具体呢？

她深情地看着这里的每一个人，看着这里的一草一木，想了很多，很多，也想得很远，很远……

程亮走到女儿的跟前。

"阿宝，你看，咱父女两个又到这里战斗了。"

"这是韦阿公牺牲的地方……"

"还有，你和海龙亲手栽的椰子树。"

"是呀，长得多么挺拔、茁壮！"

"你，还有我们大家的愿望和志气，终于实现了。"

阿宝抚摸着手里的钢枪，说："共产党的哲学是斗争的哲学。今天的胜利，是斗出来的！"

程亮点头说："非常对，非常对！这就是真理呀！"

阿宝又环视着四周美丽的景色，说："我要带领社员同志们，结合这次西沙自卫反击战的斗争和胜利，把大家守岛、建岛、保卫西沙、开发西沙的劲头鼓得足足的！不论是什么样的敌人，胆敢来侵犯我们，一定要把他们埋葬在人民战争的狂涛巨浪之中！"

程亮笑着说："你已经抓住纲了，志气会更大的。干吧，阿爸支持你！"

……

会议开始了。

胜利的欢呼声响彻金银岛，响彻富饶美丽的西沙，响彻中国辽阔的南海。

大海欢呼！

丛林起舞！

红的、白的、黄的、蓝的，还有紫的各种野花，一齐摆动起艳丽的花朵。

阿宝扯着亚娟的手，登上她们曾经同海军战士一起跟海啸搏斗过的高岗。

她眺望大海。

她看到一队人民海军战舰在蓝湛湛的波涛中巡逻。

她看到"劲松号"上飘扬的红旗，红旗下的指挥台，看到符海龙一手举着望远镜，一手向她挥舞致意。

阿宝忍不住激动地对亚娟说："过几日，队里运来水泥和钢材，要在金银造楼房、搞加工厂。我想在这里组织一个大队，我永远留在这里工作。那时候，一定把我家的小海接到这里来。"

亚娟看她那么激动，就笑笑，故意问："海龙哥同意你这样做吗？"

阿宝点点头，意味深长地说："他一定会赞成！要让我们的后辈子孙，永远在西沙战斗，在西沙扎根！"

春风吹到西沙群岛。

五星红旗，在宝石般的岛子上高高地飘扬，飘扬……

第一稿 1974 年 4 月 22 日写完于北京月坛

第二稿 1974 年 7 月 7 日写完于广州石榴岗

第三稿 1974 年 8 月 30 日写完于秦皇岛东山